Anna Paulsen

Liebe M.

Du bringst mein Herz zum Überlaufen

Roman

PENGUIN VERLAG

MIX
Papier aus verantwortungsvollen Quellen
FSC® C014496

Verlagsgruppe Random House FSC® N001967

PENGUIN VERLAG

1. Auflage, 2018

Covergestaltung: Favoritbüro
Covermotiv: Neveshkin Nikolay,
Antonova Ganna (2) / shutterstock
Redaktion: Antje Winkler
Satz: Fotosatz Amann, Memmingen
Druck und Bindung: GGP Media GmbH, Pößneck
Printed in Germany
ISBN 978-3-328-10157-4
www.penguin-verlag.de
Dieses Buch ist auch als E-Book erhältlich.

Prolog

Obwohl sie erst sieben Jahre alt war, hatte Matilda vermutlich schon so ziemlich alle Kraftausdrücke zu hören bekommen, die ihre Eltern kannten. Und sie kannten viele. Am liebsten warfen sie sich diese Schimpfworte gegenseitig an den Kopf. Manchmal leise grollend, oftmals aber fauchend, kreischend oder brüllend. Und immer war es ihnen dabei vollkommen egal, dass diese Worte auch Matildas Kinderohren erreichten.

Matilda aber nicht. Sie hasste es, wenn ihre Eltern stritten. Und sie hasste es, dass sie das nicht verhindern konnte. Es fühlte sich jedes Mal an, als wäre ihre Seele eine Schultafel, über die jemand mit dem Fingernagel kratzte. Sie presste dann ihre Fäuste auf die Ohren, schloss die Augen und stellte sich vor, mitten am Tag wäre es für immer dunkel geworden, weil der Wolf aus dem Märchen die Sonne verschlungen hätte. Und es wurde ihr eng ums Herz, so als wäre ihr Blümchenkleid plötzlich zu Stein geworden.

Matilda wünschte sich nichts sehnlicher, als dass ihre Eltern mit dem ewigen Gezanke aufhören würden. Doch wenn das schon nicht möglich war (und das war es offenbar nicht, denn ihr Brief an den Weihnachtsmann hatte überhaupt nicht funktioniert, sondern lediglich dazu geführt, dass ihre Mutter sie *ein undankbares Gör* genannt hatte), dann wären Nachbarn Matildas zweitgrößter Wunsch.

Würde jemand in Hörweite wohnen, dann müssten sich

ihre Eltern doch zusammenreißen, oder? Und falls auch das nicht half, hätte sie wenigstens jemanden, zu dem sie flüchten konnte, wenn es mal wieder so richtig arg war. Der ihr einen tröstenden Kakao anbot und mit ihr Mau-Mau spielte, bis das Schlimmste vorüber war.

Aber sie wohnte ganz allein mit ihren Eltern in dem großen, grauen Steinhaus außerhalb des Ortes. Und dort gab es keine Nachbarn, zu denen sie gekonnt hätte.

Aber es gab die Mansarde mit ihrer dicken Holztür, die wie ein Schalldämpfer wirkte. Wenn die Schimpfworte wieder wie frisch gewetzte Messer durchs Haus flogen, kletterte Matilda die Stiegen hinauf und verriegelte die Mansardentür von innen.

Sofort verschwand dann das Gefühl der Enge und der Dunkelheit. Denn hier – genauer gesagt in einem alten Regal, das schon da gestanden hatte, als sie eingezogen waren – hatte sie einen Zauber entdeckt, der sie alles vergessen ließ: Bücher. Sie waren zwar alt und rochen nach Leder, aber sie besaßen eine Superkraft. Sie entführten Matilda in eine Welt, in der Kinder öfter lachten als weinten und Menschen glücklich miteinander lebten bis ans Ende ihrer Tage.

Natürlich nur, solange sie in den Büchern blieben.

Kapitel 1:

Was passiert eigentlich mit gestrandeten Gefühlen?

»Ist es nicht wie verhext? Freitagnachmittags scheint die Zeit noch langsamer zu vergehen als sonst«, klagt Kirsten aus der Abteilung »A bis D«. Zum bestimmt siebten Mal für heute schaut sie *auf ein Käffchen und einen Schnack* bei Matilda herein, wobei es Kirsten nicht das Geringste ausmacht, dass Matilda niemals Kaffee trinkt (dafür umso lieber Tee) und sich im Grunde auch nicht an ihrem Gespräch beteiligt, sondern ungerührt weiterarbeitet:

Das Kuvert aufschlitzen. Den Brief hervorziehen. Mit geübtem Blick überfliegen. Eventuelle Hinweise auf Absender oder Empfänger identifizieren. Blitzschnell eine Entscheidung treffen. Und schließlich – nach maximal 120 Sekunden – die Sendung einsortieren.

»Hm«, macht Matilda und legt einen Brief in die Box mit der Aufschrift »Archiv«.

Hm im Sinne von: *Ja, ich habe registriert, was du gesagt hast.* Keinesfalls im Sinne einer Zustimmung. Denn würde sich Matilda zu einer Äußerung zum Thema *Subjektives Zeitempfinden an Freitagen* hinreißen lassen, fiele die gewiss etwas anders aus. Sie würde dann vermutlich sagen, dass die Sekunden an diesen Tagen zu rasen scheinen, und das umso schneller, je näher der Feierabend rückt. Matilda legt den nächsten Brief in die Box mit der Aufschrift »Erneute Zustellung«, als Kirsten aus der Abteilung »A bis D« die Hände in die Seiten stemmt und sich noch einmal vergewissert: »Ist doch so, oder?«

Matilda lächelt unverbindlich, denn sie sieht das ein bisschen anders. Sie ist überhaupt ein bisschen anders. Aber sie ist nicht der Typ, der damit hausieren geht. Was finden nur alle so erstrebenswert daran, nicht der Norm zu entsprechen? Um jeden Preis aufzufallen? Sie selbst würde viel darum geben, so zu sein wie die anderen im Amt. Verrückt zu sein nach einem Smartphone zum Beispiel. Oder Zombiefilme zu mögen. Ein Fitnessarmband zu tragen. Zu wissen, wer *Avicii* ist. Zu verstehen, was an einem Blind Date so toll sein soll. Oder an einem langen Wochenende … Und nicht immer nur so tun zu müssen, als wüsste sie, wovon die anderen reden.

»Okay, bis später dann«, beendet Kirsten ihren Monolog und macht sich – fürs Erste – wieder auf den Weg in ihr eigenes Büro.

Matilda atmet durch. Schließlich schafft sie ihren Schnitt von mindestens dreißig Briefen pro Stunde nur, wenn sie ungestört ist.

Und das ist sie jetzt endlich wieder. Ein Lächeln huscht über ihr Gesicht. Ein Lächeln, das so unschuldig ist wie das eines Kindes. Eines Kindes, das einen Riesenstrauß Wiesenblumen pflückt und sich nicht darum schert, dass Erwachsene sie als Unkraut bezeichnen. Das fasziniert beobachtet, wie die Spinne, vor der sich die Mutter so ekelt, ein kunstvolles Netz spinnt. Oder versonnen ein Bild malt, das für den Vater bloß Gekritzel ist.

Es gab eine Zeit, da liebte Matilda diese Dinge fast so sehr wie die Bücher. Und wie sie jetzt ihren Job liebt. Im Amt für nicht zustellbare Post, Abteilung »K bis M«.

Was für Kirsten und die anderen Kollegen ein kleiner Schritt auf der Karriereleiter ist, über den sie schon jetzt ihre Witze reißen und an den sie vermutlich in ein paar Jahren, zwei, drei Beförderungen später, nie wieder einen Gedanken verschwenden werden, das ist für Matilda ein wahrer Traumberuf. Und sie übt ihn mehr oder weniger im Geheimen aus. Denn da draußen weiß kaum jemand von der Existenz dieses Amtes. Wer denkt schon darüber nach, was mit all den Postsendungen geschieht, bei denen weder Absender noch Anschrift korrekt angegeben sind und die daher nicht zurückgeschickt, aber auch nicht ordnungsgemäß zugestellt werden können? Und wer ahnt, wie viele es sind? Hunderte, ja Tausende Umschläge landen Tag für Tag im Amt für nicht zustellbare Post. Verwaiste Briefe, die ohne Menschen wie Matilda für immer verloren wären. Nicht auszudenken, wenn all diese persönlichen Botschaften, liebevollen Ermutigungen, aufrichtigen Einladungen, bewegenden Geständnisse oder herzlichen Glückwünsche ihr Ziel nie erreichten. Denn was würde aus diesen gestrandeten Gefühlen, wenn diejenigen, denen sie gelten, nie davon erführen? Dann entstünde ein emotionales Vakuum, das die komplette Galaxis aus dem Gleichgewicht brächte, davon ist Matilda überzeugt.

Rein statistisch kann nach fachkundiger Prüfung ungefähr die Hälfte aller Briefe, die in diesem Amt landen, doch noch zugestellt werden. Und das ist besser als nichts. Jedenfalls hält es Matildas Welt in ihren Angeln.

Heute könnte sogar so ein Tag werden, an dem deutlich mehr als die Hälfte aller Briefe in der gelben Box mit der Aufschrift »Erneute Zustellung« landet. Jetzt kann sie schon den vierten Umschlag in Folge dort ablegen. Vermutlich wird der nächste wieder ein Fall fürs Archiv, fürchtet sie. Und zunächst sieht es auch ganz danach aus, denn die Anrede ist absolut nichtssagend (*Liebe Tante Ria*), und auch der Gruß lässt keinerlei Rückschlüsse auf die Absenderin zu (*Deine Nichte Uschi*). Doch als sie den handgeschriebenen Text überfliegt, erkennt Matilda eine Schlüsselstelle, die alles ändert:

Ich freue mich sehr, dass du dich in Haus Rosenfeld so gut eingelebt hast. Es soll ja eine der angesehensten Seniorenresidenzen in ganz Baden-Baden sein.

Bingo!

Matilda markiert die entsprechende Passage und will auch diesen Brief gerade in die Erfolgsbox legen, als die Tür erneut auffliegt.

Sie müsste nicht einmal aufsehen, um zu wissen, wer gekommen ist, doch natürlich gebietet es die Höflichkeit, den Blick zu heben und Kirsten zuzulächeln. Dabei ist Matilda alles andere als erfreut. Sind nicht erst wenige Minuten vergangen, seit die redselige Kollegin sie zuletzt heimgesucht hat?

»Noch eine Stunde«, verkündet diese theatralisch, als hätte sie eine Hauptattraktion anzukündigen. Und als hinge in Matildas Büro keine übergroße Wanduhr.

»Du wirst nie im Leben erraten, was ich morgen vorhabe.« Kirsten pflanzt sich mit einer Pobacke auf den Schreibtisch. Matilda unterdrückt ein Stöhnen – ein Tisch ist schließlich kein Sitzmöbel. Vor allem dieser hier nicht.

Ungeachtet der Tatsache, dass ihre Kollegin ohne Punkt und Komma von ihren Wochenendplänen schwadroniert, die Matilda nicht im Mindesten interessieren, nickt sie in regelmäßigen Abständen und macht hin und wieder »Hm« oder »Oh«.

Doch ihre Gedanken sind nicht bei Kirstens bevorstehendem Wellnesstrip, sondern sie schweifen zu einer unbekannten Frau namens Ria. Wie mag ihr Lebensweg wohl verlaufen sein, der sie schließlich in eine Seniorenresidenz in Baden-Baden geführt hat? Matilda stellt sich vor, dass Ria ihre langen, schneeweißen Haare zu einer Zuckerwatte-Frisur hochgesteckt hat. Und dass sie früher vielleicht Opernsängerin war. Oder wer weiß, womöglich hat sie einst als Forscherin alle Kontinente bereist? Oder sie war ein berühmtes Pin-up-Girl …

»Nun sag schon, bist du dabei?« Kirsten scheint auf eine Antwort zu warten. Mit einem nichtssagenden »Hm« oder einem vagen »Interessant« kommt Matilda jetzt nicht weiter. Was in aller Welt hat ihre Kollegin wohl vorgeschlagen? Matilda hat nicht die geringste Ahnung. Aber es würde sie sehr wundern, wenn es etwas wäre, was ihr zusagt. Daher entscheidet sie sich für ein unverbindliches »Ach, ich weiß nicht«, woraufhin Kirsten einen Flunsch zieht. Sie wirkt enttäuscht, aber dieser Eindruck hält nur ein paar Sekunden an, danach gewinnt ihre chronisch gute Laune wieder die Oberhand. »Weißt du was?«, flötet sie. »Ich komme kurz vor Feierabend noch mal vorbei. Bis dahin kannst du es dir ja in Ruhe überlegen. Okay?«

Schwups, hüpft sie runter von Matildas Schreibtisch, und drei Sekunden später fällt die Bürotür ins Schloss.

Kapitel 2:

Matilda kann einfach nicht Nein sagen. Eigentlich.

An diesem Nachmittag kommt Matilda mit ihrer Arbeit nicht mehr so recht voran, was ihr nur höchst selten passiert. Ihre Gedanken kreisen noch immer um Rias Lebensweg, vor allem aber um Kirstens Vorschlag, den sie schon jetzt nicht leiden kann, obwohl sie ihn noch nicht mal kennt. Aber sie erinnert sich lebhaft an Kirstens frühere Ideen. Zum Beispiel den Besuch des Kölner Karnevals mit den Kollegen – für Matilda eine verstörende Erfahrung. Lauter schwitzende Leiber, grölende Münder, geschmacklose Kostüme, dröhnende Lautsprecher. Ungefähr so muss es wohl in der Hölle zugehen, dachte Matilda damals – und tatsächlich stolperte zu allem Übel ein rotnasiger Mann im Teufelskostüm auf sie zu, küsste sie mitten auf den Mund und torkelte wortlos weiter. Kirsten fand das zum Schreien komisch! Und auch die anderen amüsierten sich bei diesem Ausflug prächtig. Genauso wie bei der Weinprobe im Herbst. Matilda mag keinen Wein, nicht nur, weil sie ihn nicht verträgt, sondern auch, weil er ihr nicht schmeckt. Sie kann sich kaum vorstellen, dass ihr Kirstens heutiger Plan besser gefallen würde. Hätte sie doch bloß zugehört! Oder noch besser: rundheraus abgelehnt!

Matilda schafft noch ein paar Briefe, doch für die

braucht sie im Durchschnitt fast vier Minuten – und zudem landen sie alle im Archiv, was ihren schönen Lauf beendet.

Dann kommt der Bote und holt die beiden Boxen ab – die eine wandert hinunter in den Keller, die andere übergibt er der Abteilung »Versand« –, darin auch der Brief von Uschi an ihre Tante Ria in der Seniorenresidenz Haus Rosenfeld. Ria – der Name würde auch gut zur Besitzerin eines Blumenladens passen, findet Matilda. Oder zu einer Buchhändlerin.

Dann räumt sie ihren ohnehin fast leeren Schreibtisch auf, denn es käme ihr nicht in den Sinn, ihn so zu hinterlassen, als würde sie nur eben Pause machen. Schließlich ist Feierabend – und zudem Wochenende. Sie spült in der Küche ihre Teetasse aus. Dann kehrt sie zurück in ihr Büro. Auf einem winzigen Schreibblock aus ihrer Handtasche notiert sie in schwungvoller Schrift »Mohnkuchen«. Nur zur Sicherheit. Eigentlich kann es nicht passieren, dass sie nachher den Laden verlässt, ohne ihren geliebten Kuchen gekauft zu haben. Aber wenn man schon mit einem Einkaufszettel loszieht, dann sollte der auch komplett sein.

Schließlich bleibt ihr nichts weiter zu tun, als auf die übergroße Wanduhr zu starren und den Sekundenzeiger zu beobachten. Vielleicht hat Kirsten sie ja vergessen? Das wäre natürlich die eleganteste Lösung.

Noch neunzig Sekunden bis zum Feierabend, den alle außer Matilda immer herbeisehnen. Aber diesmal auch sie. Nur weg von Kirsten und ihren verrückten Ideen.

Noch fünfundvierzig. Was man um diese Uhrzeit wohl in einem Baden-Badener Seniorenstift treibt? Gibt es da gerade Nachmittagstee? Oder schon Abendbrot? Man hört ja so allerhand über die aberwitzig frühen Mahlzeiten in solchen Einrichtungen. Womöglich sitzt Ria aber auch im Kurpark und ist in ein Buch vertieft. Ein tiefgründiges natürlich, denn wenn man den größten Teil seines Lebens bereits hinter sich hat, bleibt keine Zeit mehr für Oberflächliches und Triviales. Eigentlich gilt das für jedes Lebensalter, findet Matilda.

Vermutlich stimmt das, was Kirsten neulich zu ihr gesagt hat: dass sie tickt, als wäre sie nicht 27, sondern 72. In gewisser Hinsicht empfand Matilda das als Kompliment. Auch wenn sie weiß, dass es keines sein sollte.

Noch elf Sekunden. Sie steht auf und zieht ihren Mantel über. Einen klassischen Trenchcoat in Marineblau, den sie immer dann trägt, wenn es zu warm für ihre Steppjacke und zu kühl für einen Leinenblazer ist. Mit anderen Worten: an grob geschätzt zweihundert Tagen im Jahr.

Im Flur läuft sie direkt in Kirstens Arme.

Zu früh gefreut.

»Hey, cool, du hast es dir also überlegt? Du kommst mit?«, schlussfolgert Kirsten begeistert. Sie ist leicht zu begeistern. Matilda wundert sich nicht zum ersten Mal darüber. Und jetzt kann sie sich auch ungefähr vorstellen, worauf die Frage ihrer Kollegin hinausläuft. Garantiert will sie *auf das Wochenende anstoßen*. Diese Unsitte macht sich auch im Amt für nicht zustellbare Post immer mehr breit. Matilda versteht das nicht. Entweder man ersehnt das Wochenende, dann ist es jedoch nicht nachzuvollziehen, nach Feierabend noch zusätzliche Zeit mit den Kollegen zu verbringen. Oder aber man gehört zu Matildas Menschenschlag und freut sich mehr auf den Montagmorgen als auf den Freitagnachmittag. Dann gibt es sogar noch weniger zu feiern, wenn das Wochenende vor der Tür steht. Nein, unter logischen Gesichtspunkten sind diese seltsamen After-Work-Treffen völlig absurd.

Kirsten scheint ihr Schweigen falsch zu interpretieren. »Ich wusste doch, dass ich dich eines Tages überreden kann!«, triumphiert sie und winkt den anderen Kollegen, die vor dem Ausgang auf sie warten, fröhlich entgegen.

»Aber nein, das hast du missverstanden«, stellt Matilda schnell richtig.

»Wie jetzt – kommst du nun mit oder nicht?« Kirstens Apfelbäckchengesicht wirkt enttäuscht, und sie will schon anfangen, Matilda doch noch umzustimmen, als das Smartphone in ihrer Jeanstasche summt. Es ist ihr Verlobter, das erkennt Matilda an Kirstens verklärtem Blick und der säuselnden Stimme. Die bleibt allein ihrem *Boyfriend* vorbehalten. Matilda findet das albern – sowohl das Gesäusel als auch das Wort *Boyfriend*, aber im Grunde geht sie beides nichts an. Und da sie selbst weder einen Lebensabschnittsgefährten hat noch will, ist es müßig, über treffendere Bezeichnungen für diese Position nachzudenken. Was Kirstens Freund betrifft, so hat er wenigstens den perfekten Zeitpunkt für seinen Anruf gewählt – Matilda ist damit schlagartig uninteressant geworden und kann sich unauffällig aus dem Staub machen. Jedenfalls könnte sie es tun, wäre da nicht Lutz aus der Abteilung »U bis Z«.

»Komm, Tilda, gibt dir 'nen Ruck!«, sagt er und boxt ihr freundschaftlich in die Seite. Matilda verabscheut Spitznamen, und Tilda ist der schlimmste von allen. Außerdem kann sie es nicht leiden, ungebeten angefasst zu werden. Freundschaftliche Hiebe findet sie extrem lästig, genauso wie den Kollegen selbst.

»Geht nicht, ich hab noch was vor«, erwidert sie knapp und beschleunigt ihre Schritte. Dennoch kann sie nicht verhindern, dass er sich in der Drehtür direkt hinter sie schiebt. Sie spürt sogar seinen Atem im Nacken.

»Aber die Bar Barossa liegt doch garantiert auf deinem Heimweg!«, behauptet er.

Matilda möchte schreien. Und ein für alle Mal klären, dass sie Bars hasst – und überhaupt gesellige Anlässe. Weil sie nie so recht weiß, was sie bei solchen Gelegenheiten sagen soll. Und noch weniger mag sie aufdringliche Flirtversuche. Denn im Flirten ist sie noch schlechter als im Small Talk.

Doch am allerschlechtesten ist sie in Gefühlsausbrüchen. Deshalb erfährt Lutz nichts von dem, was gerade in Matilda vorgeht.

»Daraus wird leider nichts«, murmelt sie ausweichend. Dass die Bar Barossa keineswegs auf ihrem Heimweg liegt, verschweigt sie. Es ist nicht Lutz' erster Versuch, herauszufinden, wo sie wohnt. Und vermutlich wird es auch nicht sein letzter bleiben. Aber in dieser Hinsicht wird er sich an Matilda die Zähne ausbeißen. Sie hält extrem viel von Datenschutz. Seinen Vorschlag, ihre Mobilnummern auszutauschen, damit Matilda eventuell später noch dazustoßen kann, ignoriert sie einfach. Unter anderem, weil sie gar keine hat. Lutz würde nicht schlecht staunen, wenn er wüsste, dass Matilda überhaupt kein Handy besitzt.

»Bist du etwa verabredet?«, fragt Lutz, und in seiner Stimme schwingt ein Hauch von Enttäuschung mit.

Obwohl Lutz bestimmt eher an eine Art Date denkt als an die Art von Verabredung, die Matilda tatsächlich hat, nickt sie. Vielleicht gibt er dann ja endlich auf.

Aber mitnichten. Kollege Lutz kann eine Abfuhr nicht schweigend akzeptieren, sondern muss einen Riesenwirbel veranstalten. »Hört, hört, Matilda Keller hat eine Verabredung«, tönt er.

Kirsten, die ihr Säusel-Telefonat inzwischen beendet hat, fällt Matilda ungebeten um den Hals und beglückwünscht sie. »Wann stellst du uns deinen Lover denn mal vor?«

»Doch nicht *so* eine Verabredung«, sagt sie. »Ich habe bloß meinem Nachbarn versprochen, ein paar Einkäufe für ihn zu erledigen.«

Kirsten zieht die Stirn kraus. »Matilda, du hast ein Problem«, verkündet sie kopfschüttelnd. »Du kannst einfach nicht Nein sagen!«

Matilda lächelt stumm. Eigentlich hat sie ja genau das gerade eben getan.

Kapitel 3:

Manchmal steht die Zeit still. Aber nur auf Trödelmärkten.

Noch so eine Sache, die andere an Matilda merkwürdig finden: Sie hat keinen Führerschein. Und will auch keinen. Wozu denn schon? Wenn es regnet, nimmt sie den Bus zur Arbeit. Die Haltestelle liegt direkt vor ihrer Haustür, sie muss noch nicht mal umsteigen. Und wenn sie den Bus verlässt, sind es nur siebzehn Schritte bis zum Amt. Sie weiß das genau, denn sie zählt sie jedes Mal. Allerdings nur bei schlechtem Wetter, denn bei gutem geht sie den ganzen Weg zu Fuß. Wozu Geld für Fitnesskurse ausgeben, wenn man seine Füße zweimal am Tag dafür benutzen kann, wofür sie gemacht sind?

An Schönwettertagen zählt Matilda ihre Schritte nicht. Einerseits, weil es zu viele wären, und andererseits, weil sie ihrem Geist beim Gehen am liebsten freien Lauf lässt. Während sie morgens in Richtung Amt und am Abend gen Heimat marschiert, spazieren ihre Gedanken kreuz und quer, wie ein junger Hund, für den es nicht ums Ankommen geht, sondern ums Herumtollen.

Zuweilen jagen sie in ihrem Hinterkopf auf und davon, und dann kann es passieren, dass Matilda, ohne es zu bemerken, in Winkeln der Stadt landet, die ihr fremd sind.

Zwar sollte man meinen, es sei unmöglich, sich auf einem Weg zu verlaufen, den man seit Jahren in- und auswendig kennt, aber Matilda beweist regelmäßig das Gegenteil. So auch heute.

Während ihre Gedanken munter zwischen Rias imaginärem Lebenslauf, Kirstens törichtem Vorschlag und Lutz' peinlichem Balzverhalten hin und her hüpfen, biegt sie an der falschen Ampel ab. Als ihr das ein paar Hundert Meter später klar wird, versucht sie, über eine Querstraße wieder auf Kurs zu kommen, doch die verläuft in einer lang gezogenen Linkskurve, sodass sie sich noch weiter von ihrem eigentlichen Ziel entfernt.

Statt umzukehren, geht Matilda einfach weiter. Früher oder später wird sie bestimmt wieder auf eine Straße stoßen, die sie kennt, da ist sie ganz zuversichtlich. Und ist eine neue Strecke nicht immer auch eine kleine Entdeckungsreise? Vor allem an einem Tag wie heute. Die Luft ist angenehm mild, da ist sie gern länger unterwegs. Und ist das da vorn an der Ecke nicht ein Magnolienbaum in voller Blüte? Wie schade wäre es gewesen, diesen herrlichen Anblick zu verpassen!

Kurz darauf gelangt Matilda zu einem Park, an dessen Eingangspforte ein Pappschild klebt. Sie hält wie gebannt inne, denn auf dem Schild steht eines ihrer Lieblingswörter: *Trödelmarkt*. Sie kann gar nicht anders, als den Park zu betreten, und schon von Weitem sieht sie, dass es ein ganz besonders schöner Trödelmarkt ist. Hier werden keine verwaschenen Billig-T-Shirts angeboten und auch keine abgegriffenen Schmuddelhefte oder defekte Transistorradios, sondern lauter Schätze!

Gedankenverloren schlendert Matilda durch die Reihen

und lässt die Schönheit der feilgebotenen Kleinode auf sich wirken. Der Jugendstil-Spiegel erinnert sie erneut an Ria. Wie hoch wohl die Wahrscheinlichkeit ist, dass sich die unbekannte Bewohnerin einer Baden-Badener Seniorenresidenz einst darin betrachtet hat? Eher gering, das weiß Matilda selbst, aber immer noch größer als die Chance auf einen Lottogewinn. Vermutlich stammt der Spiegel aus dem Besitz einer Gutsherrin, die allmorgendlich davorsaß, wenn sie ihren tiefroten Lippenstift auftrug und ihr Geschmeide anlegte. Und wer weiß, vielleicht hat sie ihn eines Tages verschenkt. An ihr Dienstmädchen Grete womöglich, aus lauter Dankbarkeit für die jahrelange Treue. Ja, das gefällt Matilda. Zu einer Grete passt der Spiegel viel besser als zu Ria, der Buchhändlerin *Schrägstrich* Forscherin *Schrägstrich* Opernsängerin.

Und der Garderobenständer dort drüben könnte gut und gerne in der Villa eines Kulturmäzens gestanden haben. Immer, wenn er zu Hausmusikabenden einlud, hingen hier die Jacken und Mäntel seiner Gäste: schwere Samtmäntel, klassische Zweireiher, wertvolle Pelze, elegante Smokings und schicke Capes.

Am nächsten Stand entdeckt Matilda die Mokkatasse, und für einen Moment scheint die Zeit stillzustehen. Sie erinnert sich noch haargenau, als wäre es gestern gewesen. Den Geburtstagskuchen vor sich, die anderen Stühle mit ihren Puppen besetzt, und vor jedem Platz ein moosgrünes Gedeck mit Goldrand. Die Mutter hatte es ihr erlaubt, schließlich wird man ja nicht alle Tage neun. Matilda war sehr umsichtig für ihr Alter, und die leblosen Geburtstagsgäste würden schon nichts kaputt machen.

Es war dann der Vater, der das Unheil anrichtete. Später am Abend, als Matilda schon im Bett lag, flogen wieder Vorwürfe und Anschuldigungen durchs Zimmer, wenig später auch das Porzellan. Danach hat Matilda nie wieder Geburtstag gefeiert.

Für den Bruchteil einer Sekunde zieht sie in Erwägung, die moosgrüne Mokkatasse mit Goldrand zu kaufen, als Erinnerung an … Ja, woran eigentlich? An die gute alte Zeit? Bestimmt nicht. Es gibt keine gute alte Zeit für Matilda. Es gibt nur gute alte Bücher. Und das Hier und Heute. Und vielleicht auch ein Morgen.

Ein paar Schritte weiter zieht eine Stehlampe sie in den Bann. »Kolonialstil«, klärt der Verkäufer sie auf – ein junger Mann mit blondem Vollbart, der ungefähr so aussieht, wie Knut Valentin, ihr Nachbar aus der dritten Etage, vor einem halben Jahrhundert ausgesehen haben könnte. Bevor der Bart grau geworden ist und die Kopfhaare ausgefallen sind. Ob der alte Herr wohl in diesem Stil eingerichtet ist? Dunkle Edelholzmöbel, exotische Masken an der Wand und eine Obstschale aus Bambus – könnte das zu ihm passen? Sie wird es ja nachher sehen, wenn sie ihm die Einkäufe vorbeibringt.

Just in dem Moment fällt ihr Blick auf die antike Standuhr gleich neben der Lampe.

»Die geht auf die Minute richtig«, versichert der junge Bartträger beflissen.

Matilda erschrickt. Schon so spät? Wo ist nur die Zeit geblieben? Bald schließen die Läden, und sie hat noch eine Einkaufsliste abzuarbeiten. Wie konnte sie nur dermaßen die Zeit vergessen?

Hastig verlässt sie den Markt und den Park. Nach ein paar Querstraßen stößt sie unvermittelt auf die Hauptstraße. So weit wie befürchtet hat sie sich also gar nicht von ihrer gewohnten Route entfernt. Und da vorn ist auch schon der Supermarkt.

»Zahlen Sie mit Karte oder bar?«, fragt die Kassiererin lustlos. Fehlt nur noch, dass sie eine Kaugummiblase macht oder in der Nase bohrt. Matilda mag ihn nicht, diesen gelangweilten Ton. *Was ist in deinem Leben schiefgelaufen, dass du so apathisch bist?*, würde sie am liebsten rufen. *Denkst du etwa, das Schicksal wäre dir ein aufregenderes Dasein schuldig?* Natürlich sagt sie nichts von alldem, sondern hält der Kassiererin statt einer Antwort einen Geldschein hin. Sie zahlt nie mit Plastik, wenn es sich irgendwie vermeiden lässt.

»Tüte?«, will die Gelangweilte wissen und kann nur mit Mühe ein Gähnen unterdrücken.

»Danke, nicht nötig«, erwidert Matilda freundlich, und prompt erscheint auf dem Gesicht der Mittvierzigerin der Anflug eines Lächelns. Sofort schämt sich Matilda ihrer Gedanken von eben. Nein, diese Frau vermisst kein Luxusleben, sondern einfach ein paar nette Worte. Wäre sie nicht selbst gelangweilt, müsste sie den ganzen Tag an dieser Kasse sitzen und immer nur »Morgen«, »Karte oder bar?«, »Tüte?« und »Zwölfachtundneunzig« sagen? Wenn sie nichts als ein paar knappe, dahingenuschelte Antworten und höchstens mal ein läppisches »Tschüss« zu hören bekäme?

»Sie freuen sich bestimmt auch schon auf den Feierabend«, platzt Matilda spontan heraus.

Die Kassiererin hält inne, dann schaut sie auf. Ihr Blick wirkt müde und überrascht zugleich.

»War ein langer Tag«, sagt sie.

Matilda entdeckt ihr Namensschild: *E. Klein*. Wofür das E wohl steht?

»Bestimmt ganz schön stressig.«

»Sie haben ja keine Ahnung.«

»Da haben Sie sicher recht. Ich wünsche Ihnen noch einen schönen Abend, Frau Klein«, verabschiedet sich Matilda.

»Für Sie ebenfalls«, sagt die Kassiererin, und diesmal lächelt sie richtig. Auch mit den Augen.

Vom Supermarkt aus sind es noch knappe zehn Minuten bis zu dem Mietshaus, in dem Matilda wohnt. Sie marschiert los und würde am liebsten pfeifen, aber darin ist sie nicht besonders gut, also überlässt sie das lieber den Vögeln, die für diese Uhrzeit einen ungewohnten Radau veranstalten. Matilda mag das Wort Radau, wie überhaupt viele Wörter mit R. *Rütteln, Reibeisen, Ricotta, ruppig*. Sie haben so etwas Rundes, Rhythmisches. So ganz anders als Wörter, die mit einem E anfangen. Wie der Vorname der Kassiererin. Ob sie vielleicht Ella heißt? Könnte passen. Ella, die Alleinerziehende, die so viele Überstunden wie möglich macht, damit es ihre Kinder einmal besser haben als sie. Oder Elke. Verwitwet, kinderlos, einsam. Hat den Job im Supermarkt angenommen, um unter Menschen zu kommen, und fühlt sich nun trotz der vielen Leute, die dort täglich einkaufen, einsamer als je zuvor. Sie könnte natürlich auch eine Esther sein, die einst für ihren Exfreund gebürgt hat und sich nun seit Jahren abrackert, um für seine Schulden aufzukommen, während er selbst sich längst ins Ausland abgesetzt hat. Es gibt so viele Möglichkeiten. Eva, Emily, Elena, Elsbeth, Erika, Edwina, Ellen. Ja, Ellen – das könnte passen. Ellen, die gelernte Dachdeckerin, die einmal so stolz darauf war, sich in einer Männerdomäne zu behaupten, die aber nach einem unverschuldeten Unfall diesen Beruf nicht mehr ausüben kann und jetzt eben nehmen muss, was der Arbeitsmarkt für ausgemusterte Dachdeckerinnen mittleren Alters zu bieten hat.

Matilda beschließt, E. Klein in Gedanken künftig Ellen zu nennen. Und sie unabhängig davon, ob das stimmt, ab sofort bei jedem Einkauf zum Lächeln zu bringen.

Eines Tages vielleicht sogar zum Lachen.

Das Haus, in dem Matilda wohnt, könnte einen neuen Anstrich gebrauchen. Irgendwann muss es wohl weiß gewesen sein, aber das ist lange her. Inzwischen hat es die Farbe von Auspuffgasen angenommen, Schmutziggrau mit unschönen Flecken im Putz, die von Feuchtigkeit und schlechter Dämmung kommen. Der Hausbesitzer denkt jedoch nicht daran, auch nur einen Cent in die optische Aufwertung des Gebäudes zu stecken, und den meisten Bewohnern ist das nur recht. Hauptsache, die Heizung funktioniert, der Wasserdruck ist stark genug und die Miete bleibt so erfreulich niedrig.

Matilda wohnt schon seit acht Jahren hier. Als in der Zeitung eine kleine, aber gemütliche Mansardenwohnung angeboten wurde, hat sie sich sofort gemeldet. Der Besichtigungstermin war an einem heißen Junitag, und die meisten anderen Interessenten machten einen Rückzieher, kaum dass sie die Wohnung betreten hatten. Sie fanden die Hitze hier oben unerträglich. Matilda fand sie herzerwärmend. Sie friert leicht. Und sie liebt den Ausblick. Um nichts in der Welt würde sie mit einem der anderen Mieter tauschen, auch wenn deren Wohnungen größer sind, keine schrägen Wände haben und man nicht so viele Stufen hochsteigen muss, um sie zu erreichen. Denn selbstverständlich gibt es in diesem Haus auch keinen Lift. Und so beschließt Matilda jeden Tag ihren Heimweg mit genau einundachtzig Treppenstufen. Mehr Training braucht kein Mensch, findet sie.

Im Briefkasten liegen nur ein paar Werbeprospekte, eine Rechnung und das neue Flugblatt des Pizza-Lieferdienstes um die Ecke, bei dem sie nie etwas bestellt. Der Inhalt von Knut Valentins Briefkasten sieht im Vergleich deutlich interessanter aus. Zwei von Hand adressierte Briefe, eine Postkarte, die Telefonrechnung und ein Elektronikkatalog. Sie steckt ihre armselige Post in die Handtasche und die von Knut Valentin in den Stoffbeutel zu den Einkäufen aus dem Supermarkt.

Eigentlich vertritt Matilda die Theorie, dass die Einkäufe mehr über einen Menschen verraten als sein Lebenslauf, aber was verraten ein Pfund Kaffee, ein Bergkäse, ein Päckchen Tabak und die Abendzeitung über einen älteren Herrn?

Matilda kennt ihn seit Jahren. Man grüßt sich im Treppenhaus, wechselt ein paar Worte, wenn man sich am Briefkasten trifft, und winkt einander in der Stadt von Weitem zu. Knut Valentin hat schon hier gewohnt, als Matilda einzog. Trotzdem weiß sie nicht mehr als seinen Namen von ihm. In ihrer Vorstellung wohnt er zwischen Weichholzmöbeln, Ölgemälden, Perserteppichen und Achat-Aschenbechern. Und ist früher einmal Goldschmied gewesen. Oder Radio- und Fernsehtechniker. Vielleicht aber auch Hörspielsprecher – seine Stimme wäre perfekt dafür, so tief und warm … Doch seit heute früh weiß sie noch etwas von ihm – nämlich, dass er im Bad unglücklich gestürzt ist und sich den Fuß gebrochen hat. Als sie auf dem Weg zur Arbeit an seiner Wohnungstür vorbeikam, holte er gerade die Brötchen herein, die ihm der Bäcker jeden Montag, Mittwoch und Freitag liefert.

»Was ist denn da passiert?«, hat sie gefragt und auf seinen Gipsfuß gedeutet.

»Kleiner Duschunfall«, hat er mit seiner tiefen Märchenonkelstimme erwidert und eine Grimasse gezogen, die ihn ein wenig schlitzohrig aussehen ließ.

»Sie Ärmster! Haben Sie schlimme Schmerzen?«

»Keine Sorge, es tut kaum noch weh, wenn ich das Bein hochlege. Aber Treppensteigen ist die Hölle. Und meine Hüfte ist schwarz-blau marmoriert …«

Und so kam es, dass Matilda eine wunderbare Ausrede hatte, nicht mit Kirsten, Lutz und den anderen auf das Wochenende anstoßen zu müssen.

Schon verrückt, wie eins zum anderen führt, denkt sie. Ohne den gebrochenen Fuß und den Brötchenlieferservice hätte sie heute weder den Trödelmarkt entdeckt noch Ellen zum Lächeln gebracht und schon gar keinen Grund gehabt, jetzt auf Knut Valentins Klingelknopf zu drücken.

Kapitel 4:

Knut ist auf die Hüfte gefallen. Nicht auf den Kopf.

»Hereinspaziert«, empfängt Knut Valentin sie gut gelaunt und macht eine beidhändige Geste wie ein Butler, der ihr den Weg weist.

Schon die Diele sieht völlig anders aus, als Matilda sie sich vorgestellt hat – viel moderner und puristischer. Aber als sie die Küche betritt, ist sie ehrlich verblüfft. Sie sieht blitzenden Chrom, schwarz-weiße Fliesen, eine Granitarbeitsplatte und gläserne Hängeregale. Keine Teakholzmöbel, keine Bambusschalen, noch nicht einmal ein Häkeldeckchen oder einen karierten Vorhang. Diese Einrichtung scheint überhaupt nicht zu dem älteren Herrn zu passen, der hier wohnt – eher zu einem Dreißigjährigen.

Um Himmels willen – was, wenn er in Wahrheit noch ganz jung ist und bloß an einem seltenen Gendefekt leidet, der ihn vorzeitig altern lässt? Das wäre ja gruselig! Ob so etwas heilbar ist? Wohl eher nicht. Bekanntlich bleiben solche Krankheiten meist unerforscht, weil es zu wenige Betroffene gibt und sich der Aufwand für die Pharmakonzerne nicht lohnt.

»Haben Sie den Bergkäse bekommen?«

Matilda braucht einen Moment, um wieder im Hier und Jetzt zu landen. Knut Valentins hellblaue Augen blitzen amüsiert. Er scheint ein guter Beobachter zu sein.

»Oh, den Bergkäse. Aber natürlich. Genauso wie die Abendzeitung, den Tabak und den Kaffee. Und hier ist Ihre Post.« Sie legt alles auf den Tisch, gleich neben ein merkwürdiges kleines Gerät, das ein wenig so aussieht wie das Nachtlicht für die Steckdose, das sie als Kind hatte. Weil sie nicht einschlafen konnte, wenn es stockfinster war. Sie hatte solche Angst davor, sich selbst in Luft und Dunkelheit aufzulösen, und das Nachtlicht half ihr dabei, diese Panik zu überwinden.

»Wunderbar! Sie haben einen alten Mann sehr glücklich gemacht, Matilda. Ich darf Sie doch Matilda nennen?«

»Wie? Aber ja, natürlich …«

Also doch keine seltene Krankheit – Knut Valentin hat einfach einen sehr jugendlichen Geschmack für sein Alter. Und Matilda eine extrem lebhafte Fantasie. Sie nimmt sich vor, sich nur noch dann zu Tagträumereien hinreißen zu lassen, wenn sie allein ist.

»Ist alles in Ordnung?«

»Ja, ich … na ja, ich frage mich bloß, was das hier für ein Gerät ist«, stammelt Matilda.

»Ach, nur ein simples Abhörgerät. Weil ich doch nebenbei für die NSA spioniere«, sagt Knut Valentin todernst.

»Dürfen Sie das denn überhaupt erzählen?«, staunt Matilda. »Was ich bei der Arbeit erfahre, unterliegt ja auch der Schweigepflicht, aber für Spione ist das doch bestimmt noch viel strenger geregelt.«

Doch schon während sie spricht, merkt sie, wie albern das klingt. Der alte Herr scheint ein wahrer Schelm zu sein, dem es sichtlich Freude bereitet, sie übers Ohr zu hauen.

»War ein Scherz«, grinst er, und obwohl dabei unzählige Lachfältchen seine Augen wie kleine Strahlen umrahmen, wirkt er urplötzlich ganz jung. »Das Ding ist bloß mein neuer WLAN-Verstärker. Der alte müsste aber auch noch funktionieren. Wollen Sie ihn?«

»Oh nein, für meinen Geschmack kann das WLAN gar nicht schwach genug sein«, ruft Matilda erschrocken.

Knut Valentins dröhnendes Gelächter erfüllt die Küche. Matilda prustet ebenfalls los, obwohl ihre Äußerung alles andere als witzig gemeint war. Dass sie im Amt hin und wieder einen Computer benutzen muss, ist nervig genug. In ihrer Freizeit will sie damit nichts zu tun haben. Aber sie kann nicht anders – Knut Valentins Lachen ist zu ansteckend!

»Mit Technik kenne ich mich nicht besonders gut aus«, japst sie schließlich.

»Was Sie nicht sagen.«

Noch immer schmunzelnd, räumt Knut Valentin den Käse in den Kühlschrank. Dann stellt er den Wasserkessel auf.

»Mögen Sie mir bei einem Tee erzählen, was an Ihrem Job so irre geheim ist?«

»Gern. Haben Sie vielleicht Lust auf ein Stück Mohnkuchen dazu?«

»Ich höre mich nicht Nein sagen …«

Während ihr Gastgeber die Kanne vorbereitet, schneidet Matilda den Kuchen in Stücke. Dann überlegt sie, wie sie sich außerdem nützlich machen könnte.

»Wo stehen Ihre Tassen, Herr Valentin?«

»Das verrate ich Ihnen erst, wenn Sie mich Knut nennen.«

»Aber …«

»Kein Aber. Menschen, die ich mag, nennen mich so – und das schon seit vielen Jahrzehnten. Ich will mich ungern umstellen, nur weil Sie übertriebenen Respekt vor dem Alter haben.«

»Bin schon überzeugt«, lacht Matilda. »Und wo sind jetzt die Tassen?«

Knuts Wohnzimmer wirkt noch moderner als seine Küche. Das liegt vor allem an den vielen Monitoren, Tastaturen, Fernbedienungen und anderen Geräten. Der kolossale Flachbildschirm, der direkt an der Wand befestigt ist, scheint ein Fernsehgerät zu sein. Er wirkt fast wie eine Kinoleinwand. Außerdem entdeckt Matilda mindestens einen Computer, einen Drucker – oder vielleicht einen Kopierer? – und eine Digitalkamera. Auf dem Wohnzimmertisch liegt außerdem ein riesiges Smartphone.

»Man muss hier oben fit bleiben«, kommentiert Knut Matildas verblüfften Blick und tippt sich an die Stirn. »Ich bin nun mal ein alter Technik-Junkie.«

»Das kann ich von mir leider nicht behaupten«, gesteht Matilda. »Ich mag lieber Dinge, die eine Geschichte erzählen. Die ziehen mich beinahe magisch an. Heute zum Beispiel dachte ich, ich hätte mich zufällig verlaufen, aber vermutlich sollte es einfach so sein, dass ich auf diesen süßen Trödelmarkt stoße.«

»Sie glauben an Schicksal? Und Vorhersehung?« Knuts Stimme klingt zweifelnd.

»Vielleicht. Aber ob man daran glaubt, spielt doch ohnehin keine Rolle. Wenn es so was wie Schicksal gibt, dann könnte Unglaube daran nichts ändern. Und wenn es nicht existiert, könnte mein Glaube daran es nicht herbeizaubern.«

Knut zieht überrascht die Augenbrauen in die Höhe und streicht schmunzelnd durch seinen Bart. »Das ist die klügste Antwort, die ich auf diese Frage je gehört habe.«

Matilda schweigt verlegen. Sie ist Komplimente nicht gewohnt.

Knut scheint das zu bemerken, denn er wechselt das Thema. »Was mögen Sie denn sonst so? Abgesehen von Dingen, die eine Geschichte erzählen, meine ich.«

»Dinge, die gut riechen«, entgegnet Matilda prompt. »So wie Ihre Einkäufe. Tabak, Kaffee, Käse, sogar die Zeitung. Deshalb verbringe ich auch so viel Zeit in Bibliotheken und Antiquariaten. Dort liegen die Geschichten quasi in der Luft.«

Knut nickt nachdenklich. Dann probiert er den Mohnkuchen, und Matilda beobachtet gebannt sein Mienenspiel. Fast fürchtet sie, Knut könnte das Gesicht verziehen. Obwohl es natürlich absurd wäre, enttäuscht zu sein, nur weil jemand andere Kuchenvorlieben hat als man selbst. Schließlich sind die Geschmäcker verschieden. Aber dass Knut genüsslich die Augen schließt und dann den Daumen hochstreckt, lässt sie erleichtert aufatmen. Jemandem, der Mohnkuchen liebt, kann man vertrauen.

»Sie haben mich neugierig gemacht, Matilda«, sagt Knut, nachdem er zwei große Kuchenstücke vertilgt und die schlichten weißen Porzellan-Teetassen neu gefüllt hat. »Was haben Sie damit gemeint, dass Ihr Job geheim ist? Sind etwa Sie diejenige von uns beiden, die Spionage betreibt?«

»Aber nein«, winkt Matilda belustigt ab. »Ich arbeite bloß im Amt für nicht zustellbare Post. Das einzige Geheimnisvolle daran sind die Inhalte der Briefe, die ich Tag für Tag prüfe.«

Es wundert sie nicht besonders, dass Knut noch nie etwas von diesem Amt gehört hat. Im Gegenteil, sie hätte nicht schlecht gestaunt, wenn es anders gewesen wäre.

Sie erzählt ihm von den beiden Boxen, dem Archiv, der Abteilung für erneute Zustellung und ihrem durchschnittlichen Pensum von dreißig Briefen pro Stunde. Ohne einen Namen zu erwähnen, schildert sie den Fall von Ria, die sich dank Matildas Arbeit bald über eine Nachricht ihrer Nichte freuen darf.

»Ich frage mich, wie es dort wohl aussieht«, schließt sie ihren Bericht. »Baden-Baden, das klingt so elegant. Aber vielleicht ist dieses Haus Rosenfeld gar nicht so vornehm, wie die Nichte der Briefempfängerin glaubt? Womöglich ist es ein heruntergekommener dunkler Kasten, in dem all diejenigen geparkt werden, die sich keine schickere Bleibe leisten können?« Das täte Matilda außerordentlich leid für Ria. Nachdem sie so viel über das Leben der alten Dame fantasiert hat, empfindet sie eine seltsame Verbundenheit mit ihr.

»Das lässt sich leicht herausfinden«, meint Knut und greift nach einem seiner futuristischen Geräte.

»Sie haben wohl kein Tablet?«, interpretiert Knut ihren neugierigen Blick ganz richtig.

»Ich habe nur ein Serviertablett aus Holz«, gibt Matilda lächelnd zu.

»Auch keinen E-Book-Reader?«

»Oh nein – den schon gar nicht. Einmal hat meine Kollegin mir ihren ausgeliehen. Nachdem sie mir wochenlang davon vorgeschwärmt hatte, wollte ich ihn höflichkeitshalber wenigstens mal ausprobieren.«

»Und?«

»Ein Fiasko. Ich brauche echte Bücher mit echten Blättern aus echtem Papier, sonst macht mir das Lesen nur halb so viel Freude. Solche Geräte sind einfach nichts für mich.«

»Diese Geräte sind mein Tor zur Welt«, erwidert Knut trocken. »Vor allem jetzt, da mein Bewegungsradius eingeschränkt ist. In der virtuellen Welt spielt es zum Glück überhaupt keine Rolle, wie gut ich zu Fuß bin.«

Während er das sagt, fliegen Knuts schlanke Finger über den Touchscreen und vollführen Dinge, die Matilda nicht ansatzweise nachvollziehen kann. Ihre Computerkenntnisse beschränken sich auf die unausweichlichen Zugriffe auf das amtliche Straßen- und Postleitzahlenverzeichnis im Intranet des Amtes. Das Internet mit seinen grenzenlosen Möglichkeiten ist für sie immer ein Buch mit sieben Siegeln gewesen, und bis eben hätte sie sich auch nicht vorstellen können, was sie daran interessieren sollte.

»Da haben wir's«, stellt Knut zufrieden fest und schiebt das Tablet zu ihr rüber. Auf dem Monitor ist das Foto einer gepflegten Villa zu sehen, die inmitten eines herrlichen Parks liegt. Kieswege, Buchen, Sitzbänke, Teiche. Und dazwischen Rosen in allen Farbschattierungen. Ein Traum!

»Die Lady mit dem Brief hat es nicht schlecht getroffen,

wenn sie in dieser Seniorenresidenz lebt«, kommentiert er.

»Das ist Haus Rosenfeld in Baden-Baden? Wie haben Sie das so schnell gefunden?«, staunt Matilda. Sie ist schwer beeindruckt.

Knut schmunzelt. »Na ja. Ich bin auf die Hüfte gefallen, nicht auf den Kopf.«

»Geben Sie's doch zu: Sie sind ein Zauberer!«, sagt Matilda mit einem Augenzwinkern.

»Okay, okay, ich gestehe. Wenn Sie also mal jemanden verwünschen, von einem Fluch erlösen oder verzaubern wollen, wenden Sie sich einfach vertrauensvoll an mich.«

»Darauf können Sie sich verlassen«, lacht Matilda.

Kapitel 5:

Post aus der Vergangenheit.

Nach einem beschaulichen Samstag in ihrem Lieblingsantiquariat und einem verregneten Sonntag, dessen Highlights aus dem restlichen Mohnkuchen, einem zerlesenen Roman von Simone de Beauvoir und einem Gershwin-Klavierkonzert auf Vinyl bestanden, betritt Matilda am Montagmorgen blendender Laune das Amt. Sie freut sich auf den Arbeitstag, der vor ihr liegt. Und auf die Briefe, die sie vor dem traurigen Schicksal im Archiv bewahren wird. Vor allem aber auf ihr Büro. Sie liebt den schlichten Raum mit dem uralten Aktenschrank, dem prunklosen Schreibtisch und der laut tickenden Wanduhr, deren zeitloser Charme auch hervorragend zu einem Kleinstadtbahnhof passen würde.

Andere würden ihre Dienststelle als vorsintflutlich bezeichnen, als unbehaglich oder schäbig. Und obwohl der Linoleumboden ganz stumpf ist, die ehemals weißen Wände inzwischen eher cremefarben aussehen und die Neonlampe gewiss keinen Designerpreis gewinnen wird, ist dieses Büro für Matilda an fünf Tagen die Woche von acht bis siebzehn Uhr *ihr Leben*.

Sie hängt den Trenchcoat an den Haken und dankt im Stillen ihrem Vorgänger, der knapp vier Jahrzehnte lang erfolgreich jegliche Renovierungspläne boykottiert hat. Inzwischen wurde das Budget für derartige Sperenzchen ohnehin gekürzt, sodass sich Matilda nicht einmal besonders anstrengen muss, um weitere Modernisierungsbestrebungen zu verhindern. Und so kommt es, dass ihr Büro seit Mitte der Sechzigerjahre nahezu unverändert geblieben ist.

Wie jeden Tag eilt Matilda als Erstes in die Küche, wo sie den Wasserkocher einschaltet, und gleich wieder zurück, um alles für den Arbeitstag vorzubereiten. Sie mag ihr Morgenritual. Und überhaupt Beständigkeit. Plötzliche Veränderungen bringen selten etwas Gutes. Während ihr Tee zieht, stellt sie zwei leere Boxen bereit – grau für »Archiv«, gelb für »Erneute Zustellung«. Nach genau vier Minuten entsorgt sie den Teebeutel und trägt die volle Tasse vorsichtig in ihr Büro, wo sie ungeduldig auf den Boten wartet. Heute kommt er früh – sie hat erst zweimal an ihrem Tee genippt, als er mit seinem Transportwagen hereinrollt.

»Die Menschen lernen wohl nie, ihre Post vernünftig zu beschriften«, sagt er wie fast jeden Morgen.

»Was würden wir auch sonst den ganzen Tag lang tun?«, erwidert Matilda verschmitzt, als wäre ihr diese Antwort gerade eben erst eingefallen.

Diesmal sind es sogar zwei Körbe mit Briefen. Einen platziert sie auf ihrem Schreibtisch, den zweiten auf dem halbhohen Aktenschrank, der mehrere Reihen identisch aussehender Ordner enthält – alle voller längst überholter Dienstanweisungen, Sitzungsprotokolle, Formulare und Gesetze, die sich vermutlich nie mehr jemand anschauen wird. Aber was wäre ein Büro ohne Ordner?

Der Vormittag verläuft wunderbar unspektakulär. Matilda arbeitet methodisch, konzentriert und selbst für ihre Verhältnisse überdurchschnittlich zügig. Der zweite Korb hat ihren Ehrgeiz angestachelt – bis zum Feierabend will sie alles schaffen. Zu ihrer größten Zufriedenheit wächst der Stapel in der gelben Box sichtbar schneller als der in der grauen, die später ins Archiv wandert.

Es ist ein Kondolenzschreiben dabei, ein Entschuldigungsbrief, eine Hochzeitseinladung und eine wütende Abrechnung unter Freundinnen. Ehemaligen Freundinnen, genauer gesagt. Zum Glück findet sich darin kein Hinweis auf Absenderin oder Empfängerin, sodass all die bitteren, hasserfüllten Worte dort landen werden, wo sie niemandem wehtun können: im Keller.

Gegen halb elf unterbricht Matilda ihre Arbeit kurz, um sich eine weitere Tasse Tee zuzubereiten. Ihre neue Lieblingssorte: *Seelenfriede* heißt er und duftet nach Wildkräutern und Wiesenblumen.

»Schmeckt nach parfümiertem Heu«, hat Kirsten einmal naserümpfend kommentiert, als Matilda ihr eine Tasse angeboten hat.

Für Matilda schmeckt er nach warmem Herbstlicht, nach sauberer, frischer Bettwäsche und dem Versprechen, dass nichts Schlimmes geschehen kann. Das sind ihre schönsten Kindheitserinnerungen. Wobei sie nicht einmal ganz sicher ist, ob es nicht vielmehr ihre Wunschträume von einst sind, die sie im Rückblick mit der Realität verwechselt.

Der wütende Brief, der eben in die graue Box gewandert ist, geht ihr nicht aus dem Kopf. Vieles daran lässt sie an die Streitgespräche ihrer Eltern zurückdenken. Für die bösen Vorwürfe, die damals durch das Haus geschleudert wurden, gibt es kein Kellerarchiv. Nur ihr Gedächtnis.

Und darin ist noch mehr gespeichert. Zum Beispiel die Erinnerung an den frühen Tod ihrer Eltern, kaum dass sie selbst volljährig war. Und der überstürzte Auszug aus dem Haus, in dem sie sich nie wirklich heimisch gefühlt hatte, das aber dennoch das einzige Zuhause war, das sie bis dahin kannte. Im Gegensatz zu dem Wort *Zwangsvollstreckung*, das sie damals gerade erst kennenlernte.

Wer weiß, was aus ihr geworden wäre, wenn sie aufgegeben hätte. Aber kurz bevor sie so weit war, hat sich das Blatt gewendet: Sie fand nicht nur ihre hübsche Dachwohnung, die sie auf tröstliche Weise an die Mansarde voller Bücher erinnerte, sondern auch die Arbeitsstelle im Amt für nicht zustellbare Post, genauer gesagt in dem beruhigend altmodischen Büro. Das ihr fast dasselbe gute Gefühl gibt wie eine dampfende, frisch gebrühte Tasse *Seelenfriede*.

Kurz vor der Mittagspause ist der erste Korb leer. Matilda stellt ihn auf den Aktenschrank, wo der nächste auf sie wartet. Vielleicht ist er ein bisschen zu voll, vielleicht ist Matilda auch ein wenig zu energisch, jedenfalls geschieht etwas, was noch nie zuvor geschehen ist: Ein Brief fällt heraus und rutscht hinter den Schrank.

Für einen Moment ist Matilda wie erstarrt. Wie konnte ihr das nur passieren?

Dann reißt sie sich zusammen. Missgeschicke kommen nun mal vor. Immerhin hat sie beobachtet, was passiert ist, und kann es wiedergutmachen.

Nur wie?

Der Spalt zwischen Schrank und Wand ist zu schmal, um auch nur mit den Fingern dazwischenzukommen.

Sie muss ihn irgendwie vergrößern. Matilda atmet tief durch, dann stemmt sie sich mit aller Kraft gegen die Seitenwand und schiebt. Der Schrank ist schwer und leistet trotzig Widerstand, doch Matilda kann nicht akzeptieren, dass ein Brief, der womöglich noch zu retten wäre, für immer dahinter verschwunden bleibt. Ihre Hände schmerzen schon, die Arme zittern, da endlich verrät ein dumpfes Knarren, dass das wuchtige Möbel nachgibt. Ein paar Millimeter zwar nur, aber besser als gar nichts. Für ihren Arm reicht der Platz noch nicht, aber vielleicht kommt sie ja mit einem Lineal ran …

Es gelingt nicht beim ersten Anlauf, und dummerweise kann sie in dem dunklen Spalt auch nichts erkennen, sodass sie im Grunde auf gut Glück darin herumstochert. Dann erwischt sie etwas, Papier schabt über Linoleum, sie rutscht ab, findet es wieder, schiebt es vorsichtig weiter. Endlich gelingt ihr ein letzter Schubser mit dem Lineal, dann ist es geschafft.

Keuchend steht Matilda da und betrachtet, was sie hinter dem Schrank hervorgezaubert hat.

Einen Umschlag wollte sie hervorfischen.

Tatsächlich sind es aber zwei.

Langsam bückt Matilda sich und hebt sie auf. Den Brief, der ihr vorhin aus dem Korb gerutscht ist, erkennt sie sofort an dem himmelblauen, korrekterweise mit siebzig Cent frankierten Kuvert wieder.

Der zweite Umschlag war früher wahrscheinlich blütenweiß. Inzwischen ist er ganz vergilbt. Die Adresse muss wohl mit Tinte geschrieben, aber dann nass und unleserlich geworden sein. Bis auf eine verschnörkelte Neun –

vermutlich Bestandteil einer Hausnummer oder eines Postfachs – lässt sich nichts mehr entziffern. Was Matilda jedoch am meisten verblüfft, ist die Briefmarke der Deutschen Bundespost – die schon seit über zwanzig Jahren nicht mehr so heißt – im Wert von fünfzig Pfennig. Und der Poststempel. Er stammt aus dem Jahr 1966.

Gütiger Himmel: Der Brief ist älter als ein halbes Jahrhundert! Vermutlich hat er seit zweiundfünfzig Jahren hinter dem altmodischen Aktenschrank gelegen, weil einem ihrer Vorgänger ein ähnliches Missgeschick passiert ist wie ihr vorhin. Und wäre da heute kein zweiter Korb gewesen, hätte sie ihn auch nicht dorthin gestellt, das Kuvert wäre nicht dahintergerutscht und der vergilbte Brief womöglich ein weiteres halbes Jahrhundert lang verschollen geblieben …

Schritte nähern sich. Weil Matildas Büro am Ende des Flures liegt, kann das nur eins bedeuten: Jemand will zu ihr.

Instinktiv reißt Matilda die Schreibtischschublade auf und stopft den vergilbten Brief hinein. Wer auch immer da gerade im Anmarsch ist: Dieses Kuvert ist nicht für seine oder ihre Augen bestimmt. Denn auf jeden Fall ist der Brief darin zu schade, um vernichtet zu werden – und genau das würde ihm bevorstehen, wenn alles seinen offiziellen Gang nähme. Bedenkt man, dass nicht zustellbare Post im Normalfall schon nach einem Jahr entsorgt wird, besteht für einen so alten Brief schon gar keine Aussicht auf Gnade. Jedenfalls nicht vor den Mühlen der Bürokratie. Wohl aber vor Matilda.

Kaum hat sie die Schreibtischschublade geschlossen,

wird auch schon an ihrer Tür angeklopft. Lutz wartet nicht einmal ihr *Herein* ab, bevor er eintritt.

»Hey, Tilda. Na, hast du schon Kohldampf? In der Kantine gibt es heute Rouladen. Kommst du mit?«

Matilda schluckt. Schlagfertigkeit war noch nie ihre Stärke. Vor allem, wenn sie überrumpelt wird, so wie jetzt gerade.

»Ich … ähm, na ja. Ich weiß nicht«, stammelt sie.

Doch was sie meint, ist: *Ich mag kein Kantinenessen. Und selbst wenn es dort Haute Cuisine gäbe, ginge ich garantiert nicht mit dir dorthin, Lutz. Ach ja, noch eins: Nenn mich bitte nie wieder Tilda!*

»Du weißt nicht? Dann besteht also eine Chance, dass du dich im Laufe der nächsten Viertelstunde dafür entscheidest?«

Matilda kann nicht fassen, wie wenig Feingefühl dieser Kerl hat. Er sollte doch spüren, dass sie nichts mit ihm zu tun haben will! Stattdessen fühlt er sich sogar motiviert. Und alles nur, weil sie zu höflich ist, ihm zu sagen, was sie wirklich denkt.

Sie beschließt, deutlicher zu werden: »Hör mal, Lutz, ich habe, ehrlich gesagt, überhaupt keinen Appetit. Also sei bitte nicht böse, aber … nein, danke.«

Außerdem kann ich doch den Brief nicht allein lassen!

Anstatt geknickt zu sein, bleibt Lutz jovial und lacht. »Okay, Tilda, aber gegen ein Feierabendbierchen wirst du doch wohl nichts einzuwenden haben?«

Angenommen, ich würde meine Abneigung gegen Bier überwinden, wärst du wohl der Letzte, mit dem ich anstoßen wollte. Denkt sie.

»Ach, bitte …«, seufzt sie. Und fürchtet schon, das könnte womöglich zu direkt gewesen sein.

»Ich zähl auf dich, Tilda!«, grinst Lutz und tritt kein bisschen frustriert den Rückzug an.

Matilda atmet auf.

Aber mit ihrem Arbeitseifer ist es für heute vorbei.

Kapitel 6:

Ungewöhnliche Fälle erfordern unorthodoxe Maßnahmen.

Bis zum Feierabend bleibt der Brief in der Schublade. Und Matildas Gedanken ebenfalls.

Der Brief stellt sie vor ein Problem, zu dem ihr keine Verwaltungsvorschrift die Lösung bieten kann. Im Normalfall hätte man ihn schon vor Jahrzehnten erneut zugestellt – oder eben vernichtet. Und überhaupt wäre der Vorgang längst verjährt.

Matilda bringt es einfach nicht übers Herz, ihn zu schreddern. Aber wenn sie ihn weder bearbeiten noch entsorgen kann – was soll sie damit anfangen? Streng genommen darf sie ihn nicht einmal lesen, fürchtet Matilda. Trotz oder gerade wegen ihres Berufes nimmt sie das Briefgeheimnis sehr ernst. Und das wird nur aufgehoben, um aktuelle Fälle zu bearbeiten. Gilt das auch für längst verjährte Fälle? Vermutlich nicht. Der Brief ist im Grunde gar kein Fall, sondern eine Privatsache.

Aber wessen Privatsache?

Wer hat ihn vor fünf Jahrzehnten geschrieben? Wer sollte ihn bekommen? Wovon handelt er? Steckt er voller Hass und Beleidigungen, so wie der Wutbrief vom Vormittag, oder enthält er lauter positive Gefühle?

Matilda wüsste es wirklich gern. Aber ihr fällt kein korrekter Weg ein, es herauszufinden.

Sie sollte den Brief einfach vergessen. Aber das schafft sie nicht. Genauso wenig wie sie es schafft, sich auf die Arbeit zu konzentrieren. Der zweite Korb leert sich im Schneckentempo und ist noch halb voll, als Lutz den Kopf wieder zur Tür hereinsteckt und sie zu einem Feierabenddrink zu nötigen versucht.

»Heute nicht, ich hab noch zu tun«, murmelt sie und hebt dabei nicht einmal den Kopf. Vielleicht gar keine so schlechte Strategie, denn Lutz verzieht sich umgehend.

Irgendwann kann sie das Nachhausegehen nicht länger hinauszögern. Matilda ist froh, dass ihre Schreibtischschublade abschließbar ist. Wie sonst könnte sie den Brief guten Gewissens allein lassen?

Wie sie es versprochen hat, besorgt sie auf dem Heimweg ein frisches Dinkelbrot für Knut und ein Päckchen Mehl für ihr Abendessen. Sie will Pfannkuchen machen. Erst kurz vor der Haustür fällt ihr ein, dass sie dazu auch Eier gebraucht hätte, aber jetzt hat sie keine Lust mehr zurückzugehen. Eigentlich hat sie sowieso keinen Appetit. Den hat ihr der Brief verdorben. Überhaupt hat er alles durcheinandergebracht. Und sie in ihrer Überzeugung bestärkt, dass Veränderungen von Natur aus Verschlechterungen sind. *Warum musste ausgerechnet ich diesen vermaledeiten Brief finden?*

In den darauffolgenden Tagen versucht Matilda, den Brief zu ignorieren. Erfolglos. Anstelle ihres üblichen Schnitts von dreißig Briefen pro Stunde schafft sie höchstens fünfzehn bis zwanzig, manchmal sogar nur zehn. Stattdessen lässt sie es zu, dass ihre Gedanken immer wieder zu der verschlossenen Schreibtischschublade abschweifen und zu der geheimnisvollen Botschaft, die sich darin befinden mag. Was, wenn es ein Geheimnis ist? Ein Geständnis etwa? Oder ein Testament? So etwas wäre auch heute noch von Bedeutung. Womöglich würde der Brief das Schicksal ganzer Familien beeinflussen. Benachteiligten Kindern die Chance auf eine vernünftige Ausbildung, eine Karriere, eine glückliche Zukunft eröffnen. Einen jahrzehntelang schwelenden Familienstreit beilegen.

Am Donnerstag ist Matilda das reinste Nervenbündel. Sie schafft kaum noch zehn Briefe in der Stunde und vergisst am Abend sogar, den Kandiszucker für Knut zu besorgen.

»Na gut, dann trinke ich meinen Tee heute eben ungesüßt«, sagt er, während er zwei Tassen einschenkt und eine vor Matilda stellt.

Es hat sich eingebürgert, dass Knut ihr etwas zu trinken anbietet, wenn sie ihm die Einkäufe bringt. Sie sitzen dann am Küchentisch, und Matilda erzählt von ihrem Arbeitstag. Heute ist ihr ein liebevoller Brief einer kleinen Enkelin an ihren Großvater besonders in Erinnerung geblieben – zum Glück hat sie ihn dank der Informationen, die darin standen, doch noch an die Abteilung »Erneute Zustellung« weiterleiten können. An viel mehr kann sie sich nicht erinnern. Was sie sonst an diesem Tag geleistet hat, verschwimmt in einer trüben Erinnerungssuppe, die rund um den Brief kreist.

»Ich hätte nie gedacht, dass man in einem Amt dermaßen spannende Dinge erleben kann«, lächelt Knut und schaut Matilda auffordernd an.

»Oh, ich darf dir das alles eigentlich gar nicht erzählen«, versucht sie, das Thema zu beenden.

»Das weiß ich doch. Und ich gelobe dir feierlich, keiner Menschenseele etwas davon weiterzusagen. Betrachte mich einfach als deinen Beichtvater. Außerdem nennst du doch niemals irgendwelche Namen.«

Da hat Knut natürlich recht. Um ehrlich zu sein, entspringt ein Großteil der Dinge, die Matilda ihm allabendlich berichtet, ihrer Fantasie. Vermutlich hat sie einfach zu viele Geschichten gelesen, um sich immer nur auf trockene Fakten beschränken zu können. Da macht es doch viel mehr Spaß, sie für Knut ein wenig ... auszuschmücken. Matilda liebt es, die Geschichten der unbekannten Briefeschreiber weiterzuspinnen, und Knut liebt es, ihr dabei zuzuhören.

Da der heutige Arbeitstag nicht besonders denkwürdig war, wärmt sie einfach einen Fall von Anfang der Woche wieder auf. Den mit den zerstrittenen Freundinnen.

»Ich war mehr als froh, dass dieser Brief ins Archiv gewandert ist. Bestimmt tun der Schreiberin ihre gemeinen Worte längst leid«, da ist sich Matilda fast sicher.

»Oder sie kann es kaum erwarten, dass ihr zorniger Brief endlich seine giftige Wirkung entfaltet«, entgegnet Knut, dem es einen diebischen Spaß bereitet, den Advocatus Diaboli zu spielen. Und eigentlich erwartet er, dass Matilda ihren Standpunkt verteidigt, denn so laufen die Gespräche zwischen ihnen für gewöhnlich. Aber heute ist Matilda nicht dazu aufgelegt. Stattdessen leert sie ihre Tasse und steht auf.

»Es war ein anstrengender Tag. Ich denke, ich gehe

heute früh ins Bett«, verabschiedet sie sich, und weg ist sie.

»Was ist nur los mit dir, Matilda?«, murmelt Knut, als die Wohnungstür ins Schloss fällt.

Matilda weiß selbst nicht, wann sie den Entschluss gefasst hat. Oder ob nicht vielmehr der Entschluss *sie* gefasst hat. Doch als sie am Freitagmorgen das Amt betritt, ist ihr auf einmal klar, dass es nur eine Möglichkeit gibt, die Ordnung in ihrem Kopf wiederherzustellen: Sie muss den Brief endlich lesen.

Natürlich entspricht dieses Vorgehen nicht zu hundert Prozent dem üblichen Prozedere, aber es widerspricht ihm auch nicht komplett, denn in den allgemeinen Dienstvorschriften kommen verschollene Briefe aus den 1960er-Jahren einfach nicht vor. Und niemand kann wollen, dass dieser eine Brief ihre Leistungen weiterhin dermaßen beeinflusst.

Allein schon das Vorhaben fühlt sich gut an. Matildas Gedanken rotieren nicht mehr ganz so rasant um den Inhalt der Schublade wie bisher, und schon geht es mit ihrer Effektivität wieder aufwärts: Im Laufe des Vormittags schafft sie immerhin achtzehn Briefe. Elf davon wandern in die gelbe Box. Ein akzeptabler Schnitt.

Angetrieben wird sie von dem Entschluss, den Brief während der Mittagspause zu lesen. Aber als es dann so weit ist, bringt sie es nicht fertig. Etwas hält sie zurück. Sie will den Brief auf jeden Fall ungestört lesen! Doch die Gefahr, dass wieder jemand hereinplatzt, ist zu groß. Und daran ändert sich auch im Lauf des Nachmittags nichts.

Wenn sie ihren Plan durchziehen will, gibt es nur eine einzige Möglichkeit.

Eigentlich ist es ein Tabu. Aber es fällt ihr keine Alternative ein. Also wartet sie, bis alle anderen aus der Abteilung Feierabend gemacht haben. Dann spült sie ihre Tasse aus, zieht ihren Mantel an, öffnet die Schublade, nimmt den Brief heraus und steckt ihn in ihre Tasche.

Einfach so.

Ihr Besuch bei Knut fällt noch kürzer aus als gestern. Diesmal schützt sie Kopfschmerzen vor und bleibt nicht einmal auf ein Getränk.

Dann endlich sind sie allein in ihrer Dachwohnung – sie und der Brief. Matilda zögert es noch ein wenig hinaus, ihn zu öffnen. Erst legt sie eine Platte mit beruhigender Musik auf, anschließend macht sie sich ein Käsebrot und trinkt ein Glas Wasser.

Dann fällt ihr nichts mehr ein, was sie sonst noch machen könnte.

Das Messer ist sehr scharf und das Papier sehr dünn. Sie kommt sich vor wie eine Chirurgin, die gerade ein Kuvert operiert. Was sie mit spitzen Fingern daraus hervorzieht, sind drei, nein sogar vier Bögen Papier. Sie faltet sie auf und streicht sie mit den Händen glatt.

Die Seiten sind beidseitig eng beschrieben und nummeriert. Der Briefschreiber muss ein methodischer Mensch sein, die Schrift ist gleichmäßig, aber das F wirkt etwas eigensinnig und das L erstaunlich verschnörkelt. Insgesamt ist die Handschrift klein, aber forsch. Sie wirkt, als hätte der Verfasser sich bemüht, platzsparend zu schreiben.

Oder die Verfasserin. Auf den ersten Blick könnte Matilda nicht sagen, ob der Brief von einem Mann oder einer Frau geschrieben wurde.

Eindeutig ist nur, dass er an eine Frau gerichtet ist, daran lässt die Anrede keinen Zweifel.

Sie dreht die Seiten um und entziffert die Grußformel:

Für immer Dein Michel

Dann geht sie zurück zum Anfang und zögert nicht länger. Schon nach wenigen Zeilen vergisst sie alles um sich herum. Michels Worte ziehen sie in den Bann. Noch weiß sie nichts über ihn oder die Frau, an die er den Brief gerichtet hat. Aber eins weiß sie sofort: dass sie gerade den innigsten Liebesbrief in Händen hält, den sie je gelesen hat.

Kapitel 7:

»Geliebte Leni.«

Die Zeit scheint stillzustehen in Matildas Dachwohnung. Als sie von ihrem Ausflug in die Vergangenheit zurückkehrt und die Blätter sinken lässt, kommt es ihr vor, als wären gerade einmal fünf Sekunden vergangen, seit sie in den Brief abgetaucht ist. Aber zugleich auch fünf Jahrzehnte. Und das in gerade mal fünf Minuten …

Tränen laufen über Matildas Wangen.

Wie gut, dass sie den Umschlag nicht im Büro geöffnet hat. Dort hätte sie es nicht zugelassen, dass ihre Gefühle sie derart überwältigen. Aber ohne dieses Ventil wäre es wohl unmöglich gewesen, den Gedanken daran zu ertragen, was hätte geschehen können – geschehen sollen, wäre der Brief jemals angekommen.

Alles scheint sich gegen Michel und Leni verschworen zu haben. Erst die Umstände. Dann die Tinte, die verlaufen und unleserlich geworden ist. Und schließlich ein Windstoß, eine ungeschickte Bewegung oder sonst irgendein Zufall, der den Brief hinter den Aktenschrank im Amt für nicht zustellbare Post befördert hat.

Matilda nimmt Michels schwungvoll verschnörkelte Schrift bloß noch schemenhaft wahr. Sie wischt sich mit dem Handrücken die Tränen aus den Augen. Dann nimmt sie sich den Brief erneut vor. Diesmal liest sie ganz langsam.

Geliebte Leni!

Habe ich wirklich geglaubt, ohne Dich weiterleben zu können? Ohne Dein unbeschwertes Lachen, das ich unter Millionen anderer erkennen würde? Ohne Deine verrückten, spontanen Einfälle? Ohne Deine Küsse? Kann ich das ernsthaft für möglich gehalten haben?
Zugegeben – ich habe in Deine hoffnungsgrünen Augen geschaut und geschwiegen, als Du Lebewohl sagtest. Schlimmer noch, ich habe selbst geglaubt, es wäre unausweichlich, Dich aufzugeben. Uns aufzugeben.
Ich könnte Dir nicht verdenken, wenn Du mit so einem hirnverbrannten Idioten wie mir nie wieder zu tun haben wolltest. Doch was ich hoffe, ist das Gegenteil. Daß Du mir verzeihst. Mir wieder erlaubst, der Mann zu sein, der Dich zum Lachen bringt. Der sich auf Deine Begeisterungsfähigkeit einläßt. Und der Dich küßt.

Mein Leben ohne Dich verbringen zu wollen, war die dämlichste Idee aller Zeiten. Ich will, daß es wieder ein Wir gibt. Leni & Michel forever, so wie wir es in den alten Holzsteg am Waldsee geritzt haben.
Aber ich kenne Dich nur zu gut, Leni. Du hältst mich für unvernünftig. Denkst, ich würde mir meine Karriere verbauen. Und fühlst Dich verantwortlich, mir diese Flausen auszureden. Du läßt Dich nicht einfach so umstimmen, auch wenn es Dir wehtut. Ich darf doch Deinem Glück nicht im Wege stehen, hast Du gesagt an unserem letzten Abend. Dabei bist Du doch sonst oft so wunderbar unvernünftig! Ich hätte Dir damals sofort widersprechen sollen. Du

könntest meinem Glück niemals im Wege stehen, hätte ich rufen sollen, denn Du bist doch selbst mein größtes Glück! Aber ich habe es nicht gerufen. Ich stand einfach nur da und bin im dunklen Grün Deiner unergründlichen Augen ertrunken.

Laß es mich wiedergutmachen, Liebste. Denn du fehlst mir unendlich!

Matilda lässt den Brief sinken. Wie das wohl ist, für einen anderen Menschen das größte Glück zu sein? Bisher hat sie immer daran gezweifelt, dass so etwas jenseits des Hollywood-Kitschs tatsächlich existiert. *Wahre Liebe, ewige Treue, das ist bloß eine romantische Wunschvorstellung*, hätte sie gestern noch behauptet.

Und nun sitzt sie da, mit Michels Brief auf dem Schoß, und hat keinerlei Zweifel daran, dass er jedes Wort genau so gemeint hat, wie es da steht. Das ist kein Gesülze, das sind echte Gefühle. Deren Kraft mit den Jahren kein bisschen schwächer geworden ist.

Darauf war sie nicht vorbereitet! Matilda hat mit allem gerechnet, aber nicht mit einer emotionalen Überdosis. Und auch nicht damit, dass Worte, die vor so langer Zeit geschrieben wurden, sie dermaßen berühren würden.

Der Tee ist abgekühlt. Sie trinkt ihn im Stehen und schaut dabei aus dem Fenster. Von hier oben wirkt alles wie aus einer Modellbahn-Kulisse, nur ohne Züge, stattdessen mit jeder Menge Autos und Fahrrädern. Die unten vorüberhastenden Menschen mit ihren Aktentaschen und Einkaufskörben wirken wie ferngesteuerte Miniatur-Figuren. Genauso die Jugendlichen, über Smartphones gebeugt, eine Politesse, die Falschparker entlarvt, eine schwangere Frau mit Kleinkind im Schlepptau. Ob einer von ihnen *das größte Glück* für jemand anderen ist? Matilda würde nicht darauf wetten.

Nachdenklich isst sie das Käsebrot und versucht, sich an die wenigen Male zu erinnern, die sie verliebt war. Einmal mit vierzehn. Unsterblich und unglücklich, wie sollte es anders sein. Nach ein paar Wochen war der Spuk vorbei, und schon damals hat sie sich gefühlt wie von einer schweren Krankheit genesen. Mit siebzehn, zwanzig und zweiundzwanzig ist es ihr im Grunde nicht viel anders ergangen. Beim letzten Mal endete es auf besonders unschöne Weise, und seitdem ist sie endgültig geheilt.

Was keineswegs heißt, dass sie Liebe als literarisches Motiv nicht zu schätzen wüsste. Freilich hat sie ihre Jane Austen verschlungen, ihren Shakespeare, ihre Margaret Mitchell, ihren Arthur Schnitzler und in jüngster Zeit natürlich auch John Green und Jojo Moyes. Zwischen zwei Buchdeckeln befindet sich der einzige Ort, an dem sie bereit ist, sich auf die Liebe einzulassen. Doch heute ist sie ihr an völlig unerwarteter Stelle begegnet.

Natürlich ist das, was Michel geschrieben hat, nicht der erste Liebesbrief, der ihr während ihrer Tätigkeit im Amt untergekommen ist. Aber es ist der einzige, der diese Bezeichnung wirklich verdient. Vor allem dank dieser wundervollen Stelle, die auf der vorletzten Seite beginnt. Matilda blättert weiter und versucht, sich die Frau vorzustellen, der diese Worte gelten:

Sicher fragst Du Dich, was ich Dir mit alldem sagen will. Es ist so vieles. Zum Beispiel, daß ich nicht Herr über meine Sinne bin, solange wir einander nicht haben. Und daß ich das einfach nicht länger ertrage. Daß ich ein Volltrottel war, als ich Dich gehen ließ. Und noch ein viel größerer Volltrottel, als ich Dir das Gefühl gab, Du müßtest das tun. Mir zuliebe. Denn wenn es überhaupt etwas gibt, was Du mir zuliebe tun kannst, dann ist es, mich nie mehr allein zu lassen.

Wir können irgendwo ganz von vorn anfangen. Am anderen Ende der Welt werden auch kluge Leute gebraucht. Ich liebe meine Heimat, aber Dich liebe ich mehr. Zwar würde ich bestimmt ein guter Apotheker, aber was soll's? Solange Du nur in meiner Nähe bist, kann ich auch Schuhverkäufer in Texas werden oder Architekt in Neuseeland oder Bäcker in der Mongolei oder Lehrer in Kenia. Liebe ist doch so viel wichtiger als alles, was man mit Geld kaufen kann: Liebste Leni, wir können das schaffen!

Meine liebste Leni, Du mußt Dir jetzt vorstellen, daß ich vor Dir auf die Knie gehe. Du trägst das wunderschöne zitronengelbe Sommerkleid, das Du damals bei unserem ersten Ausflug zum See anhattest, und ich meinen besten Anzug. Und ich habe ein Schächtelchen dabei mit einem wunderschönen Ring darin. Und dann wage ich es:
Leni Arnold – willst Du meine Frau werden?
Es wäre mir eine große Ehre. Und nicht nur das: Du würdest mich zum glücklichsten Mann auf Erden machen!
Sag Ja, Leni. Du mußt einfach Ja sagen.

Ich weiß, wir können das nicht mit einem Glas Champagner und einem schicken Fünf-Gänge-Menü feiern, so wie es dem Anlass entsprechen würde. Nicht, wenn wir die Sache geheimhalten wollen. Und das müssen wir wohl tun, um unseren Neuanfang nicht zu gefährden. Meine Eltern würden mich eher verhaften lassen, als mich mit Dir nach Südamerika durchbrennen zu lassen – oder wo immer Du mit mir leben möchtest … Was hältst Du vom ersten Wochenende im September? Ich werde Samstagnacht auf Dich warten. Um Mitternacht an unserem üblichen Treffpunkt. Ich werde das Schächtelchen mit dem Ring dabeihaben, meine Papiere, sämtliche Ersparnisse, etwas zu essen und einen Seesack mit dem Nötigsten. Aber all das wird nicht das Geringste wert sein, wenn Du nicht mit mir kommst.
Liebste Leni – laß mich nicht vergeblich warten. Bitte!

Oh ja, dieser Brief hätte das Leben einiger Menschen komplett auf den Kopf gestellt, wenn er sein Ziel erreicht hätte. In allererster Linie das von Leni und Michel selbst. Nicht zu vergessen die Kinder, die nun wohl nie geboren wurden. Dann natürlich ihre Eltern, vielleicht auch Geschwister, Freunde, Verwandte …

Matilda schluckt. Sie ist überwältigt von all den Schicksalen, die ein einziger verloren gegangener Brief beeinflusst hat. Das sind Dimensionen, die sie sich bisher nie vorgestellt hat. Wo wären all diese Menschen gelandet, wenn Leni von dem Treffpunkt erfahren hätte? In Australien? Asien? Oder wäre sie womöglich gar nicht gekommen?

Nein, das kann sich Matilda kaum vorstellen. Wie hätte Leni dem Zauber dieses Briefes widerstehen sollen?

Aber Tatsache ist, dass sie ihn nie bekommen hat. Stattdessen ist er bei Matilda gelandet.

Matilda, die nicht an die Liebe glaubt. Aber an die Macht der Worte. *Leni würde wohl in beiden Punkten widersprechen,* denkt sie.

Und dann: *Was wohl aus Leni und Michel geworden ist?*

Kapitel 8:

Das Beste am Sonntag ist, dass darauf der Montag folgt.

»Nach kurzer, schwerer Krankheit hat Gott, der Herr, eine treue Mutterseele zu sich gerufen. Wir trauern um Frau Ernestine Weil, geboren am 23. Februar 1934, gestorben am 1. Oktober 2017«, liest Matilda laut und überdeutlich, denn ihre Nachbarin aus dem Erdgeschoss, Elvira Behrens, ist nicht nur beinahe blind, sondern hört auch nicht mehr einwandfrei. Die Woche über kümmert sich eine Betreuerin um sie, aber sonntagnachmittags hat die frei, und dann schaut Matilda meistens herein, um der alten Dame ein bisschen vorzulesen. Der Stapel mit den Tageszeitungen der vorangegangenen Woche liegt dann schon auf dem kleinen Marmortisch in der Diele bereit. Was natürlich viel zu viel Lesestoff für einen einzigen Nachmittag wäre, aber Elvira interessiert sich zum Glück nur für ausgewählte Themen: Todesanzeigen, Börsenkurse, Sportresultate.

»Die hab ich gekannt«, kommentiert sie die Nachricht vom Ableben Ernestine Weils und wirkt dabei kein bisschen betroffen. »Das schlimmste Lästermaul von ganz Karlskirchen war die. Und im Sommer 1963 hat sie versucht, mir meinen Harry auszuspannen. Da hat sie aber auf Granit gebissen. Mein Harry ist nämlich eine treue Seele.«

Matilda wirft einen Blick auf die alte Standuhr hinter Frau Behrens. *Elf Minuten*, denkt sie und lächelt in sich hinein. Diesmal hat es nur elf Minuten gedauert, bis Elvira Behrens das Gespräch auf ihren verstorbenen Gatten gebracht hat. Der Gute wurde bereits Mitte der Siebziger aus dem Leben gerissen. Aneurysma, Hirnblutung, Ende. Dennoch spricht Elvira von ihm, als wäre er eben zum Bäcker gegangen und sie würde ihn jeden Augenblick zurückerwarten.

»Ja, ja, mein Harry«, wiederholt die alte Dame nachdenklich und senkt den Kopf. Denn natürlich weiß sie, dass die Bäckerei am Sonntagnachmittag geschlossen hat.

»Sie haben ihn sehr geliebt«, sagt Matilda leise.

»Oh, das tue ich noch immer«, erwidert Elvira mit einem kleinen Lächeln.

Das viele Vorlesen war anstrengend, sowohl für Matilda als auch für ihre Zuhörerin, die es sich für ein Nachmittagsschläfchen auf dem antiken Diwan bequem gemacht hat. Matilda deckt sie noch zu, schaltet das Licht aus, zieht die Wohnungstür hinter sich zu und macht sich auf den Weg in die erste Etage. Dort wohnt Pamela, die Stewardess, die meistens Langstrecke fliegt und sich in exotischen Ländern wohl heimischer fühlt als in ihrer eigenen Wohnung. Warum jemand, der so selten daheim ist, überhaupt ein Haustier hält, ist Matilda ein Rätsel. Auch wenn es bloß eine altersschwache Schildkröte ist, die mit frischem Wasser und etwas Löwenzahn zufrieden ist.

»Hallo, Esmeralda«, begrüßt Matilda die Schildkröte. »Na, hattest du eine aufregende Woche?«

Vermutlich war dies nicht der Fall, denn Pamela ist schon seit Tagen unterwegs, und ihre chromblitzende, penibel saubere Wohnung sieht nicht gerade danach aus, als hätte Esmeralda in der Zwischenzeit eine ausgelassene Party gefeiert.

Während Matilda das Terrarium sauber macht, denkt sie an die Kaninchen, die ihre Eltern früher gehalten haben. Sie hat es geliebt, Max und Moritz zu füttern, mit ihnen zu spielen und sie zu streicheln. Den Kaninchenbraten, den es alljährlich zu Erntedank gab, hat sie nie angerührt. Aber wenig später gab es dann immer einen neuen Max oder einen Ersatz-Moritz, den sie sofort genauso lieb gewann wie seinen Vorgänger und der sie einigermaßen über den Verlust hinwegtrösten konnte.

Damals hat sie sich vorgenommen, einmal mit ganz vielen Kaninchen, Katzen, Kühen, Hunden, Pferden und Eseln zusammenzuleben, am besten auf einem großen Bauernhof, und alle Tiere dürften am Leben bleiben, bis sie an Altersschwäche eingingen.

Lächelnd füllt sie Esmeraldas Trinknapf auf. »Dich würde ich notfalls auch adoptieren.«

So ein Bauernhof würde ihr auch heute noch gefallen. Aber inzwischen hat sie diese Fantasie ins Reich der unerfüllbaren Träume verbannt. Denn wer will schon als einziger Zweibeiner auf einem Bauernhof leben? In ihrer kindlichen Vorstellung gab es dort natürlich eine gütige Großmutter im Schaukelstuhl, einen Pfeife rauchenden Großvater, stets gut gelaunte Eltern und jede Menge rotwangiger Kinder. Alle hätten so viel Spaß, dass sich Matilda niemals in eine Mansarde flüchten müsste. Und Bücher wären für sie keine Flucht aus der tristen Realität, sondern einfach nur ein netter Zeitvertreib.

In diesem Mietshaus zu leben, ist für Matilda ein akzeptabler Kompromiss. Ihre Dachwohnung bietet mindestens so viel tröstliche Heimeligkeit wie die Mansarde von früher, die Nachbarn ersetzen die nicht vorhandene Großfamilie und Esmeralda den Privatzoo.

»Mach's gut, Schrumpelhals«, verabschiedet sie sich von der alten Schildkröte und schließt das Terrarium.

»Grüner Tee oder Rooibos?«, fragt Knut.

»Entscheide du, ich mag beide«, erwidert Matilda und folgt ihm in die Küche. Inzwischen fühlt sie sich bei ihm schon fast zu Hause. Kaum zu glauben, dass sie erst seit Kurzem hier ein und aus geht.

Schon seltsam: Da musste Knut in der Dusche stürzen und sich verletzen, damit sie endlich in Kontakt kamen. Dabei ist er so viel weltoffener als Elvira und Pamela. Warum ist es ihr so leichtgefallen, auf die beiden zuzugehen, und so schwer, Knut anzusprechen? Dabei ist er ihrem Vater doch kein bisschen ähnlich …

»Nun ist das Wochenende schon fast wieder vorbei«, stellt Knut fest.

»Für dich als Rentner spielt das doch sowieso keine Rolle.«

»Aber für dich. Du freust dich bestimmt schon jetzt auf den nächsten Freitagnachmittag.«

Matilda lacht. »Da kennst du mich aber schlecht. Das Beste am Sonntag ist für mich, dass darauf der Montag folgt. Und natürlich der leckere Tee bei dir.«

Nicht zu vergessen Michels Brief, ergänzt sie in Gedanken.

Sie hat ihn inzwischen mehrmals gelesen. Ein paarmal am Stück, dann wieder häppchenweise. Und sie freut sich schon auf die nächste Portion, die sie gleich nach ihrem Besuch bei Knut genießen wird.

»Bringst du mir morgen nach der Arbeit einen schönen Rotwein mit? Und vielleicht einen Bergkäse.«

»Klar, gern. Trocken?«

»Perfekt!«

Zurück in ihrer Wohnung, lässt Matilda ihren bereits vor Tagen begonnenen Roman links liegen. Sie stellt sich auch nicht so wie sonst ans Fenster, um die Passanten zu beobachten.

Stattdessen nimmt sie sich wieder den Brief vor. Sie hat ihn inzwischen so oft gelesen, dass sie den Inhalt sehr gut kennt. Michel beschreibt darin, wie er Leni kennenlernte. Wie er sich in sie verliebte. Wie sie einen wundervollen Sommer miteinander verlebten. Wie seine Eltern dahinterkamen. Wie sie ihn unter Druck setzten. Wie Leni und er sich ein letztes Mal trafen. Wie er mit der Vorstellung, sein Leben ohne sie verbringen zu müssen, nicht klarkam. Wie er eine Entscheidung traf …

Einige Stellen liest Matilda immer wieder. Und eine liebt sie ganz besonders. Sie ist perfekt als Sonntagssternstunde.

Nie werde ich unseren ersten Tag am See vergessen. Du wolltest mir Deinen Lieblingsplatz zeigen. Ich hatte keine

Ahnung, daß es mitten im Taunus diese verwunschene Stelle mit dem zauberhaften kleinen Badesee gibt.
Du kanntest den Weg und bist mir auf Deinem uralten Rad, das vielleicht einmal rot gewesen, aber inzwischen nur noch verrostet war, ein paar Meter vorausgefahren. Du hattest dieses zitronengelbe Sommerkleid an, dessen Anblick sich wohl auf ewig in mein Gedächtnis geprägt hat. Deine braun gebrannte Haut sah einfach sensationell aus im Kontrast zu diesem Gelb. Der Rock flatterte um Deine Beine und Dein dunkelblonder Zopf im Fahrtwind. Ich war hin und weg. Konnte Dich einfach nur anstarren. Du warst so frisch und stark und strahlend! Ich konnte kaum fassen, daß Du Dich mit mir abgeben wolltest.
Dann, auf einmal, kamst Du ins Schlingern. Da lag wohl ein spitzer Stein auf dem Weg, der Deinem Vorderreifen den Garaus gemacht hat. Du konntest gerade noch abspringen, bevor das Rad im Graben landete, und dann hast Du herzlich gelacht.
Du hast den Drahtesel mit dem Platten einfach liegen lassen. Für den Rest der Strecke hast Du es Dir auf der Stange vor mir bequem gemacht, seitlich sitzend und übermütig wie eh und je.
Ich konnte kaum atmen, so sehr schlug mein Herz bis zum Hals. So nah waren wir einander noch nie gekommen.
Du rochst nach Sommer und Vanille. Ich spürte die Wärme Deines Körpers und noch mehr die meines Körpers.
Dann erreichten wir den See. Es war der schönste Platz auf Erden. Ich war sofort verliebt. Nicht nur in den Waldsee, sondern auch in Dich.

Immer wieder habe ich überlegt, wann genau dieser Moment war, in dem ich wußte, was ich für Dich empfinde. Vielleicht war es schon mit Dir vor mir auf dem Rad. Spätestens aber dann, als wir nebeneinander auf dem Steg saßen. Die Füße im kühlen Wasser, die Schultern so nah beieinander, wie man nur sein kann, ohne sich zu berühren. So nah, daß man die Nähe förmlich spürte.
Dann, ganz unvermittelt, begann es zu regnen. Eben noch hatten wir in die Sonne geblinzelt, jetzt waren wir in Sekundenschnelle bis auf die Haut durchnäßt. Du hast die Arme ausgebreitet und nach oben geschaut, als wolltest Du den Platzregen willkommen heißen. Er war wunderbar erfrischend und brachte uns die ersehnte Abkühlung. Aber nur äußerlich. Innerlich brannte ich lichterloh.
Wassertropfen liefen über Dein Gesicht, einer davon blieb kurz vorne an Deiner Nasenspitze hängen. Ich glaube, genau das war der Moment, in dem ich mich endgültig und unsterblich in Dich verliebt habe. Dein Strahlen, der Waldsee, der Regentropfen, der Duft nach Sommer und Vanille – das alles wird für alle Zeiten für mich der Inbegriff von Glück sein.
Auch wenn Du mich nicht zurückhaben willst.
Auch wenn wir uns nie wiedersehen.
Auch wenn ich nie wieder einen solchen Glücksmoment erleben werde: Wir hatten diesen – und allein dafür lohnt es sich schon, geboren worden zu sein.

Ich weiß, daß dieser Tag am Waldsee für Dich auch ein ganz besonderer war. Das habe ich am Funkeln in Deinen Augen gesehen, kurz bevor sich unsere Lippen berührten.

Es war mehr als nur ein perfekter erster Kuß. Es war Magie. Du hast mich verzaubert. Und wenn es mir auch nur ein klein wenig gelungen ist, Dich ebenso zu verzaubern, dann hast Du diesen Brief nicht ungeöffnet weggeworfen, sondern bis hierher gelesen.
Die Regentropfen prasseln an mein Fenster und mahnen mich, daß es Herbst wird. Unser gemeinsamer Sommer ist vorbei, aber laß es bitte nicht unser letzter gewesen sein.

Wo dieser Waldsee wohl liegen mag? Matilda stutzt. Wäre dieser Brief ganz regulär als Fall auf ihrem Schreibtisch gelandet, hätte sie ihn schweren Herzens ins Archiv verbannen müssen. Denn so viele Emotionen auch darin stecken, so wenige klare Hinweise auf Absender oder Adressatin enthält er. Im Grunde gibt es nichts als vage Andeutungen. Nichts, woraus einer ihrer Vorgänger genug Informationen für eine erneute Zustellung hätte gewinnen können. *Leni. Michel. Taunus. Ein See im Wald.* Das sind einfach zu wenige Fakten!

Doch zugleich ändert das alles!

Denn gesetzt den Fall, der Brief wäre damals nicht hinter den Aktenschrank gerutscht, sondern ordnungsgemäß bearbeitet worden, dann wäre er 1967 vernichtet worden. Weder Leni noch Matilda hätten ihn je in die Hände bekommen.

Also war es gar kein weiteres Glied der Verkettung unglücklicher Zufälle, dass der Brief in dem schmalen Spalt gelandet ist. Sondern vielmehr seine einzige Chance, möglicherweise doch noch ans Ziel zu kommen.

Vielleicht hat er dort, zwischen vergilbter Wand und

abgenutztem Schrank, darauf gewartet, von ihr entdeckt zu werden?

Matildas Hand, die die eng beschriebenen Bögen festhält, zittert leicht.

Noch nie hat ein Brief sie so berührt. Dabei ist er ja nicht einmal an sie gerichtet, sondern an eine Unbekannte, die heute vermutlich in Elviras Alter sein dürfte.

Aber sie kann nicht so tun, als ginge Lenis Schicksal sie nichts an. Dazu sind Michels Worte einfach zu eindringlich. Sie verdienen es nicht, von der Person, für die sie bestimmt sind, ungelesen zu bleiben.

Für ihre Liebe mag es zu spät sein. Die verlorene Zeit lässt sich nicht zurückdrehen. Es gab nur diesen einen Sommer für die beiden.

Aber dennoch sollte Michel erfahren, warum Leni nicht am Treffpunkt aufgetaucht ist, damals im Herbst 1966. Und Leni sollte erfahren, dass er dort auf sie gewartet hat.

Aber wie in aller Welt soll Matilda die beiden bloß finden? *Das ist doch völlig aussichtslos.*

Kapitel 9:

Wie war dein Tag, Matilda?

»Danke, Matilda, da hast du aber ein feines Tröpfchen für mich ausgesucht.« Knut setzt die randlose Lesebrille auf und studiert das Etikett der Weinflasche. »Ein französischer Merlot von 2011, sehr gute Wahl«, lobt er. »Den mach ich gleich auf. Trinkst du ein Glas mit, während du mir von deinem Tag im Amt erzählst?«

»Danke, aber lieber nicht. Wein ist nicht so mein Ding.«

»Wenn Wein nicht so dein Ding ist, wie hast du es dann geschafft, diese Perle auszuwählen?«

Matilda lächelt. »Ich hatte Hilfe.«

Und zwar keine Geringere als Ellen – oder wie immer E. Klein in Wahrheit heißen mag. Diesmal saß sie nicht an der Kasse, sondern räumte Regale ein. Und als sie bemerkte, wie unschlüssig Matilda in der Weinabteilung herumstand, gab sie ihr ein paar wertvolle Tipps. Sprach von feiner Beerennote, Fasslagerung und vollmundigem Aroma. Matilda dankte ihr beeindruckt. Vielleicht war Ellen doch keine Ex-Dachdeckerin, sondern eine Ex-Weinkönigin?

»Einen schönen Abend noch«, sagte E. Klein anschließend mit einem halben, müden Lächeln, und Matilda lächelte zurück.

»Dieser Merlot könnte deine Abneigung gegen Rotwein kurieren, wetten?«, meint Knut jetzt und holt schon mal zwei Gläser aus der Vitrine.

»Ich verzichte lieber, außerdem vertrage ich nichts.«

»Schade. Ich hätte gerne mit dir auf Elisabeths Geburtstag angestoßen. Wenn sie es schon nicht selbst tun kann.«

Matilda braucht einen Augenblick, um zu begreifen. »Deine Frau?«

Knut nickt. »Ich habe sie früh verloren. Verdammter Krebs. Sie wurde gerade mal achtundvierzig.«

Achtundvierzig ist aus Matildas Perspektive zwar nicht gerade blutjung – tatsächlich ist sie davon fast genauso weit entfernt wie Knut –, aber natürlich ist es viel zu früh zum Sterben.

»Lass uns auf Elisabeth anstoßen«, willigt sie ein, »aber nur ein Glas.«

Es werden dann doch zwei, denn der Merlot schmeckt wirklich grandios. Wer hätte gedacht, dass sie sich für Wein begeistern kann?

Matilda ist so gelöst wie schon lange nicht mehr. Zum ersten Mal, seit sie Michels Brief gefunden hat, denkt sie nicht über die tragische Liebesgeschichte wildfremder Leute nach, sondern über die von Knut und Elisabeth, deren Foto auf der Fensterbank ihr zum ersten Mal auffällt. Es zeigt eine strahlende junge Frau in Kakihosen und Jeansbluse, die ein Löwenbaby im Arm hält.

Knut folgt ihrem Blick. »Das war auf unserer Hochzeitsreise in Kenia.«

»Wusstest du sofort, dass sie die Richtige war?«

»Liebe auf den ersten Blick, meinst du?« Knut schüttelt amüsiert den Kopf. »Im Gegenteil. Sie hielt mich für einen ungehobelten Bauern und ich sie für eine arrogante Ziege.«

Matilda lacht. »Das klingt nicht gerade sehr romantisch.«

»Am Anfang war es das auch nicht. Aber dann …«

Knut nippt an seinem Wein und schweigt versonnen. Seine Gedanken reisen zurück durch die Zeit, und seine blauen Augen blitzen auf einmal wie die eines jungen Mannes. Matilda sieht ihn regelrecht vor sich: hochgewachsen, dunkelhaarig, gut in Form vom vielen Fahrradfahren, ein Freund des Wortes, der Romantik, feiner Beobachtungen. Wie enttäuscht er gewesen sein muss, als er am Treffpunkt stand und auf Leni wartete, die einfach nicht auftauchte. Es muss ihn innerlich zerrissen, ihm das Herz gebrochen haben. Wahrscheinlich ist er seinen Brief in Gedanken Zeile für Zeile durchgegangen auf der Suche nach dem Satz, den er besser, überzeugender hätte formulieren müssen. Die ungeschickt gewählte Formulierung, die Leni abgeschreckt haben könnte. Oder liebte sie ihn einfach nicht so sehr wie er sie?

»Ein Goldstück für deine Gedanken«, holt Knut sie zurück ins Hier und Jetzt.

Matilda braucht einen Moment, um sich darüber klar zu werden, was ihre Fantasie ihr eben für einen Streich gespielt hat. Dieser Mann auf dem Fahrrad, der vor einem halben Jahrhundert vergeblich auf Leni gewartet hat, war natürlich Michel, nicht Knut.

»Tut mir leid, ich dachte gerade an … etwas anderes.«

»Willst du darüber reden?«

Auf gar keinen Fall, denkt sie.

»Warum eigentlich nicht?«, sagt sie.

Möglich, dass es der Merlot ist, der Matilda so redselig macht. Doch nachdem sie einmal angefangen hat zu erzählen, fühlt es sich an wie eine Befreiung. Die Worte purzeln nur so aus ihrem Mund, als hätten sie darauf gewartet.

Knut hört schweigend zu, vergisst sogar, sein leeres Glas wieder aufzufüllen, so sehr zieht Matildas Geschichte ihn in den Bann. Besser gesagt: Michels und Lenis Geschichte.

»Das Schicksal hat mir eine unlösbare Aufgabe gestellt«, schließt Matilda. »Ich bin die letzte Chance für die beiden, wenigstens noch die Wahrheit zu erfahren.«

Knut legt den Kopf schief. »Falls sie sie nicht schon längst kennen.«

»Wie meinst du das? Der Brief ist doch nicht angekommen.«

»Na und? Vielleicht hat Michel einen weiteren geschrieben. Oder sie haben sich beim Bäcker getroffen und ausgesprochen. Oder Leni ist von sich aus zu ihm zurückgekehrt. Es gibt eine Million Möglichkeiten, die alle nichts mit dem verloren gegangenen Brief zu tun haben.«

Matilda schweigt betroffen. Das klingt logisch. Hat sie vor lauter Bäumen den Wald nicht gesehen? Steckt sie zu tief drin, um klar zu denken? Ist sie durch ihre Arbeit dermaßen auf schriftliche Nachrichten fixiert, dass sie ganz vergessen hat, auch andere Wege der Kommunikation in Betracht zu ziehen?

Doch nach kurzem Zögern schüttelt sie entschlossen den Kopf. »Theoretisch hast du recht, aber so ist es nicht gewesen. Das weiß ich einfach.«

Was sie da so sicher macht, könnte sie selbst nicht sagen. Und wenn Knut ihr gleich mit logischen Argumenten kommt, die ihre Behauptung widerlegen, wird sie ihn bestimmt nicht überzeugen können.

Aber Knut diskutiert gar nicht. Im Gegenteil.

»Okay. Bin dabei. Herausforderung angenommen«, sagt er und verschränkt die Arme vor der Brust.

»Du willst mir helfen?«

»Ich würde sagen: Die Mission *Leni finden* kann losgehen. Schauen wir erst einmal auf die Fakten.«

»Die sind ziemlich dünn.« Matilda klingt nicht sehr hoffnungsvoll.

Doch Knut lässt sich nicht so leicht entmutigen. »Fangen wir mit denen an, die wir haben«, entgegnet er und greift nach seinem Laptop. »Sag mir alles, was du weißt, und ich erstelle eine Liste mit Hinweisen.«

Fünf Minuten später muss Knut zugeben, dass die Ausbeute mehr als mager ist. Denn seine Liste besteht aus gerade mal fünf Stichworten:

1. Leni
2. Michel
3. Taunus
4. Waldsee
5. Apotheke

»Wenn wir wenigstens einen Ortsnamen hätten«, seufzt Matilda.

»Ja, oder einen Nachnamen.«

Matilda hält inne. Da klingelt etwas in ihrem Hinterkopf. Sie könnte es nicht beschwören, aber …

»Bin gleich zurück!«, ruft sie und ist schneller weg, als Knut sie fragen kann, worum es geht.

Ganz entgegen ihrer Gewohnheit nimmt sie immer zwei Stufen auf einmal und stürmt in ihre Wohnung, ohne auch nur die Tür hinter sich zu schließen.

Der Brief liegt auf ihrem Nachttisch.

»War es Abraham? Oder Albert?«, murmelt sie und blättert hastig darin herum, bis sie die entscheidende Stelle gefunden hat:

Und ich habe ein Schächtelchen dabei mit einem wunderschönen Ring darin. Und dann wage ich es:
Leni Arnold – willst Du meine Frau werden?

»Wusste ich's doch!«, murmelt sie. »Leni Arnold, ich werde dich finden.«

Mit einem triumphierenden Lächeln kehrt sie zurück.

»Wir haben einen Nachnamen!«, ruft sie Knut entgegen. »Das ist der Durchbruch.«

»Du hast definitiv zu viele Krimis gelesen«, grinst Knut. »Aber du hast recht, es ist ein Anfang.«

Die Google-Suche nach *Leni Arnold* ergibt Tausende Treffer. Sie folgen den ersten paar Links, die jedoch alle zu nichts führen.

»Wir müssen die Suche einschränken«, sagt Knut. Sie probieren erst die Kombination *Leni Arnold + Michel,* dann *Leni Arnold + Taunus* und schließlich *Leni Arnold + Michel + Apotheke.* Keine davon bringt sie weiter.

»Da wäre es ja fast einfacher, im Telefonbuch nachzuschauen«, lacht Matilda.

Knut hält kurz inne, dann nickt er anerkennend.

»Ein sehr guter Vorschlag.«

Ein paar Klicks später wissen sie mehr. Es gibt im ganzen Land exakt fünf Einträge für den Namen *Leni Arnold*. Vier davon sind Privatanschlüsse, einer gehört zu einer GmbH.

Knut druckt die Liste aus und überreicht sie Matilda.

»Was soll ich damit anfangen?«

Knut zuckt mit den Schultern. »Das weißt du doch«, sagt er. »Wenn du Leni wirklich finden willst, rufst du sie alle an und findest heraus, welche davon die richtige ist. Dann verabredest du dich mit ihr und überreichst ihr den Brief. Mission erfüllt.«

Aber das klingt einfacher, als es ist. Das weiß Matilda sofort. Und es wird ihr immer klarer, je länger sie darüber nachdenkt.

Sie liegt in ihrem Bett und starrt die schräge Decke an, auf der die Lichter der unten vorbeifahrenden Autos entlanghuschen.

Die Liste mit den Adressen und Telefonnummern der fünf Lenis liegen auf der Kommode im Flur, gleich neben ihrem Telefon.

Soll sie wirklich einfach so zum Hörer greifen? Heute allerdings nicht mehr – auch wenn die zwei Gläser Merlot sie etwas übermütig gemacht haben. Und auch morgen auf keinen Fall. Übermorgen vermutlich immer noch nicht.

Matilda telefoniert nun mal nicht gern. Vor allem nicht mit Leuten, die sie nicht kennt. Schlimm genug, wenn jemand bei ihr anruft.

Die Liste schwebt in den folgenden Tagen über ihr wie ein Damoklesschwert.

Den nächsten Abend verbringt sie damit, ihre Wohnung gründlich zu putzen. Den übernächsten damit, ihre Lebensmittelvorräte auf abgelaufene Packungen zu durchsuchen und diese zu entsorgen. Und am dritten Abend sortiert sie ihr Bücherregal neu. Nicht mehr alphabetisch, sondern nach Genres und innerhalb dieser Genres nach Lieblingsautoren.

Dabei fragt sie sich, welche Bücher Leni wohl mag. Und wie ihr Regal aussieht.

Dann durchfährt sie ein neuer Gedanke wie ein Blitz: Was, wenn Leni gar nicht mehr lebt?

Und Matilda wird klar, dass es nur einen Weg gibt, das herauszufinden.

Kapitel 10:

Erfundene Biografien können stimmen. Müssen aber nicht.

Nachdem sich Matilda tagelang nicht auf ihre Arbeit konzentrieren konnte, weil ihr der Brief keine Ruhe ließ, ist es jetzt umgekehrt: Sie arbeitet wie eine Verrückte, um bloß nicht an den Brief denken zu müssen. Inzwischen schafft sie sogar wieder ihren gewohnten Schnitt von dreißig Briefen pro Stunde. Manchmal kann sie ihn sogar toppen.

Trotzdem weiß sie, dass sie eine Entscheidung treffen muss. Entweder sie vergisst das Ganze und hakt die Mission *Leni finden* als sinnloses Unterfangen ab, oder aber sie nimmt sich bald diese Liste vor und telefoniert eine Nummer nach der anderen ab, um endlich Klarheit zu gewinnen.

Sie will das nicht tun. Eigentlich.

Aber sie weiß, dass es genau darauf hinauslaufen wird.

Spätestens auf dem Heimweg kann sie das Thema nicht länger beiseiteschieben.

An diesem Nachmittag regnet es in Strömen, und Matilda nimmt den Bus. Sie denkt an Lenis und Michels ersten gemeinsamen Nachmittag am Waldsee, als beide bis auf die Haut durchnässt wurden und sich dann auf dem Bootssteg küssten.

Auch sie ist auf dem kurzen Weg vom Amt zur Bushaltestelle nass geworden, wobei der Trenchcoat zum Glück das meiste abgehalten hat. Aber natürlich ist Matilda weit davon entfernt, geküsst zu werden. Oder auch nur geküsst werden zu wollen.

Die Plätze im Bus sind alle belegt. Es macht ihr nichts aus zu stehen, schließlich hat sie den lieben langen Tag im Sitzen verbracht. Normalerweise würde sie jetzt gedankenverloren aus dem Fenster schauen und träumen, aber die Scheiben sind beschlagen, also bleiben Matildas Blick und ihre Gedanken eingesperrt.

Sie kreisen um die Liste.

Kommt es ihr nur so vor, oder starrt sie die alte Dame mit dem graubraunen Wollmantel und dem lichten rot gefärbten Haar vorwurfsvoll an?

Los, Matilda. Sei nicht so ein Feigling. Es liegt in deiner Hand, ob zwei betagte Menschen vielleicht doch noch ihren Frieden finden. Worauf wartest du?

Matilda weiß es selbst nicht so genau. Sie hat eben noch nie besonders gern telefoniert. Und ist von Natur aus eher vorsichtig als mutig. Die rothaarige Seniorin wirkt deutlich forscher. Vermutlich würde sie ihre lahme Erklärung nicht gelten lassen.

Aber das ist doch kein Grund. Höchstens eine Ausrede.

Matilda blickt betreten zu Boden. Dann hebt sie den Kopf wieder und schaut der alten Dame direkt ins Gesicht.

Na gut. Gleich wird sie den ersten Anruf wagen. Aber sie braucht dazu einen Motivationsschub: ein Stück frischen Mohnkuchen und einen Tee – diesmal definitiv keinen Wein! – bei Knut.

»Ich glaub, heute tu ich's«, begrüßt sie ihren Nachbarn, während sie eintritt. »Lust auf Mohnkuchen? Ich brauche einen kleinen Zuckerschock, sonst kneife ich doch wieder«, fährt sie fort und marschiert schnurstracks in Richtung Küche. Knut folgt ihr. »Ich meine, es sind ja nur fünf Nummern, und was sind schon fünf kurze Telefonate, um die Sache zu klären? Wer weiß, vielleicht ist unsere Leni sowieso nicht dabei, vielleicht ist sie längst nicht mehr am Leben, aber solange ich es nicht probiert habe, werde ich … Huch, wer sind Sie denn?«

Matilda bleibt so abrupt stehen, dass Knut ihr fast auf die Fersen tritt. Auf dem Küchenstuhl, den Knut ihr immer anbietet, sitzt ein amüsiert grinsender Anzugträger – ein Bein lässig über das andere geschlagen, seinen ledernen Aktenkoffer ans Tischbein gelehnt und eine von Knuts guten Espressotassen in der Hand.

»Lässt du dir gerade eine Versicherung aufschwatzen?«, wendet sie sich an Knut. »Fall bloß nicht auf irgendwelche Verkaufstricks rein.«

»Das ist kein Versicherungsvertreter«, klärt der sie lächelnd auf.

»Dann etwa ein Anlageberater? Noch schlimmer. Wie gut, dass ich gekommen bin!«

»Matilda, das ist auch kein Anlageberater. Sondern Cornelius – und ich bin sein Großvater.«

Matilda ist wie vor den Kopf geschlagen. *Dieser Lackaffe kann doch unmöglich Knuts Enkelsohn sein!*

Aber so scheint es wohl zu sein, und ihr wird klar, dass sie voll ins Fettnäpfchen getreten ist. Mit Anlauf.

»Das … das tut mir furchtbar leid«, sagt sie und errötet.

»Was tut Ihnen leid – dass ich sein Enkel bin oder dass Sie mich für einen Trickbetrüger gehalten haben?«

»Doch nicht für einen Trickbetrüger, höchstens für einen … Halsabschneider«, gibt Matilda kleinlaut zu. Cornelius lacht.

»Kinder, nun vertragt euch. Und hört auf mit der lächerlichen Siezerei«, mischt Knut sich ein. »Der Kuchen reicht locker für drei. Also, Matilda, ich nehme an, du nimmst lieber einen Tee. Oder wäre ein Kaffee heute angemessener? Als kleine Kraftquelle für dein Vorhaben?«

Matilda ist verwirrt. »Welches Vorhaben denn?« Dann fällt ihr die Liste mit den Telefonnummern ein, und sie verbessert sich schnell: »Ach, *das* Vorhaben. Aber danke, ich bleibe lieber beim Tee.«

Cornelius kann sich ein Grinsen nicht verkneifen. »Ihr klingt wie ein Ganovenpärchen, das einen Banküberfall plant. Darf ich mich als euer Fahrer verdingen? Leider ist der Porsche, mit dem ich heute unterwegs bin, nur ein Zweisitzer. Schnell genug für eine rasante Flucht wäre er aber allemal.«

Ein Porsche, wie klischeehaft. Das hätte sie sich ja denken können. Passt genau zu diesem überteuerten Maßanzug, den affigen Lackschuhen und dem Angeber-Aktenkoffer. Was für ein Kotzbrocken! Der arme Knut – Matilda hätte ihm definitiv einen sympathischeren Nachkommen gegönnt.

Man hätte auch zu einem anderen Urteil kommen können. Zum Beispiel: *Was für ein Schnittchen – der sieht ja aus wie Matt Bomer aus »White Collar« mit seinem markanten Kinn, dem leicht gewellten dunklen Haar und den unglaublich blauen Augen.* Kirsten hätte ihn wohl etwa so beschrieben, zumindest hat sie schon einige Male so vom Hauptdarsteller der amerikanischen FBI-Serie geschwärmt. Matilda dagegen kennt sich mit Schauspielern nicht aus, und sie würde wohl nicht einmal dem unwiderstehlichen Lächeln des echten Matt Bomer verfallen, weil sie es vermutlich gar nicht registrieren würde. Wie auch, wenn man immer den Blick abwendet, sobald ein attraktiver Mann in der Nähe ist.

Natürlich hätte sie Cornelius auf keinen Fall als attraktiv bezeichnet, nicht im Entferntesten. Wenn sie sich – wider besseres Wissen – jemals verlieben würde, dann in jemanden, dem Gefühle und Werte wichtiger sind als teure Anzüge und Angeberautos. Jemanden wie Michel es wohl einmal war. Oder Knut. Sie kann sich kaum vorstellen, dass der in jungen Jahren so ein Typ war wie sein Enkel.

»Willst du es mir nicht verraten, Matilda?«

Erschrocken blickt sie auf. Cornelius schaut sie auffordernd an. Offenbar hat sie seine Frage überhört.

»Matilda arbeitet im Amt für nicht zustellbare Post«, springt Knut für sie in die Bresche.

»In was für einem Amt? Ihr verschaukelt mich doch!«

Matilda schnappt nach Luft. Natürlich kennen viele dieses Amt nicht, aber wenn sich einer wie Cornelius lustig darüber macht, ist das nicht akzeptabel.

»Was glaubst du denn, wo die vielen Tausend Briefe ohne Absender oder korrekte Anschrift landen? Vielleicht beim Weihnachtsmann?«, erwidert sie ungewohnt scharf.

»Ehrlich gesagt habe ich mir darüber noch überhaupt keine Gedanken gemacht«, gibt Cornelius zu.

Na, immerhin ist er ehrlich.

»Tja, das tun die wenigsten.«

Für einen Moment herrscht Schweigen in Knuts Küche. Matilda schiebt sich ein Stück Kuchen in den Mund, Knut trinkt einen Schluck Kaffee, Cornelius runzelt nachdenklich die Stirn.

»Das macht deinen Beruf umso geheimnisvoller. Bestimmt hast du wahnsinnig interessante Geschichten zu erzählen«, meint er schließlich.

»Oh ja«, stimmt Knut zu, »du solltest mal …«

Bevor er ausplaudern kann, dass sie ihm allabendlich von ihren Fällen erzählt, fällt Matilda ihm ins Wort: »Das unterliegt alles der Schweigepflicht. Selbst wenn ich wollte, dürfte ich dir keine Details verraten.«

Sie steht so schwungvoll auf, dass ihr Stuhl fast nach hinten kippt.

»Es wird Zeit für mich. Schönen Abend zusammen.«

Und obwohl ihre Tasse noch halb voll ist, verlässt Matilda fluchtartig Knuts Wohnung.

Eine halbe Stunde lang steht sie seitdem schon am Fenster und schaut hinaus. Aus den Anrufen wird heute wohl nichts mehr. Dazu ist sie jetzt nicht in der Stimmung. Stattdessen beobachtet sie die Passanten und denkt sich aus, wo sie wohl herkommen und wo sie hinwollen.

Die Frau in dem königsblauen Mantel und den schwarzen Stiefeln sieht aus wie eine Künstlerin auf dem Weg zu ihrer ersten Vernissage. Sie ist nervös, vorfreudig und verängstigt zugleich. Werden genug Leute kommen? Werden die Kritiker ihre Werke in der Luft zerreißen? Wird sie der gefeierte neue Star am Kunsthimmel sein?

Oder ist sie vielmehr Inhaberin einer Boutique für

Wohnaccessoires? Spanischlehrerin auf dem Weg zu ihrem VHS-Kurs? Kinderärztin? Alles ist möglich … Zumindest in Matildas Fantasie.

Dann fällt ihr ein, dass sie bis vor Kurzem genauso über Knut nachgedacht hat. In ihren Gedankenspielen war er alles Mögliche, von Goldschmied über Tierarzt bis Hörspielsprecher. Vor allem hat sie ihn sich stets als einsamen Wolf vorgestellt. Eine Familie ist in ihren Gedankenspielen nicht vorgesehen gewesen. Die früh verstorbene Ehefrau hat noch irgendwie in dieses Bild gepasst. Aber nun taucht auf einmal dieser Cornelius auf und bringt alles durcheinander. Vor allem Matilda selbst.

Sie hat keine Lust, sich sein Leben auszumalen. Was sie von ihm weiß, genügt vollauf. Wahrscheinlich ist er einer dieser Manager, die für wenig Leistung unfassbar viel Geld verdienen, die ohne mit der Wimper zu zucken langjährige Mitarbeiter feuern und unter irgendeinem betriebswirtschaftlichen Vorwand ganze Familien in die Armut stürzen.

Und was das Schlimmste ist: Er hat Matilda davon abgehalten, endlich zum Hörer zu greifen und Leni anzurufen.

Natürlich nicht wissentlich. Aber das macht es nicht besser. Wäre Cornelius nicht gewesen, hätte sie bei Knut Energie und Mut für diesen Schritt getankt. Stattdessen hat sich ihre zaghafte Entschlossenheit in Zögern und Zaudern verwandelt.

Morgen ist auch noch ein Tag, tröstet sie sich selbst.

Im Hinterkopf hört sie ein glockenhelles Lachen. *Du bist vielleicht albern, Matilda*, kichert eine unbekannte

Stimme, die ihr zugleich seltsam vertraut vorkommt. Matilda muss keine Sekunde lang überlegen, wer sich da in ihren Hinterkopf geschlichen hat.

»Pass nur auf, wenn ich dich finde, Leni!«, murmelt sie trotzig vor sich hin. »Aufgeschoben ist nicht aufgehoben.«

Kapitel 11:

Leni, verzweifelt gesucht.

Weißt Du, Leni, ich will nicht so enden wie mein Vater. Wie Du mitbekommen hast, führen meine Eltern eine vorbildliche Vernunftehe. Er der honorige Apotheker, sie die adrette Gehilfin, beide im schneeweißen Kittel. Dazu die gutsituierte Apotheke, der schmucke Benz, das abbezahlte Eigenheim, die Mitgliedschaft im Tennisclub, die jährlichen Urlaube an der Riviera ...
Aber Du, Leni, hast mir klargemacht, daß das Leben auch ganz anders sein kann. Ich hoffe, Du kannst mir verzeihen, daß ich das erst so spät begriffen habe.

Liebste Leni, bitte bleibe so bunt, wild und unvernünftig wie an dem Tag, an dem ich Dich kennengelernt habe. Und nimm mich mit auf die verrückte, stürmische, leidenschaftliche Reise des Lebens!

Wild, stürmisch, leidenschaftlich – nichts davon klingt in Matildas Ohren verlockend. Wenn sie die Eckpfeiler ihres Lebens beschreiben sollte, dann vielmehr mit Begriffen wie *ruhig, sicher, unspektakulär*. Und würde man sie vor die Wahl zwischen *bunt wie ein Papagei* und *unsichtbar* stellen, würde sie keine Sekunde zögern.

Warum sie sich beim ersten Lesen mit Leni identifiziert hat, weiß sie inzwischen selbst nicht mehr. Sie könnte ihr wohl nicht unähnlicher sein!

Wie Leni wohl heute lebt? Hat das Alter sie milde werden lassen? Oder kennt man sie als die extravagante Alte mit den knalligen Klamotten, dem mutigen Make-up und dem ansteckenden Lachen?

In diesem Augenblick gewinnt die Neugier die Überhand über Matildas Telefonphobie, und sie greift zum Hörer.

»Arnold, hallo?«, meldet sich eine müde Frauenstimme. Sie klingt völlig anders, als Matilda es sich vorgestellt hat. Abgespannter. Und jünger.

Kurz überlegt sie, *falsch verbunden* zu murmeln und einfach aufzulegen. Aber wenn sie das hier durchzieht, dann richtig.

»Spreche ich mit Leni Arnold?«, fragt sie.

»Was glaubst du denn, mit wem du gerade redest, verflucht noch mal?«

Das läuft nicht besonders gut. Matilda seufzt. Aber wer A sagt, muss auch B sagen.

»Mein Name ist Keller«, fährt sie ruhig fort, »und es könnte eventuell sein, dass ich zufälligerweise in den Besitz eines Briefes gekommen bin, der eigentlich Ihnen gehört.«

»Du hast meine Post geklaut?«, braust sie auf.

Das kann unmöglich die richtige Leni Arnold sein.

»Aber nein, ich habe natürlich nichts gestohlen. Sondern diesen Brief … gefunden.«

»Quatsch keine Opern. Wenn du meinen Brief hast, dann bring ihn mir. Oder schick ihn meinetwegen mit der Post, dazu ist sie schließlich da.«

Diese Frau hat definitiv zu viele Gaunerfilme gesehen.

»Das werde ich sehr gern tun. Allerdings muss ich zuerst zweifelsfrei klären, ob Sie die Leni Arnold sind, für die der Brief bestimmt ist.«

Was so nicht ganz richtig ist. Tatsächlich ist sich Matilda bereits jetzt zweifelsfrei sicher, dass es sich nicht um die richtige Leni handelt.

»Bist du meschugge? Wie viele Leni Arnolds kennst du denn?«

Matilda ignoriert diese Frage. »Mit wem waren Sie im Sommer 1966 zusammen?«, will sie stattdessen wissen.

»Ich glaub, mein Schwein pfeift. 1966 war ich noch flüssig. Da kannten sich meine Eltern nicht mal. Wenn du es genau wissen willst, ich bin Jahrgang 1973. Und deinen blöden Brief kannst du dir an den Hut stecken.«

Da fällt Matilda ein gewaltiger Stein vom Herzen.

»Sehr gern. Der Brief ist wohl nicht für Sie bestimmt. Bitte verzeihen Sie die Belästigung.«

Von diesem verstörenden Gespräch muss sich Matilda erst einmal erholen. Bevor sie es mit der nächsten Nummer probiert, atmet sie tief durch und zählt langsam bis zehn. Dann steht sie auf, tritt ans Bücherregal und zieht das dünne, ledereingefasste Bändchen mit Fontane-Gedichten hervor. Die Seite, die sie schon so oft aufgeschlagen hat, öffnet sich wie von selbst. Sie liest die erste Strophe laut und schließt dabei andächtig die Augen, denn sie kennt sie in- und auswendig:

Du darfst mißmutig nicht verzagen,
In Liebe nicht noch im Gesang,

Wenn mal ein allzu kühnes Wagen,
Ein Wurf im Wettspiel dir mißlang.

Aus diesen Zeilen hat Matilda schon oft Zuversicht geschöpft. Vor dem mündlichen Abitur zum Beispiel, als sie todsicher war, im Schriftlichen durchgefallen zu sein. Oder nach ihrem Bewerbungsgespräch im Amt, das sie so ziemlich vermasselt hatte. Bis heute ist es ihr ein Rätsel, warum sie trotz ihres nervösen Gestammels eingestellt worden war.

Wenn es doch bloß auch heute helfen würde!

Die nächste Leni Arnold meldet sich erfreulicherweise mit ihrem vollständigen Namen, sodass sich Matilda die erste Frage schenken kann. Sie klingt erfreut über den Anruf, obwohl sie ja noch nicht einmal weiß, von wem er kommt. Vielleicht erwartet sie ein wichtiges Telefonat? Nun, dies könnte möglicherweise eines sein …

Vielleicht ist sie aber auch bloß einsam und würde sogar an einer nervigen Verbraucherumfrage teilnehmen, nur um sich ein paar Minuten lang mit jemandem unterhalten zu können.

Spontan setzt Matilda alles auf diese unsichere Karte:

»Schönen guten Abend, Keller mein Name, ich mache gerade eine Umfrage über …«

Oh, sie hätte das vielleicht vorher besser durchdenken sollen. Was, wenn diese Leni Umfragen hasst und gleich wieder auflegt? Sie muss sich schnell ein Thema einfallen lassen, eines, das die richtige Leni niemals boykottieren würde. Weil es sie an Michel erinnert.

»… eine Umfrage zur Beratungskompetenz von Apotheken im Vergleich zu Internetapotheken. Haben Sie kurz Zeit für mich? Es dauert auch nur ein paar Minuten.«

Matilda beißt sich auf die Unterlippe. Bestimmt hat sie es damit schon vergeigt. Warum hat sie ausgerechnet die Apotheke erwähnt? Das war nicht gerade das romantischste Stichwort in Michels Brief – vielmehr der Stein des Anstoßes.

»Kein Problem, mach ich gern«, hört sie Leni fröhlich zwitschern.

Sehr gut. Fontane hat recht behalten. Sie sollte wirklich nicht immer gleich verzagen.

»Nennen Sie bitte zunächst Ihr Geburtsjahr«, legt Matilda los und rechnet im Kopf schnell nach: Wenn Leni im Jahr 1966 eine frisch verliebte, ziemlich junge Frau war, dürfte sie wohl zwischen 1943 und 1948 geboren sein.

»1981«, kommt prompt die Antwort.

Wieder nichts.

»Tut mir leid, in Ihrer Altersgruppe haben wir schon genug Teilnehmer«, sagt sie und streicht die Nummer auf der Liste enttäuscht durch. »Es sei denn, Sie hätten zufälligerweise eine Großmutter gleichen Namens, die in den Vierzigerjahren geboren ist …?«

Stille in der Leitung.

»Von welchem Institut rufen Sie noch gleich an?«

Verflixt!

»Keller und Valentin Meinungsforschung«, schwindelt Matilda schnell und bleibt dabei so dicht an der Wahrheit wie möglich. »Danke für Ihre Bereitschaft, mitzumachen. Ich wünsche Ihnen noch einen schönen Abend.«

Mit zittrigen Händen legt sie auf.

Das ist gerade noch mal gut gegangen.

Die dritte Leni Arnold ist nicht zu Hause. Obwohl Matilda nicht die Absicht hat, auf den Anrufbeantworter zu sprechen, hört sie sich aufmerksam die Ansage an.

»Hallihallo. Sie haben die Nummer der Arnolds gewählt und nur die Maschine erreicht«, nuschelt jemand, der eindeutig nicht in den Vierzigern geboren ist. Das klingt nach Knabenstimme – gespickt mit ein paar kleinen Kieksern hie und da. »Mum und ich sind momentan nicht zu Hause. Aber sobald wir wieder da sind, rufen wir gern zurück. Piiiiiep.«

Eigentlich findet Matilda Bandansagen von Kindern höchst albern. In diesem Fall erspart es ihr einen weiteren Anruf. Die richtige Leni hat garantiert keinen Sohn im Stimmbruch.

Die Liste ist bis auf eine einzige Nummer zusammengeschrumpft, und Matildas Mut sinkt – trotz Fontane.

Als sich die letzte Leni mit brüchiger Altfrauenstimme meldet, geht sie aufs Ganze.

»Spreche ich zufälligerweise mit der Leni Arnold, die 1966 im Taunus lebte und mit einem jungen Mann namens Michel liiert war?«, fragt sie geradeheraus.

»Herzchen, 1966 war ich längst mit meinem Gustav verheiratet. Und wir wohnten in München.«

»Verzeihung, dann habe ich Sie wohl verwechselt«, flüstert Matilda enttäuscht. Sie hält den Hörer noch umklammert, als schon längst das Besetztzeichen ertönt.

Das waren sie. Alle vier Privatanschlüsse. Bleibt bloß noch diese Firma, von der sie sich schon gar nichts verspricht.

»Leni Arnold GmbH, Mode für Mutige, Sie sprechen mit Janina Bogendörfer, was kann ich für Sie tun?«

Matilda schnappt nach Luft. *Mode für Mutige* – das würde zu Leni passen wie die Faust aufs Auge!

»Hallo? Ist da jemand in der Leitung?«

»Ähm, ja, bitte entschuldigen Sie – hier ist Matilda Keller. Ich bin auf der Suche nach Leni Arnold – also nach einer ganz bestimmten Leni Arnold. Wenn Sie mich mit Ihrer Chefin verbinden, könnte ich ganz schnell herausfinden, ob sie infrage kommt.«

Diesmal verzichtet sie komplett auf Begründungen und Erklärungen.

»Leni Arnold ist nicht meine Chefin«, erwidert die Frau am Telefon. »Sie hat die Firma vor fünfundvierzig Jahren gegründet und ihr den Namen gegeben, ist aber schon seit Ewigkeiten nicht mehr im Unternehmen aktiv. Wollen Sie vielleicht Karen Marstall sprechen, unsere derzeitige Geschäftsführerin?«

»Nein, nein, ich müsste mit Leni Arnold persönlich reden. Wissen Sie zufällig, wo man sie erreichen kann?«

»Man munkelt so dies und das. Ich bin natürlich keine Plaudertasche, aber …«

Doch, bitte, sei genau das!

»Na ja, es heißt, dass sie kurz davor sei, den Verstand zu verlieren.«

»Demenz?«

»Genau. Wahrscheinlich weiß sie nicht einmal mehr, dass sie früher eine angesagte Modedesignerin war.«

»Und jetzt lebt sie wo, sagten Sie?«

»In einer schweineteuren Seniorenresidenz.«

Etwa in Baden-Baden? Bei Ria?

»Ich muss sie wirklich dringend erreichen«, drängt Matilda, bevor Janina einfällt, dass sie Fremden gegenüber vielleicht nicht so offenherzig sein sollte. Schließlich könnte die Anruferin ja auch Reporterin eines Regenbogenblattes und auf eine gefühlsduselige Enthüllungsgeschichte aus sein. *Modemacherin dämmert einsam vor sich hin. Das tragische Schicksal der Leni Arnold.* Auf so eine Headline ist die neue Geschäftsführerin garantiert nicht erpicht.

»Sie wird Ihnen bestimmt nicht weiterhelfen können«, schwadroniert die redselige Mitarbeiterin weiter. »Aber wenn Sie sie besuchen wollen, müssen Sie an die Nordsee reisen. Nein, halt – an die Ostsee. Ja, genau. Diese Residenz liegt in einem Ostsee-Kurbad. Aber fragen Sie mich bitte nicht, wie es heißt. Mein Namensgedächtnis ist eine einzige Katastrophe.«

»Kein Problem, Sie haben mir sehr geholfen.«

Matilda ist sich dessen bewusst, dass es sich möglicherweise gar nicht um die richtige Leni Arnold handelt, die in einem Luxus-Seniorenheim an der Ostsee vor sich hin dämmert.

Aber was, wenn doch?

Kapitel 12:

Wer nicht weggeht, kann auch nicht heimkommen.

Inzwischen findet sich Matilda schon ganz gut im Weinregal des Supermarktes zurecht. Heute wählt sie für Knut einen Spätburgunder aus – sie selbst wird lieber beim Tee bleiben – und kauft außerdem einen Korb voller Wurzelgemüse. Knut will sie auf den Geschmack bringen. Nachdem er erfahren hat, dass sie noch nie im Leben Pastinaken gegessen hat, beschloss er umgehend, sie davon zu begeistern. Matilda ist sich nicht sicher, was sie von diesem möhrenförmigen, weißen Knollengemüse halten soll, aber sein Name klingt vielversprechend. Mindestens so melodisch wie Romanesco oder Topinambur – was bisher, rein akustisch, ihre Lieblingsgemüsesorten waren. Probiert hat sie noch keine davon. Pastinaken passen wunderbar in diese Reihe. Genüsslich murmelt sie den klangvollen Namen vor sich hin und entlockt E. Klein damit ein kleines Lächeln.

Ob sich Ellen wohl Zeit nimmt, nach Feierabend noch etwas mit frischem Gemüse zu kochen? Oder reicht ihre Energie dann gerade noch aus, um eine Tiefkühlpizza in den Ofen zu schieben?

»Wir haben auch Süßkartoffeln im Angebot. Die passen besonders gut zu Pastinaken«, sagt Ellen, und Matilda hat nicht den Eindruck, dass diese Empfehlung auf grauer Theorie beruht.

Aus irgendeinem Grund freut sie sich über diese Erkenntnis. Fast bedauert sie, in dieser Hinsicht selbst nicht mithalten zu können. »Ich bin keine besonders erfahrene Köchin«, gibt sie zu. »Aber ich bin heute eingeladen und bringe meinem Gastgeber die Zutaten mit.«

»Sie sollten es probieren. Kochen entspannt.«

»Danke für den Tipp.« Doch das sagt sie nur aus Höflichkeit. Zwar bewundert sie Menschen, die selbst aus dem mickrigen Inhalt ihres Kühlschranks ein köstliches Mahl zaubern können, doch aus ihr wird in diesem Leben gewiss keine Küchenfee mehr, da ist sie sicher. Wenn Matilda entspannen will, liest sie ein Buch. Und dabei vergisst sie nicht selten völlig, *irgendetwas* zu essen. Ihre Seele ist eben hungriger als ihr Magen.

Auch Knut scheint noch nicht ans Kochen zu denken. Als Matilda die Einkäufe hereinbringt, sind sämtliche Küchenstühle, die Arbeitsplatte und der Tisch mit Fotos übersät.

»Ich wusste gar nicht, dass du so viel fotografierst.«

»Nur wenn ich auf Reisen bin.« Knut deutet auf einen Stuhl voller Bilder. Sie zeigen Wüstenlandschaften, Büffelherden, Mammutbäume, Grizzlybären.

»Diese hier stammen zum Beispiel von unserer USA-Tour Ende der Siebziger. Die meisten Aufnahmen hat Elisabeth gemacht. Sie hatte ein gutes Auge für die richtige Perspektive. Ihre Bilder erzählen Geschichten – meine bilden nur ab.«

Matilda betrachtet das Grizzly-Foto. Es zeigt einen beeindruckend großen Bären, der auf der Jagd nach Lachsen mitten in einem Bergfluss steht. Er scheint die Fotografin bemerkt zu haben, denn er wirft ihr über die Schulter einen fast verschmitzten Blick zu.

»Ein lächelnder Bär.«

»Das täuscht. Bären haben keine Mimik – das macht sie so gefährlich. Man sollte ihnen nie zu nahe kommen, denn auch wenn sie behäbig wirken, können sie doch verdammt schnell werden.«

Matilda legt das Foto erschrocken wieder hin, als könnte schon der pure Anblick des Grizzlys Unheil bringen.

Ihr Blick schweift zu einem der Fotostapel auf dem Küchentisch. Was sie sieht, wirkt exotisch und ist sehr farbenfroh.

»Das war in Indien. Eine unglaubliche Erfahrung. All diese Gerüche, Stimmen, Menschen, Märkte, Gewürze ... So viele Eindrücke. Ich werde sie nie vergessen.«

Knut lächelt abwesend. In Gedanken ist er ganz weit weg.

Matilda dagegen ist heilfroh, in dieser Küche zu sein und nicht in Reichweite wilder Tiere. Die Vorstellung, durch Indien zu reisen, ist purer Horror für sie. Gewürze – schön und gut. Was sie jedoch mit diesem Land verbindet, sind Schlangenbeschwörer, Infektionskrankheiten und Erdbeben. Es gibt doch Erdbeben in Indien, oder?

Aber die Fotos sind wundervoll.

Matilda betrachtet den nächsten Stapel. Ozean, Outback, Kängurus, die Oper von Sydney.

»Australien war Elisabeths Sehnsuchtsland. Sie war bereits sehr krank, als wir hinflogen. Es war zwischen der zweiten und der dritten Chemo. Sie hatte schon ihre Haare verloren, litt permanent unter Übelkeit und hatte Schmerzen. Aber sie hat jede Sekunde genossen.«

»Das ist traurig. Und zugleich schön.«

»Es hat mir das Herz zerrissen.« Knut schluckt. »Aber es hat mich auch überglücklich gemacht, ihr Strahlen zu sehen. Ich hätte es mir nie verziehen, wenn ich ihr diese Reise nicht ermöglicht hätte. Ich musste ein paar Wochen unbezahlten Urlaub nehmen. Aber das war es wert.«

Nachdenklich sieht Matilda die weiteren Stapel durch. Afrika, Skandinavien, China, Südfrankreich, Brasilien.

»Du hast die ganze Welt bereist.«

»Fast. Wir waren nie in der Antarktis. Auch nicht in Ägypten oder Neuseeland. Aber wenn ich auf einer Weltkarte alle Regionen markieren würde, die ich jemals bereist habe, dann wäre ein großer Teil der Karte eingefärbt.«

»Beeindruckend«, sagt Matilda. Und denkt: *Furcht einflößend.* Wie kann man nur freiwillig die Sicherheit der heimischen vier Wände aufgeben und in die gefährlichsten Regionen der Welt reisen, bloß um etwas zu erleben? Fernweh ist Matilda so fremd wie Übermut.

Knut beginnt die Fotos zur Seite zu räumen, um Platz zu schaffen für das Schneidbrett, die Pastinaken, das Abendessen.

Matilda hilft ihm. Noch immer schwer beeindruckt von seinem Abenteuergeist.

»Wir hatten noch viele Reiseziele auf unserer Liste. Aber nach Elisabeths Tod war es einfach nicht mehr dasselbe.«

»Kann ich verstehen.«

Knut bearbeitet die Pastinaken mit einem Sparschäler.

»Und was ist mit dir? Wo hat es dir bisher am besten gefallen? Und wo willst du unbedingt noch hin?«

Es dauert einen Augenblick, bis Matilda begreift, was Knut meint.

»Oh, ich bin keine Weltenbummlerin. Überhaupt nicht.«

Knut hält inne. »Aber du hast doch nicht dein ganzes Leben hier in Karlskirchen verbracht, oder? Ich meine – ein bisschen was von der Welt wirst du ja wohl gesehen haben. Erzähl doch mal.«

»Na ja, ich kenne das Elsass. Ganz hübsche Gegend. Und einmal war ich auch am Bodensee.«

»Das ist alles?«

»Ja. Nein, stimmt nicht. Fast hätte ich den Bayerischen Wald vergessen. Da war ich mal übers Wochenende. Auf einem Lehrgang.«

»Du machst Scherze.« Er blickt sie ungläubig an.

Matilda schweigt. Beißt sich auf die Unterlippe.

»Du meinst – das war dein Ernst? Der Bayerische Wald? Weiter warst du noch nie von Karlskirchen weg?«

»Reisen ist eben nicht so mein Ding«, meint Matilda leichthin. Doch Knut bemerkt das Zittern in ihrer Stimme.

»Du träumst nicht von fernen Ländern?«

Matilda schüttelt den Kopf. »Kein bisschen. Auch nicht von paradiesischen Stränden, spektakulären Aussichten oder irgendwelchen Weltwundern. Wenn ich die Wahl hätte, genau in diesem Moment am Grand Canyon zu sein, das Polarlicht zu erleben, in Südafrika auf Fotosafari zu gehen, auf der Chinesischen Mauer zu spazieren oder hier an deinem Küchentisch zu sitzen, würde ich keine Sekunde zögern.«

»Und hierbleiben?«

»Unbedingt!«

Knut hält inne. »Du meinst das offenbar wirklich.« Er schüttelt den Kopf. »Nicht zu fassen.«

Matilda lächelt. »Ich reise in meiner Fantasie«, sagt sie schlicht. »Das reicht mir vollkommen.«

Sie denkt an ihren Lieblingsplatz am Dachfenster, von wo aus sie ihre Gedanken in die Ferne ziehen lässt. Sie folgen dann den Passanten, den Fahrrädern und Autos, sogar den Flugzeugen am Horizont.

Und so besteht ihre Fotosammlung auch nur aus einer einzigen Aufnahme, die seit Jahren an ihrer Pinnwand hängt. Sie zeigt den sonntagnachmittäglichen Blick aus diesem Fenster. Vorbeihastende Menschen, die sich unter bunte Schirme ducken. Vielleicht sind sie unterwegs zu einem Rendezvous, vielleicht in ein Restaurant, vielleicht zum Rummelplatz. In Matildas Vorstellung ist alles möglich. Nur nicht, dass sie selbst je auf Weltreise geht.

»Aber wenn du nie in der Ferne warst, bist du noch nie wirklich heimgekommen«, widerspricht Knut.

Matilda lässt seinen Einwand nicht gelten. »Ich bin immer daheim – und zugleich in der Ferne. Das ist ja gerade das Schöne an der Fantasie.«

»Wie du meinst«, sagt Knut und konzentriert sich wieder auf die Pastinaken.

»Ich wünschte, ich wäre noch hungrig«, seufzt Matilda und legt ihr Besteck zur Seite. »Das war wirklich köstlich. Danke, Knut, du hast mich zum Pastinaken-Fan gemacht.«

»Und jetzt habe ich einen Wunsch frei?«

»Einen Wunsch?« Matilda lacht. »Jeden. Solange ich nicht in den Orient reisen muss.«

»Das nicht. Aber du könntest mir verraten, wohin deine Gedanken die ganze Zeit schweifen.«

Matilda schweigt. Schließt kurz die Augen. Verschränkt die Hände. Dann blickt sie Knut offen an. »Wie viele Kurorte gibt es eigentlich an der Ostsee?«

Gegenfragen sind keine richtige Antwort. Aber diesmal macht Knut eine Ausnahme. Denn er ahnt, worauf sie abzielt. Und er vermutet, dass die Ostsee für Matilda fast so exotisch ist wie für andere die Malediven.

»Das ist leicht herauszufinden«, erwidert er und schnappt sich sein Laptop. »Was interessiert dich besonders an diesen Orten? Die Einwohnerzahl? Die Vereine? Der Veranstaltungskalender?«

»Die Seniorenresidenzen«, antwortet sie.

Zwei Stunden später starrt Matilda wieder an die Decke über ihrem Bett. Satt und müde – aber auch aufgewühlt und irritiert.

Auf der Kommode im Flur liegt eine neue Liste, die Knut für sie erstellt und ausgedruckt hat. Unglaublich, wie zielsicher er alles herausgefunden hat, was sie wissen wollte. Und wie schnell. Fast zu schnell.

Die Liste enthält die Adressen sämtlicher Alten- und Pflegeheime in Ostsee-Kurbädern. Wenn sie nicht völlig danebenliegt, ist eines davon Lenis vermutlich letztes Domizil. Sie könnte Michels Brief einfach ein paarmal kopieren und an all diese Adressen schicken. *Zu Händen: Leni Arnold*. Einer davon würde früher oder später zu ihr gelangen. Ganz bestimmt.

Ja, das wäre die einfache Lösung.

Aber in welcher Verfassung würde Leni ihn lesen? Würde sie ihn überhaupt registrieren? Seine Bedeutung verstehen?

Nein, der einfache Weg ist in diesem Fall nicht der richtige.

Es bleibt ihr wohl nichts anderes übrig, als sämtliche Nummern durchzutelefonieren und überall nach Leni Arnold zu fragen. Mal wieder. Doch was soll sie tun, wenn sie Leni endlich gefunden hat?

Nein, eigentlich ist es weniger diese Frage, die sie beunruhigt, sondern vielmehr die Antwort darauf.

Denn eigentlich ist nur eine Antwort denkbar.

Kapitel 13:

Glücksburg und der erste Kuss.

Es dauert ein paar Stunden, sämtliche Seniorenheime in Ostsee-Kurbädern abzutelefonieren, aber dann fällt endlich der Satz, auf den sie schon fast nicht mehr gehofft hat:

»Leni Arnold? Ganz richtig, sie lebt hier. Möchten Sie sie besuchen? Darüber würde sie sich bestimmt freuen. Gehören Sie zur Familie?«

»Aber ja«, hört sich Matilda sagen und ist selbst ganz erschrocken über ihre spontane Reaktion. Sie neigt sonst nicht zum Flunkern. Und irgendwie ist ja auch was Wahres dran. Inzwischen fühlt sie sich Leni schon ziemlich verbunden. Gewissermaßen gehört sie also durchaus zur Familie. Im weitesten Sinne.

»Leni lebt in einer Seniorenresidenz bei Glücksburg. Ich werde sie wohl besuchen«, verkündet Matilda, kaum dass Knut die Wohnungstür für sie öffnet.

»Großartig«, sagt er. »Komm rein.«

Als er ihr wenig später das online gebuchte Bahnticket ausdruckt, wird ihr fast schwindelig. Das geht viel schneller, als sie dachte.

»Fühlst du dich nicht wohl?«

»Doch, schon. Ich habe nur Angst vor der eigenen Courage.«

»Hm«, brummt Knut mit gütiger Märchenonkelstimme. »Entspann dich. Was kann schon passieren?«

Gute Frage. Schreckliche Frage!

»Alles Mögliche kann passieren. Ich könnte den Anschlusszug verpassen. Ich könnte mich verirren. Ich könnte überfallen und ausgeraubt werden. Ich könnte …«

»Halt, stopp!«, unterbricht Knut. »Nichts davon wird geschehen. Du fährst nach Glücksburg, nicht nach Guatemala. Aber für alle Fälle bekommst du von mir eine Allzweckwaffe. Keine Widerrede!«

Und so kommt es, dass Matilda zwei Tage später im Zug in Richtung Norden sitzt. In ihrer Tasche ein Rückfahrticket, Michels Brief, ein wunderbar unaufgeregter Roman von Anne Tyler – und ein Smartphone.

Natürlich hat sie sich dagegen gewehrt, aber Knut blieb unerbittlich.

»Es ist ja nur für unterwegs. Zur Beruhigung. Damit erreichst du mich jederzeit.«

Dann hat er ihr die wichtigsten Funktionen erklärt und vor allem seine Nummer eingespeichert. Natürlich würde sie es nie zugeben, aber tatsächlich nimmt ihr dieses Ding die Nervosität. Jedenfalls ein bisschen.

In Hamburg muss sie umsteigen und dann in Flensburg noch einen Bus nehmen. Wider Erwarten verläuft die Fahrt absolut unproblematisch. Trotzdem schafft sie nur wenige Seiten von »Der leuchtend blaue Faden«, weil sie es einfach nicht schafft, ihr Gedankenkarussell auszublenden. Statt ganz in der Geschichte zu versinken, schaut sie immer wieder auf das Display des Handys, auf dem sich zum Glück nichts tut.

Hätte ihr Zug Verspätung oder gäbe es unterwegs ein

Zugunglück, eine Bombendrohung, ein Unwetter oder sonst etwas Dramatisches, würde Knut es ihr mitteilen. Er hat versprochen, zu Hause am Monitor die Nachrichtenseiten im Blick zu behalten und ihr im Notfall aus der Ferne beizustehen. Doch das scheint erfreulicherweise nicht notwendig zu sein.

Vom Busbahnhof in Glücksburg aus nimmt sie ein Taxi zur Seniorenresidenz. Der Fahrer gibt den Gratis-Stadtführer und teilt ihr mit, dass *Glücksborg*, wie er es ausspricht, die nördlichste Stadt der Republik ist.

»Hm«, macht Matilda und schaut aus dem Fenster. Mit jeder Sekunde kommt sie Leni näher. Und obwohl ihr das im Grunde schon seit der Abfahrt in Karlskirchen klar war, wird ihr die Bedeutung dieser Tatsache erst jetzt so richtig bewusst.

Der Taxifahrer informiert sie, dass es hier eine bedeutende Brutkolonie für Seevögel gibt. Und Steinzeitgräber. Und ein Meerwasserwellenbad.

Natürlich nickt sie höflich. In Wahrheit hört sie kaum zu. Ob sich Leni wohl für eine Brutkolonie interessiert? Vermutlich nicht. Es sei denn, die Brutkolonie ist ein lauschiger, verträumter Ort, so wie seinerzeit der Waldsee im Taunus.

Die Seniorenresidenz ist nicht ganz so romantisch gelegen, aber immerhin beeindruckt sie mit einer Kiesauffahrt, uralten Trauerweiden und einem Seerosenteich vor dem Entree.

Eine Pflegerin in weißem, gestärktem Kittel nimmt Matilda an der Anmeldung in Empfang und begleitet sie strammen Schrittes zu Lenis Zimmer.

»Wie schön, dass Frau Arnold endlich einmal Besuch bekommt«, sagt sie mit leichtem Tadel in der Stimme, und Matilda schämt sich. Dafür, dass sie sich hier als Großnichte ausgibt. Aber auch dafür, dass sie, wenn das stimmen würde, Teil einer Familie wäre, die Leni so herzlos im Stich lässt.

Oder existiert diese Familie vielleicht gar nicht? Ist eine erfundene Großnichte alles, was Leni noch hat?

»Ich muss Sie warnen«, sagt die Pflegerin, »Frau Arnold hat heute keinen ihrer besseren Tage. Die werden leider immer seltener. Aber vielleicht nimmt sie Sie ja doch wahr.«

Da piept der Pager in der Jackentasche der jungen Pflegerin, und sie verabschiedet sich eilig. »Frau Arnolds Zimmer ist das letzte in diesem Flur auf der linken Seite«, fügt sie hinzu, und schon ist sie weg.

Matilda bleibt unschlüssig auf dem Gang stehen. Der Mut hat sie verlassen. Und doch wirkt die Tür dahinten links wie ein Magnet auf sie. Langsam nähert sie sich. Öffnet sie wie in Trance. Betritt den Raum.

Und dann steht Matilda endlich vor ihr. Leni liegt da wie aufgebahrt. Das Kopfteil leicht erhöht, ihre schmale Gestalt bis zur Taille zugedeckt, die schmalen Hände gefaltet, die Augen geschlossen. Für einen kurzen Moment fürchtet Matilda, sie könnte zu spät gekommen sein. Aber wenn Leni tot wäre, hätte das die Pflegerin doch erwähnt. Außerdem hätte man Leni dann bestimmt ihr schönstes Kleid angezogen – vielleicht ein zitronengelbes? – und nicht diesen hellblauen Hausanzug.

In diesem Moment beginnen Lenis Lider leicht zu flattern. Sie wird wach.

Das Grün ihrer Augen ist erstaunlich intensiv. Doch der Blick ist leer. Sie erkennt Matilda nicht – natürlich nicht. Aber sie registriert noch nicht einmal, dass sie überhaupt Besuch hat.

Matilda streichelt ihr zögernd die Hand. Leni zieht sie abrupt weg, als hätte sie sich verbrannt, und fährt sich damit durch das kurz geschnittene silbergraue Haar, das einmal ein dunkelblonder Zopf gewesen sein muss.

»Es tut mir leid, ich wollte Sie nicht erschrecken«, sagt Matilda bestürzt.

Leni murmelt etwas Unverständliches. Vielleicht will sie wissen, wer Matilda ist und was sie hier verloren hat?

»Ich habe etwas für Sie. Und ich wollte Sie kennenlernen. Nun ja, eigentlich kenne ich Sie sogar schon ein bisschen, denn ich habe über Sie gelesen. Nicht nur im Internet, sondern …«

Matilda bricht ab. Was redet sie da nur? Sie hätte sich ihre Worte besser zurechtlegen sollen.

Aber Leni hört ohnehin nicht zu. Stattdessen hat sie angefangen, vor sich hin zu summen. Es hört sich an wie die Melodie eines alten Volksliedes. Vielleicht »Dat du min Leevsten büst«? Matilda ist sich nicht sicher.

Sie beißt sich auf die Unterlippe. Was tut sie hier überhaupt? Der weite Weg für nichts und wieder nichts. Was für eine Schnapsidee. Und das nur wegen eines uralten Briefes …

Natürlich hat sie ihn dabei. Um ihn Leni zu übergeben. Aber in ihrem jetzigen Zustand könnte sie rein gar nichts damit anfangen. Michels herzzerreißende Worte würden Lenis Herz und Seele nicht erreichen.

Matilda öffnet ihre Tasche und zieht das vergilbte Kuvert hervor. Die alten Bögen rascheln beim Auseinanderfalten. Leni reagiert nicht darauf. Sie schaut jetzt aus dem Fenster und presst die Lippen fest aufeinander.

Matilda überlegt nicht lange. Sie schiebt einen der Besucherstühle neben das Bett, nimmt Platz, räuspert sich und beginnt vorzulesen.

Geliebte Leni!

Habe ich wirklich geglaubt, ohne Dich weiterleben zu können? Ohne Dein unbeschwertes Lachen, das ich unter Millionen anderer erkennen würde? Ohne Deine verrückten, spontanen Einfälle? Ohne Deine Küsse? Kann ich das ernsthaft für möglich gehalten haben?

Leni schaut jetzt nicht mehr aus dem Fenster. Stattdessen starrt sie die Decke an. Matilda blättert weiter. Vielleicht bringt diese Passage etwas in Lenis Erinnerung zum Klingen?

Ich weiß, Du würdest nicht zuhören, wenn ich zu Dir käme. Du würdest mir den Finger auf die Lippen legen und Psssst! flüstern. Du glaubst nicht an die Macht der Worte, sondern an die der Musik, an die Melodie des Windes in den Bäumen, die Grammatik des gemeinsamen Schweigens. Nicht reden – tun, hast Du so oft zu mir gesagt, daß ich fast glaube, Deine Stimme zu hören, wenn ich die Worte nur denke.

Auch nichts. Matildas Mut sinkt. Wenn Worte wie diese Leni nicht wachrütteln, welche dann? Vielleicht dieser Abschnitt?

Als mein Kumpel mir vorgeschlagen hat, ihn zum Frühlingsfest zu begleiten, habe ich zuerst abgesagt. Eigentlich hätte ich nämlich lernen müssen. Zum Glück ist er sturer als ich. Irgendwie hat er es geschafft, mich zu überreden, und dafür werde ich ihm wohl auf ewig dankbar sein. Ich will mir gar nicht vorstellen, was sonst passiert wäre. Oder, um genau zu sein, was sonst NICHT geschehen wäre! Ich hätte NICHT dieses ansteckende Lachen gehört und mich zu Dir umgedreht, woraufhin Du mir übermütig zugezwinkert hast. Ich hätte Dich NICHT um den nächsten Tanz gebeten, sodaß Dir bei einem flotten Foxtrott auch kein Absatz abgebrochen wäre. Ich hätte Dich NICHT aufgefangen, als Du ins Straucheln geraten bist. Du hättest mich NICHT als Retter ohne Furcht und Tadel bezeichnet und mich damit erneut zum Lachen gebracht. Und mein Herz zum Rasen.

Jetzt summt Leni wieder. Matilda erkennt die Melodie noch immer nicht, aber diesmal klingt es nicht nach Volkslied. Sie ist irritiert. Hört Leni überhaupt zu? Aber da sie nun schon mal hier ist, blättert sie weiter und fährt fort.

Einmal hast Du mich gefragt, was ich am meisten an Dir liebe. Ich habe nicht sofort geantwortet, und Du hast so getan, als wärest Du beleidigt, weil mir nichts eingefallen ist. Dabei war das genaue Gegenteil der Fall. Mir ist so viel eingefallen, daß ich einfach nicht wußte, wo ich anfangen sollte. Vielleicht bei der Art und Weise, wie Du versonnen die Augen schließt, wenn Du an Deinem Kaffee nippst? Mindestens ebenso bezaubernd bist Du, wenn Du beim Nachdenken diese eine Haarsträhne um den Zeigefinger wickelst, ohne es zu merken. Und weißt Du überhaupt, wie glücklich es mich macht, wenn Du meinen Namen nennst? Dein »Michel« klingt immer ein bisschen wie eine Frage. Und egal, welche es ist, ich möchte sie immer mit einem lauten Ja beantworten.

Lenis dunkelgrüne Augen sind jetzt geschlossen. Sie summt auch nicht mehr, sondern liegt ganz ruhig da, die Hände gefaltet, die Lippen entspannt. Fast könnte man glauben, sie wäre eingeschlafen, wenn sie nicht langsam die Daumen umeinander kreisen lassen würde. Wer weiß, vielleicht dringen ihre Worte ja doch zu ihr durch? Wenn nicht diese Stelle, welche sonst?

Ich weiß, daß dieser Tag am Waldsee für Dich auch ein ganz besonderer war. Das habe ich am Funkeln in Deinen Augen gesehen, kurz bevor sich unsere Lippen berührten.
Es war mehr als nur ein perfekter erster Kuß. Es war Magie. Du hast mich verzaubert.

Dann bewegen sich nicht einmal mehr Lenis Daumen.

Es hat keinen Sinn, denkt Matilda. *Ich gebe auf.*

Sie faltet den Brief wieder zusammen, verstaut ihn in der Tasche und steht auf.

»Alles Gute, liebe Leni«, flüstert sie, dann wendet sie sich zum Gehen. Doch noch bevor sie die Tür erreicht hat, lässt sie eine überraschend jung klingende Stimme innehalten.

»Mein Michel! Ich wusste, dass er zurückkommt.«

War das eine Halluzination? Als sich Matilda umdreht, liegt Leni noch genauso reglos in ihrem Pflegebett wie zuvor. Nichts lässt darauf schließen, dass sie eben laut und deutlich gesprochen hat.

Aufgeregt eilt Matilda zurück zum Bett und beugt sich über Leni.

»Michel wollte Sie heiraten. Wussten Sie das? Haben Sie mit ihm gesprochen?«

Leni summt.

»Wo hat er damals gewohnt? Können Sie mir einen Ort nennen? Eine Adresse? Oder Michels vollständigen Namen? Dann könnte ich ihn ausfindig machen. Damit er Sie besuchen kann.«

Das Summen verstummt.

»Haben Sie verstanden, Leni? Wollen Sie, dass ich Michel für Sie finde?«

Keine Antwort. Leni ist wieder in ihre andere Welt hinübergeglitten.

Matilda wartet noch ein paar Minuten ab, liest sogar einen weiteren Abschnitt aus dem Brief vor, aber Leni reagiert nicht mehr.

Als sie den Raum verlässt und sich ein letztes Mal zu Leni umdreht, sieht sie, wie sich ein glückliches Lächeln in dem blassen, vom Leben gezeichneten Gesicht ausbreitet. In diesem Moment ahnt Matilda, wie faszinierend die junge, unbekümmerte Leni gewesen sein muss.

Die Pflegerin von vorhin ist so freundlich, für Matilda ein Taxi zu rufen. Sie bietet ihr sogar einen Kaffee an. Matilda lehnt dankend ab und erklärt, dass sie lieber draußen wartet. Sie braucht jetzt unbedingt frische Luft.

»Werden Sie wiederkommen?«, fragt die junge Frau daraufhin.

Matilda zögert. Was hätte das für einen Sinn?

»Wissen Sie, manchmal ist Frau Arnold wie ausgewechselt. Dann lacht sie, plaudert lebhaft und erzählt viel von früher. Vielleicht erwischen Sie sie beim nächsten Mal ja in besserer Verfassung.«

»Das wäre schön«, sagt Matilda.

»Wir wussten gar nicht, dass Frau Arnold überhaupt noch eine lebende Verwandte hat. In den Akten steht nichts darüber. Ihr einziger Bruder lebt schon lange nicht mehr, sie selbst war nie verheiratet, hat keine Kinder … Aber das wissen Sie ja.«

Jetzt schon.

»Ich habe erst vor Kurzem erfahren, dass Leni hier untergebracht ist«, erklärt Matilda. Und das entspricht sogar voll und ganz der Wahrheit.

Kapitel 14:

Wer glaubt in diesen Zeiten schon an die Liebe?

»Bitte entschuldige die Verspätung, ich musste heute Überstunden machen.«

»Kein Problem«, lächelt Knut, »so schnell verhungere ich nicht.« Er nimmt das Bauernbrot und den Ziegenkäse in Empfang. Die Teekanne steht schon auf dem Stövchen bereit. Matilda lässt sich auf einen Stuhl fallen. Der kleine Schwatz am Abend ist inzwischen zum Ritual zwischen den beiden geworden.

»Seit wann muss man in einem Amt Überstunden machen?«, neckt er sie.

Matilda erzählt, dass Kirsten schon seit Tagen krank ist und irgendwer ja ihre Arbeit erledigen muss.

»Lutz behauptet ja …«, setzt sie an, da unterbricht ein ohrenbetäubender Lärm das Gespräch.

»AC/DC – das ist mein neuer Klingelton«, erklärt Knut. »Sorry, da muss ich rangehen.«

Matilda nickt ihm aufmunternd zu und schaut Knut hinterher, wie er ins Wohnzimmer eilt, wo sein Handy vor sich hin lärmt.

Während sie wartet, denkt Matilda an das, was Lutz vorhin in der Mittagspause gesagt hat, als sie sich einen Tee aufgebrüht und er seine Riesenportion Lasagne in die

Mikrowelle geschoben hat: »Keine Sorge, Kirsten ist gar nicht wirklich krank – die hat bloß Liebeskummer.« Dann begann Lutz, die Lasagne in sich hineinzuschaufeln und sich dabei – leider mit vollem Mund – über Kirstens Unglück zu amüsieren. Imitierte ihr Gesäusel, wenn sie mit ihrem *Boyfriend* telefonierte. Zugegeben, das hat Matilda auch immer ein bisschen grotesk gefunden. Aber was, bitte, soll an einer Trennung lachhaft sein? Wenn so etwas sogar die sonst so fröhliche Kirsten in ein Häufchen Unglück verwandelte …

»Was heißt *bloß Liebeskummer*? Das ist eine echte Krankheit«, stieß Matilda hervor. Was gibt es schließlich Schlimmeres für die Seele, als abgelehnt zu werden? Sie konnte nur hoffen, dass Kirsten eine beste Freundin hatte, die sie tröstete. Sie zog sogar kurz in Erwägung, sie anzurufen und ihre Hilfe anzubieten, verwarf diesen Gedanken aber gleich wieder. Dazu kannten sie einander nicht gut genug.

»Lächerlich«, kaute Lutz, nicht ahnend, dass er sich damit endgültig des letzten, mikroskopisch kleinen Restes einer Chance auf eine Verabredung mit Matilda beraubte.

»Wusstest du eigentlich, dass man an gebrochenem Herzen sterben kann?«, fauchte sie ihn ungewohnt hitzig an.

»Kann man nicht!«

»Schon mal was vom Broken-Heart-Syndrom gehört?«

Lutz, der gerade eine weitere Portion Lasagne in die Mikrowelle geschoben hatte, starrte sie bloß verständnislos an. Als wollte er sagen: *Was weißt du schon von Liebeskummer?*

Und damit hätte er sogar ganz recht gehabt. Jedenfalls war das so, bevor sie Michels Brief gelesen hat …

»Sag mal, was hältst du eigentlich von Kino?«

Matilda hatte Schwierigkeiten, seinem abrupten Themenwechsel zu folgen. Lutz konnte doch nicht ahnen, dass sie Filme fast so sehr liebte wie Bücher! Vor allem Klassiker in Schwarz-Weiß oder Technicolor.

Einmal hat sie versucht, ihre Lieblingsfilme auf fünf Favoriten zu reduzieren und diese nach einem komplizierten Bewertungssystem in eine Reihenfolge zu bringen, doch mit beidem ist sie grandios gescheitert. »Frühstück bei Tiffany«, »Anna Karenina«, »Casablanca«, »Manche mögen's heiß«, »Der blaue Engel«, »Endstation Sehnsucht«, »Indiskret«, »Schnee am Kilimandscharo«, »Vom Winde verweht« … Sie hätte noch viele weitere großartige Kultfilme aufzählen können. Es war ihr einfach unmöglich, sich festzulegen.

War ihr Kollege etwa auch ein Cineast? Das hätte sie ihm gar nicht zugetraut. Er hatte bisher immer etwas … na ja, unkultiviert auf sie gewirkt.

Lutz deutete ihr Schweigen falsch. »Nun tu doch nicht so schüchtern. Ich hab ja nicht um deine Hand angehalten. Es geht bloß um einen harmlosen Adam-Sandler-Film. Hast du am Samstag Zeit?«

Grundgütiger! Er dachte also wirklich, sie würde mit ihm ausgehen.

»Adam Sandler? Ist das ein Regisseur?«, erwiderte sie ausweichend.

Fieberhaft suchte sie nach einer Ausrede, aber die erübrigte sich ohnehin, als Lutz den heißen Lasagne-Teller aus der Mikrowelle holte, sich daran verbrannte und ihn vor Schreck fallen ließ.

Matilda schnappte sich ihren Tee und verließ wortlos den Raum.

Auch jetzt – erneut eine Tasse in Händen – ist sie noch immer empört. Lutz ist und bleibt ein gefühlloser Klotz, dem es wahrscheinlich gar nicht bewusst ist, wie respektlos er sich aufführt. Wie kann er sich nur über Kirstens Herzschmerz lustig machen? Ein bisschen fühlt es sich so an, als würde er damit auch über Michel und Leni herziehen, und das kann Matilda nicht verzeihen.

Knut, der sein Telefonat beendet hat, reißt sie aus ihren Gedanken. »Cornelius kommt am Sonntag ein bisschen später. Nicht zum Mittagessen, sondern zum Kaffeetrinken. Könntest du mir statt der Zutaten für die Pizza vielleicht etwas Kuchen mitbringen? Am liebsten diesen leckeren Mohnkuchen. Du hast mich wirklich auf den Geschmack gebracht.«

Cornelius. Der arrogante Anzugträger.

Schlimm genug, dass ein so netter Herr wie Knut der Großvater eines so unsympathischen Schnösels ist. Nun soll sie diesen Lackaffen auch noch mit ihrem Lieblingskuchen versorgen! Bestimmt weiß er ihn nicht einmal zu schätzen.

»Warum der Killerblick?«

Matilda zwingt sich zu einem Lächeln. Natürlich liebt Knut seinen Enkelsohn. Es würde ihn enttäuschen, ja, verletzen, wüsste er von ihrer Abneigung.

»Ich dachte nur an etwas, was heute ein Kollege gesagt hat. Und an Leni«, wechselt sie rasch das Thema. Und dann erzählt sie ihm von den Zweifeln, die sie seit einigen

Tagen plagen. »Vielleicht sollte ich das Ganze aufgeben. Auch wenn die Pflegerin meinte, Leni hätte hin und wieder wachere Momente – die Wahrscheinlichkeit, dass ich jemals so einen erwische, ist doch minimal.«

Knut runzelt die Stirn. »Als du aus Glücksburg zurückgekommen bist, hast du noch ganz anders geredet. Du warst so euphorisch. Lenis Reaktion auf Michels Liebeserklärung hat dir so viel Hoffnung gegeben. Was hat sich geändert?«

Matilda beißt sich auf die Lippe. Ihr Schweigen dauert so lange, dass Knut schon fast nicht mehr auf eine Antwort hofft.

»Du hättest ihren leeren Blick sehen müssen«, sagt sie schließlich leise. »Und dieses Summen erst. Sie lebt in ihrer eigenen Welt. Vielleicht taucht sie daraus für ein paar Sekunden auf, aber nicht lange genug, um die Bedeutung des Briefes zu verstehen. Was hat es also für einen Sinn, es weiter zu versuchen?«

»Du vergisst wohl etwas ganz Entscheidendes.«

Matilda weiß nicht, worauf er hinauswill.

»Es gibt da noch jemanden, der ebenfalls erfahren sollte, was wirklich passiert ist. Warum Leni in jener Nacht nicht zum Treffpunkt gekommen ist. Dass sie den Brief nie bekommen hat …«

Michel!

Wie hat sie ihn nur vergessen können? Andererseits …

»Ohne Informationen von Leni können wir Michel niemals aufspüren. Das ist ein Teufelskreis.«

»Oh, mitnichten. Leni hat mir längst die nötigen Informationen geliefert.«

Knut startet sein Tablet und präsentiert ihr die Ergebnisse seiner Recherchen.

»Heute ist Leni Arnold zwar die demente Bewohnerin einer Seniorenresidenz in Glücksburg, aber früher war sie eine erfolgreiche Geschäftsfrau, eine Person des öffentlichen Lebens. Über solche Menschen findet man im Internet allerhand Wissenswertes.«

Und Knut hat so einiges gefunden. Matilda wird ganz schwindelig, so schnell klickt er weiter.

Dann zeigt er ihr einen Zeitungsausschnitt. Vergrößert ihn. Zoomt eine bestimmte Stelle heran.

»Das ist ein Porträt über Leni«, erklärt er.

»Da steht, sie ist in Königstein aufgewachsen. Das bedeutet …«

»Das bedeutet, dass Michel vermutlich ebenfalls aus Königstein im Taunus stammt. Oder aus einem der umliegenden Orte.«

Das ist ziemlich konkret. Matilda hätte nicht gedacht, dass sie heute Abend einen dermaßen spektakulären Fortschritt machen würden.

»Wie viele Apotheken es in diesen Orten 1966 wohl gegeben haben mag?«, murmelt Matilda.

»Sehr gute Frage. Und hier ist die Antwort.« Breit grinsend legt Knut ihr einen Ausdruck vor.

Matilda kann es nicht fassen. Es ist wieder eine Liste.

»Willst du immer noch aufgeben?«

Sie schüttelt den Kopf und lächelt. »Nun ja, ich denke, vielleicht sollte ich vorher noch ein paar Telefongespräche führen.«

Diesmal sind es sieben Namen, sieben Telefonnummern, sieben Chancen auf einen Durchbruch.

Sie macht sich mit mehr Optimismus daran, als vernünftig wäre. Dreimal erreicht sie nur den Anrufbeantworter. Beim ersten Mal legt sie auf und legt sich erst ein paar wohlformulierte Sätze zurecht, bevor sie wieder anruft. Sie hinterlässt ihre Telefonnummer und – nun ja, zur Sicherheit – die Nummer des Handys, das sie von Knut bekommen hat.

Drei weitere Apotheken sind schon seit Generationen in Familienhand, doch keiner von ihnen hat je von einem Michel gehört.

Bei den letzten beiden Nummern erreicht sie lediglich Mitarbeiter, die keine Ahnung von eventuellen Vorbesitzern haben. Sie versprechen, sich zu informieren und zurückzurufen, sobald sie etwas herausgefunden haben.

Enttäuscht legt Matilda auf.

Sie hat geglaubt, Michel auf die Spur kommen zu können. Aber diesmal scheint sie nicht so viel Glück zu haben: Er ist und bleibt ein Phantom.

Kapitel 15:

Wahrheit ist relativ.

Kirsten kommt wieder zur Arbeit. Ein wenig blasser und etwas weniger aufgedreht als sonst, aber gefasst und redselig wie eh und je.

»Männer sind das Letzte!«, verkündet sie und schiebt sich zum Trost einen Schokoriegel in den Mund.

»Hm«, macht Matilda vage zustimmend und versucht vergeblich, Kirstens Pobacke auf ihrem Schreibtisch zu ignorieren.

Ein Tisch ist kein Stuhl!

»Wir sollten uns glücklich schätzen, Singles zu sein«, fährt Kirsten ungerührt fort. Den missbilligenden Blick ihrer Kollegin ignoriert sie konsequent.

Matilda betrachtet den Briefumschlag, der vor ihr liegt. Rohweiß, mit zittriger Aufschrift in Sütterlin. *Herrn Wilhelm Müller, Hauptstraße, Neustadt.* Keine Hausnummer, keine Postleitzahl. Stattdessen ein Allerweltsname, ein Straßenname, den es vermutlich in jedem Dorf und jeder Stadt gibt, und obendrein der wohl häufigste Ortsname von allen. Ob der Inhalt konkretere Hinweise liefert? Matilda würde es lieber früher als später überprüfen, aber während Kirsten auf sie einredet, wäre das nicht nur unhöflich, sie könnte sich auch nicht richtig konzentrieren.

Die Briefe, die Matilda heute bisher geprüft hat, waren unspektakulär. Eine Einladung zu einem Klassentreffen, der Dankesbrief einer Siebenjährigen an ihre Patentante, die ihr zum Geburtstag einen Zehner geschickt hat, zwei Beschwerden, ein Glückwunschbrief, eine Bewerbung. Dieser hier könnte interessanter sein. Zumindest ist er dicker. Wenn nur Kirsten endlich gehen würde …

»Hast du nicht Lust, mal zu einem Speeddating mitzukommen? Vielleicht ergibt sich ja was für uns beide – und dann machen wir ein Doppeldate. Und falls nicht, wird eben ein Mädelsabend draus. Na, wie wär's?«

Matilda ist völlig überrumpelt. Speeddating? Doppeldate? Mädelsabend? So etwas ist nun wirklich nichts für sie. Ja, sie weiß ja nicht einmal so genau, was sie sich darunter vorstellen soll.

»Hast du nicht gerade betont, wie toll das Singledasein ist?«

Kirsten gluckst. »Genau deswegen doch. Wer in einer festen Beziehung steckt, geht ja wohl kaum zum Speeddating. Du wirst staunen, wie viel Spaß das macht!«

»Ich weiß nicht recht …«

Eigentlich weiß Matilda es genau. Das kommt überhaupt nicht infrage! Aber Kirsten hatte es in letzter Zeit nicht leicht, da will sie ihr nicht so schroff absagen. Vielmehr hofft sie, dass ihre Kollegin die ganze Sache bald vergisst und einfach nicht mehr darauf zu sprechen kommen wird.

»Nun sei doch nicht so. Oder hast du heute Abend etwa schon ein anderes Date?«

»Aber nein, ich habe doch kein …«

»Na, dann ist das abgemacht!«

Auf keinen Fall! Gar nichts ist abgemacht!

»Ehrlich gesagt wäre es mir lieber, wenn wir das Ganze einfach ver…«

»Wohnst du noch in diesem vorsintflutlichen Mietshaus? Ich hole dich um halb acht ab.«

Matilda stutzt. Dann fällt es ihr wieder ein: Vor Jahren hatte sie sich einmal trotz Fieber und Grippe ins Amt geschleppt. Kirsten hatte sie damals kurzerhand nach Hause gebracht und ins Bett verfrachtet. Kirsten kann wirklich unglaublich herzlich und hilfsbereit sein.

Matilda schluckt.

Was kann es schon schaden, Kirsten zu begleiten? Sie wird sich zurückhalten, mehr beobachten als flirten, Kirsten ein bisschen aufmuntern und sich dann früh verabschieden.

»Na gut, wenn es nicht zu lange dauert.«

Kirsten hüpft vor Freude vom Schreibtisch und strahlt. »Das wird ein Riesenspaß, du wirst schon sehen.«

Matilda bezweifelt das stark.

Als Matilda ihr Büro wieder für sich allein hat, bedauert sie ihre Zusage bereits. Worauf hat sie sich da nur eingelassen? Vielleicht kann sie sich nachher noch irgendwie aus der Affäre ziehen …

Matilda schließt die Augen und atmet tief durch.

Sie muss versuchen, ihre Gedanken zu sortieren. Kirstens alberne Idee ist jetzt völlig unwichtig. Was zählt, ist ihre Arbeit. Und als Nächstes der Brief, der noch immer ungeöffnet vor ihr liegt.

Als sie ihn zu lesen beginnt, sind Kirsten, das Speeddating und alles andere, was sie ablenken könnte, ganz schnell vergessen.

Mein innig geliebter Sohn,

es mag dich verwundern, einen Brief von mir zu bekommen, noch dazu per Post, wo wir doch seit Jahr und Tag Tür an Tür leben. Und doch ist es so.
Denn es gibt etwas, was ich dir nie erzählt habe. Ich war oft kurz davor, sehr oft sogar. Aber ich brachte es einfach nicht übers Herz, viel weniger über die Lippen. Doch jetzt bleibt mir nicht mehr viel Zeit. Wenn man erst einmal die neunzig überschritten hat, kann man die Tatsache nicht leugnen, dass die Uhr abläuft. Vielleicht bleiben mir noch ein paar Jährchen, vielleicht ist es morgen schon vorbei. Aber um in Frieden gehen zu können, muss ich reinen Tisch machen.

Keine Angst, mein lieber Wilhelm, ich habe kein Verbrechen begangen. Aber ich habe gelogen.
Ich will nicht, dass du mich verurteilst. Wir hatten immer ein gutes Verhältnis, und das liegt sicher auch daran, dass wir so früh zu zweit allein waren.
Vielleicht war es für dich sogar leichter als für mich. Immerhin warst du gerade mal fünf Jahre alt, als mein Theo starb. Meine Familie hatte ich kurz vorher im Krieg verloren, und so haben wir auch später, als du erwachsen warst, selten über sie gesprochen. Denn du hast die wichtigsten Menschen nie kennengelernt.

Nur deinen Großonkel Willy. Du hast mir immer vorgeworfen, dass ich dich auf seinen Namen habe taufen lassen. Der alte Willy war kein guter Mensch, das stimmt.
Aber was du nicht weißt, ist, dass ich dich gar nicht nach

ihm genannt habe. Du hast deinen Namen von William R. Shoemaker. Bill. Deinem Vater.

Wahrscheinlich bist du jetzt böse auf mich. Wütend. Enttäuscht. Vielleicht aber ist die Überraschung gar nicht so groß. Hast du dich wirklich noch nie gefragt, warum du als Einziger von uns allen braune Augen hast?
Und hast du dich nie darüber gewundert, dass du schon acht Monate nach Theos Heimkehr aus Russland geboren wurdest – allerdings keineswegs als mickriges Frühchen?
Aber du hast mich nie gefragt.

Ich bitte dich nicht darum, mir sofort zu verzeihen. Alles, was ich will, ist die Chance, dir alles erklären zu können.

Theo und ich hatten uns mitten im Krieg kennengelernt und uns sofort ineinander verliebt. Am vorletzten Tag seines Fronturlaubs bat er meine Eltern um meine Hand. »Dann bist du versorgt, wenn etwas passiert«, sagten sie und stimmten zu.
Und es passierte auch etwas.
Eine Bombe zerstörte unser Haus. Ich war nicht zu Hause, im Gegensatz zu meinen Eltern. Sie hatten keine Chance.
Und dann war der Krieg aus. Die Soldaten, die nicht gefallen waren, kehrten einer nach dem anderen heim.
Nur Theo nicht.

Im Jahr 1954 war ich neunundzwanzig Jahre alt, seit zehn Jahren verheiratet – und genauso lang allein. Die Erinnerung an meinen Mann verblasste von Tag zu Tag, und

irgendwann wagte ich nicht mehr, an seine Rückkehr zu glauben.
Im Frühjahr 1955 arbeitete ich auf dem Mandelblütenfest. Schon damals war es das erste Weinfest des ganzen Jahres, und es kamen jede Menge Besucher aus der Umgebung. Auch viele US-Soldaten, die in der Gegend stationiert waren. William R. Shoemaker war mit ein paar Kumpels unterwegs. Ich bediente sie den ganzen Abend lang, und nachdem ich Feierabend hatte, ließ ich mich von Bill einladen. Seine Freunde waren längst weitergezogen.
Sein Deutsch war erstaunlich gut. Noch beeindruckender war sein Charme. Er gab mir das Gefühl, etwas ganz Besonderes zu sein. »Meine wunderschöne Mandelblütenkönigin«, nannte er mich, und ich war geschmeichelt.
Am darauffolgenden Wochenende lud er mich zum Essen in die Altstadt ein, und von da an verbrachten wir noch einige Sonntage miteinander.
Mitte April geschah dann das Unerwartete. Theo kam aus Russland zurück. Er war traumatisiert, abgemagert, ein Wrack. Er sagte, er hätte die Gefangenschaft nur überstanden, weil ihm die Vorstellung, mich wiederzusehen, Kraft gegeben hatte.
Ich konnte ihm nicht von Bill erzählen. Es hätte ihn umgebracht.
Mit deinem Vater traf ich mich nur noch ein einziges Mal. Bevor ich ihm von Theos Rückkehr erzählen konnte, sagte er, dass er versetzt würde. Zurück nach Kentucky. Er bat mich, ihn zu begleiten. Ich sagte, es täte mir leid. Er küsste mich und sah mir zum Abschied tief in die Augen. Seine waren dunkelbraun. Genauso wie deine.

Im Mai wurde mir klar, dass ich schwanger war. Ich hatte gedacht, dass mich diese Erkenntnis in Verzweiflung stürzen würde. Doch das war nicht so. Denn ich hatte Bill wirklich geliebt. Aber Theo hatte ich zuerst geliebt. Es machte ihn überglücklich, dein Vater zu sein.
Ich dachte, ich würde es ihm eines Tages gestehen. Aber schon fünf Jahre später war ich Witwe.

Ende der Sechzigerjahre war Bill wieder in Deutschland stationiert und nahm Kontakt zu mir auf. Ich war kurz davor, ihm die Wahrheit zu sagen. Und auch dir. Aber ich tat es nicht. Ich wollte keine Wunden aufreißen. Theos Andenken nicht beschmutzen. Und Bill keine falschen Hoffnungen machen.
Irgendwann gab er es auf.
Ich weiß nicht, ob er noch am Leben ist. Nicht jeder ist so zäh wie deine alte Mutter. Aber wer weiß?

Ich rechne nicht damit, dass du heute oder morgen vor meiner Tür stehst. Wenn du mir meine Geheimniskrämerei nicht verzeihen würdest, könnte ich das verstehen. Aber ich hoffe, dass es anders kommt.
Ja, ich habe dich dein Leben lang belogen.
Aber ich habe dich auch dein Leben lang mehr geliebt als alles andere auf der Welt.
Vergibst du mir?

Deine dich immer liebende Mutter

Kapitel 16:

»Aufgeben darf man erst, wenn alle Spuren im Sande verlaufen sind.«

»Was ist passiert?«

Knut kann in ihrem Gesicht lesen wie in einem Buch.

Matilda lacht. »Bin ich wirklich so leicht zu durchschauen?«

»Ja, bist du. Aber eine Gegenfrage ist keine Antwort. Also – was ist los?«

Matilda verstummt. Eigentlich möchte sie nicht darüber reden. Doch Knuts forschender Blick ist unnachgiebig.

»Na ja, ich habe mich von Kirsten breitschlagen lassen, mit ihr auszugehen. Sie holt mich schon in einer Stunde ab, und ich muss mich noch umziehen.«

Knut runzelt die Stirn.

»Vielleicht kannst du ja unterdessen für mich rausfinden, was genau ein Speeddating ist? Damit ich nicht ganz so unwissend bin«, redet sie schnell weiter und kichert nervös.

»Könnte ich tun. Aber erst verrätst du mir, was dich wirklich quält. Gibt es etwa ein Lebenszeichen von Michel?«

Matilda schüttelt den Kopf. »Damit hat es nichts zu tun«, sagt sie leise.

Knut schenkt Tee nach. »Aber ich bin nah dran, oder?«

Matilda zögert. Dann nickt sie. Warum ihn lange bohren lassen? Früher oder später wird sie es ihm ja doch erzählen. Also öffnet sie ihre Handtasche und zieht ein paar Kopien hervor.

»Du darfst mich nicht verraten«, sagt sie. »Ich habe das noch nie gemacht.« Sie schiebt die Blätter zu ihm rüber.

»Ein Brief. Aus dem Amt?«

»Ich weiß, das widerspricht sämtlichen Vorschriften. Aber ich kann doch nicht zulassen, dass dieser Brief im Archiv landet.«

Knut sagt nichts dazu. Er wirkt ein bisschen überrascht, aber nicht entsetzt oder gar enttäuscht.

»Na, dann lass mal sehen«, meint er schließlich und beginnt zu lesen.

Matilda kann kaum atmen. Nervös verschränkt sie ihre Hände, wippt mit den Füßen, beißt sich auf die Unterlippe. Das schlechte Gewissen plagt sie. Wie konnte sie nur? Aber sie musste einfach …

Endlich schaut Knut auf. Er blickt sie ernst an. Ihr Herz sinkt in die Hose.

»Leider genügten die Hinweise im Text nicht, um den Brief der Abteilung ›Erneute Zustellung‹ zu übergeben«, stößt sie hervor. »Aber ein paar Hinweise gibt es schon, oder? Ich dachte mir, ein guter Detektiv – was ich natürlich nicht bin – würde womöglich herausfinden, für wen der Brief bestimmt ist. Und wenn wir Michel und Leni schon nicht helfen können …«

Endlich nickt Knut. »Aufgeben darf man erst, wenn alle Spuren im Sand verlaufen sind. Du hast das Richtige getan.«

Matilda atmet erleichtert auf. Es wäre schrecklich gewesen, hätte Knut sie verurteilt.

»Dieser Brief muss definitiv ankommen.«

»Und das wird er auch«, erklärt Knut.

»Aber wie …?«

»Kinderspiel. Überlass das einfach mir und meinem Laptop.« Er grinst. »Sag mal, musst du dich nicht beeilen?«

Matilda springt erschrocken auf. Es kann doch unmöglich schon so spät sein? Aber ihre Armbanduhr zeigt dieselbe Uhrzeit an wie das Display an Knuts Hightechherd.

»Lass dich nicht aufhalten – und viel Spaß«, sagt er, schon über das Laptop gebeugt.

Wäre Kirstens Kleid noch einen Zentimeter kürzer, fiele es in die Kategorie Gürtel. Matilda kommt sich in der Jeans und dem schwarzen T-Shirt neben ihr wie ein Mauerblümchen vor.

Perfekt!

Kirstens Laune steigt von Minute zu Minute, denn neben Matildas unscheinbarem Outfit kommen ihre Reize umso besser zur Geltung.

Auch Matilda fühlt sich immer wohler, denn in Kirstens Schatten ist es ein Kinderspiel, sich unsichtbar zu machen. Sie folgt ihr an die Bar und verpasst es, vehement zu widersprechen, als Kirsten zwei Gin Tonic bestellt. Dann klammert sie sich an ihrem Drink fest, während ihre Kollegin davoneilt, um die Anmeldungen zum Speeddating auszufüllen. Wie kann sie in diesen halsbrecherischen Stöckelschuhen bloß laufen?

Matildas Blick ist nicht der einzige, der Kirsten folgt.

Die anwesenden Männer verrenken sich die Hälse nach ihr. Erstaunlicherweise macht Kirsten nicht den Eindruck, als wäre ihr das unangenehm. Sie genießt es geradezu, derart angestarrt zu werden.

Irritiert nippt Matilda an ihrem Glas. Der Drink schmeckt unerwartet herb. Und ein bisschen nach Kernseife. Aber auch erfrischend, wahrscheinlich dank der Limette. Oder ist die bloß Dekoration? Sie probiert einen weiteren Schluck. Noch nie ist es ihr so schwergefallen, sich zu entscheiden, ob ihr etwas schmeckt oder sie abstößt. Auch der dritte Versuch bringt nicht mehr Klarheit, aber vielleicht ist das auch gar nicht so wichtig? Vielleicht ist gar nichts wirklich wichtig?

»Hier, unsere Teilnehmernummern. Du hast die Sieben und ich die Dreizehn. Zwei absolute Glückszahlen«, teilt Kirsten ihr mit und steckt ihr einen Button ans Shirt.

»Wow, schon fast leer?«, grinst sie nach einem Blick auf Matildas Glas. »Ich sag ja immer: Stille Wasser sind tief. Prost!«

Noch bevor die eigentliche Veranstaltung anfängt, haben die beiden ihr zweites Glas geordert.

Als Matilda bezahlen will, winkt der Barkeeper ab. »Ist schon erledigt.«

»Aber wer …?« Sie schaut sich suchend um.

Sofort tritt ihr Kirsten ans Bein. »Bist du irre?«, zischt sie. »Wenn der edle Spender Kontakt aufnehmen will, muss er uns ansprechen – nicht umgekehrt. Oh Mann, ich fürchte, flirttechnisch hast du noch viel zu lernen.«

Matilda seufzt. Wie kommt Kirsten bloß auf die Idee, sie wolle flirten lernen? Eigentlich will sie nur eines: schnell nach Hause und herausfinden, welche Antworten Knut dem Internet entlockt hat.

Aber noch ist es zu früh, sich aus dem Staub zu machen. Erst muss sie noch zehn Mikrodates hinter sich bringen, die zum Glück jeweils nur fünf Minuten dauern.

Ihr erster Gesprächspartner trägt einen Norwegerpulli, der aussieht, als hätte er ihn seit Jahren nicht gewechselt. Er stellt Matilda keine einzige Frage, sondern redet ununterbrochen auf sie ein. Er spricht von Reptiloiden, und Matilda, die sich von den Drinks angenehm benebelt fühlt, denkt an Esmeralda, die einsame Schrumpelhals-Schildkröte. Erst kurz bevor eine Tröte signalisiert, dass es Zeit ist, die Gesprächspartner zu wechseln, wird ihr klar, dass von Außerirdischen die Rede ist.

»Sie sehen aus wie wir, aber ihr Blick verrät sie. Wenn wir nichts tun, übernehmen sie die Weltherrschaft.«

»Danke für die Warnung«, sagt Matilda und ist wahnsinnig froh, als der Pulloverträger den Platz wechselt.

»Ich bin der Ramon, und ich stehe auf anschmiegsame Schmusekatzen«, teilt ihr der nächste Kandidat mit. Er sieht eher wie ein Rüdiger denn wie ein Ramon aus. Diesmal wird ihr schon nach einer Minute klar, dass es nicht um Haustiere geht. Auch Ramon / Rüdiger hört sich selbst viel zu gern reden, um sich für Matilda zu interessieren. Ihr ist das nur recht.

Leider geht es nicht so bequem weiter. Der nächste Kerl nimmt sie regelrecht ins Kreuzverhör. Wie alt sie ist, welche Ausbildung sie genossen hat, wie viel sie verdient, wo sie sich in fünf Jahren sieht, was sie über Kinder denkt, für welche Partei sie stimmen würde, wenn morgen Bundestagswahl wäre … Was soll sie tun? Einem Wildfremden alles wahrheitsgemäß beantworten? Schließlich ist sie nicht vor Gericht, wo sie ihr Aussageverweigerungsrecht in Anspruch nehmen könnte. Und sie will auch nicht unhöflich sein. Aber wohl fühlt sie sich nicht dabei, so viel von sich preiszugeben. Selten sind ihr fünf Minuten so lang vorgekommen.

Die nächsten drei Kandidaten fragen als Erstes nach Matildas Job. Als hätten sie sich abgesprochen. Beim ersten Mal antwortet sie zu ausführlich, das merkt sie schon nach den ersten Sätzen, aber nun, da sie einmal begonnen hat, über das Amt für nicht zustellbare Post zu reden, kann sie nicht mehr aufhören.

Als die Zeit um ist, hinterlässt sie einen ziemlich verstörten jungen Mann, der es auffällig eilig hat, zur nächsten Kandidatin weiterzuziehen.

Diesen Fehler will sie nicht noch einmal begehen. Beim nächsten Mal fasst sie ihre Tätigkeit mit »Lesen« zusammen, woraufhin der blasse Karohemdträger mit Nickelbrille sie für eine Lektorin hält und ihr ausführlich von dem tausendseitigen Fantasyroman vorschwärmt, den er in der Schublade hat. Bevor sie den Irrtum aufklären kann, ertönt das Signal.

Beim letzten Mal sagt sie nur, sie sei Sachbearbeiterin, und das funktioniert prima: Ihr Gesprächspartner verliert augenblicklich das Interesse.

Endlich ist es vorbei.

»Noch einen Drink?«, schlägt Kirsten vor.

»Na ja, eigentlich wollte ich gleich …«

»Nur eine Viertelstunde. Wir müssen doch unsere Erfahrungen austauschen.«

»Unsere Erfahrungen?«

»Ein bisschen lästern. Nun hab dich nicht so.«

Matilda muss lachen. »Okay. Aber nur ein Glas. Dann muss ich wirklich los.«

»Du bist ein Schatz. Bestell doch schon mal für mich mit! Ich muss noch schnell mit den Kandidaten vier, acht und zwölf Nummern tauschen.« Und weg ist sie.

Matilda fühlt sich ausgetrickst, aber wirklich überrascht ist sie nicht. Höchstens von sich selbst, dass sie tatsächlich zugestimmt hat, noch einen dieser bitter-seifigen Drinks zu sich zu nehmen.

Sie will gerade ihre Bestellung aufgeben, als sie der einzige Gast, der an der Bar sitzt, anspricht.

»Ich nehme dasselbe wie du und lade dich ein.«

Welcher der Kandidaten war das noch gleich? Matilda kommt nicht darauf. Jedenfalls nicht der Typ mit dem verschlissenen Norwegerpulli und den schrägen Verschwörungstheorien. Auch nicht Rüdiger alias Ramon oder der Karohemdträger mit dem Fantasyroman in der Schublade. Hat er überhaupt an diesem Speeddating teilgenommen? Wenn er statt des lässigen Shirts, der gut sitzenden Jeans und der modischen Strickmütze (für die es Matildas Meinung nach hier drinnen überhaupt nicht kalt genug ist) einen Businessanzug getragen hätte, dann hätte sie fast glauben können, es sei …

»Cornelius?«

»Ertappt. Ich bin überrascht, dich hier zu sehen. Machst

du regelmäßig bei so etwas mit?« Er deutet auf den Button mit der Nummer und dem Logo des Speeddating-Veranstalters.

Matilda ist völlig überrumpelt.

»Aber nein, ich begleite nur eine Kollegin!«

»Ja, sicher.« Er grinst breit. Und lässt sie damit dastehen wie eine Lügnerin.

»Ehrlich!«

»Das muss dir doch nicht peinlich sein. Wenn ich mich auch wundere, dass du so etwas überhaupt nötig hast.«

Jetzt macht er sich auch noch über sie lustig!

Cornelius hebt sein Glas. »Wollen wir anstoßen?«

Sie will nichts weniger als das! Und sie hat auch nicht vor, noch länger hierzubleiben. Kirsten wird garantiert auch ohne sie zurechtkommen. Dass sie auf der Flucht einen Barhocker umwirft, nimmt sie gar nicht mehr wahr. Nur weg hier!

Um ein Haar wäre sie an Knuts Tür vorbeigerannt, doch dann hält sie inne. Knut ist ihr Freund. Er kann nichts für seinen selbstgefälligen Enkelsohn. Außerdem will sie unbedingt wissen, was seine Recherchen ergeben haben.

»Hey, Matilda! Scheint doch länger gedauert zu haben. War der Abend ein Erfolg?«

Knut ist schon im Schlafanzug und bindet gerade den Gürtel seines Bademantels zu.

»Nein, ein kompletter Reinfall. Aber du musst mich entschuldigen, mir war gar nicht bewusst, wie spät es schon ist. Ich wollte dich nicht wecken.«

»Du hast mich keineswegs geweckt. Ich gehe selten vor

Mitternacht ins Bett. Aber ich mache es mir abends gern bequem. Also komm rein und erzähl mir alles.«

Matilda bleibt auf der Türschwelle stehen. Es erscheint ihr unpassend, weiterzugehen.

»Nein, nein, ich bin … eigentlich schon sehr müde.« Doch dann siegt ihre Neugier. »Was ist mit dem Brief?«

»Er wird sein Ziel erreichen«, lächelt Knut. »Es gibt zwar über zwanzig Orte namens Neustadt in Deutschland, außerdem einige in Österreich, der Schweiz und sogar Kanada, aber nur einen, der für sein Mandelblütenfest berühmt ist: Neustadt an der Weinstraße in der Pfalz.«

»Aber das ist ja wunderbar!«

»Ich habe es doch gesagt: Aufgeben darf man erst, wenn alle Spuren im Sande verlaufen sind.«

Matilda verschränkt die Arme vor der Brust. »Warum nur habe ich den Eindruck, dass du damit nicht nur diesen Brief meinst – sondern auch einen gewissen anderen?«

Knut grinst. »Weil es so ist.«

Kapitel 17:

»If You Wanna Be Happy.«

Diesmal kommt ihr die Zugfahrt nicht so lang und der Hamburger Bahnhof nicht mehr so einschüchternd vor.

»Wie schön, dass Sie mal wieder vorbeischauen«, begrüßt sie die Pflegerin in der gestärkten weißen Bluse heute leutselig, und Matilda begreift, dass hier niemand geglaubt hat, sie jemals wiederzusehen. Noch vor ein paar Tagen hätte sie das auch selbst nicht für möglich gehalten. Aber Knut kann ohne viele Worte sehr überzeugend sein. Einfach so aufgeben, das kommt für ihn nicht infrage. Und für Matilda nun auch nicht mehr. Er hat ja recht. Solange Hoffnung besteht, versucht sie es weiter.

»Ich habe doch versprochen, Leni bald wieder zu besuchen«, sagt sie. »Wie geht es ihr denn heute?«

»Sie haben Glück – es ist einer ihrer besseren Tage. Aber erwarten Sie nicht zu viel.«

Matilda erwartet keineswegs viel. Doch umso erstaunter ist sie, das Bett leer vorzufinden. Leni sitzt in einem Sessel am Fenster und schaut hinaus in den Park, wo sich die Äste der Trauerweiden träge im Rhythmus des Windes bewegen. Sie trägt wieder einen Hausanzug, diesmal in Fuchsiarot, und hat die Haare frisch gewaschen.

Obwohl sie Matildas Klopfen gehört haben muss, reagiert Leni nicht auf ihr Eintreten.

»Hallo, Frau Arnold. Leni. Ich habe Sie neulich schon mal besucht, erinnern Sie sich?«

Keine Antwort.

»Ich habe Ihnen aus Michels Brief vorgelesen. Das wissen Sie doch noch, oder? Der Brief, in dem er Sie gebeten hat, seine Frau zu werden. Und der niemals angekommen ist.«

Leni summt leise.

»Möchten Sie, dass ich Ihnen wieder daraus vorlese?«

Leni verstummt. Blinzelt kurz. Setzt sich auf ihre Handflächen und schaukelt leicht vor und zurück.

Matilda weiß nicht recht, wie sie das bewerten soll. Ist das ein Zeichen der Zustimmung? Oder hat sie Leni nervös gemacht?

Leni wird ihr diese Fragen nicht beantworten. Also nimmt sie kurzerhand einen Besucherstuhl, platziert ihn neben Lenis Sessel und setzt sich. Die zerbrechliche Gestalt reagiert noch immer nicht. Sie schaut weiterhin aus dem Fenster und lässt weder erkennen, ob sie Matilda überhaupt wahrgenommen, noch, ob sie ihre Fragen verstanden hat oder weiß, um welchen Brief es geht.

Doch ihre tiefgrünen Augen kommen Matilda heute ein wenig wacher vor als letztes Mal. Vielleicht ein gutes Zeichen. Vielleicht aber auch pure Einbildung. Ein Strohhalm, an den sie sich klammert.

Aufgeben darf man erst, wenn alle Spuren im Sande verlaufen sind, hat Knut gesagt.

Aber was, wenn die Spuren längst verweht sind? Fünfzig Jahre sind eine lange Zeit, und mit Leni ist diese Zeit nicht gerade gnädig umgegangen. Ob sie sich überhaupt an Michel erinnert? Immerhin hat sie letztes Mal reagiert, als Matilda die Stelle über den ersten Kuss vorlas.

Vielleicht geschieht das wieder, wenn sie diese Worte erneut hört?

Entschlossen zieht Matilda den inzwischen leicht zerfledderten Brief aus der Tasche und streicht ihn glatt. Dann knüpft sie dort an, wo sie bei ihrem letzten Besuch aufgehört hat:

Ich weiß, daß dieser Tag am Waldsee für Dich auch ein ganz besonderer war. Das habe ich am Funkeln in Deinen Augen gesehen, kurz bevor sich unsere Lippen berührten.
Es war mehr als nur ein perfekter erster Kuß. Es war Magie. Du hast mich verzaubert.

Erwartungsvoll blickt sie auf.

Nichts.

Vielleicht dauert es ja wieder eine Weile, bis Leni endlich reagiert? Matilda wünscht sich so sehr, erneut ihre Stimme zu hören, die beim letzten Mal so viel zarter, jünger geklungen hat, als es die zahllosen Lebenslinien, die sich in ihr Gesicht gegraben haben und ihre Augen wie Strahlen umrahmen, erwarten lassen.

Heute jedoch presst Leni die Lippen fest zusammen. Nach wie vor starrt sie hinaus, allerdings sitzt sie nicht mehr auf ihren Händen, sondern hält sie im Schoß gefaltet und dreht Däumchen.

Immerhin ist sie wach.

Matilda beschließt, einfach weiter vorzulesen. Vielleicht schafft sie es mit der nächsten Passage, Leni für ein paar Momente aus ihrem Dämmerzustand hervorzulocken?

Wenn ich an diesen wunderbaren Sommer mit Dir denke, werde ich mich auf ewig an Dein rotes Transistorradio erinnern. Es gehört zu Dir wie Dein unnachahmliches Lachen und Deine zauberhaften Augen.
Meine Eltern hätten es »Dschungelmusik« genannt, was da gespielt wurde, und witzigerweise wäre das gar nicht so verkehrt gewesen, weil wir sie im dichten Urwald des Taunus hörten, an unserem Waldsee, an den sich außer uns niemand verirrte.
Niemals werde ich »Da Doo Ron Ron« von The Crystals hören können, ohne sofort aufzuspringen, laut mitzusingen und auf Deine zweite Stimme zu warten.
Und weißt Du noch, wie wir, wann immer »Surfin' U.S.A.« von den Beach Boys lief, auf einen Baumstamm geklettert sind und so getan haben, als wären wir Wellenreiter auf einem Surfbrett?
Ich habe nicht mitgezählt, wie oft Du »If You Wanna Be Happy« von Jimmy Soul auswendig mitgeträllert hast, und weißt Du was? Ich hoffe aus ganzem Herzen, daß ich Dich dieses Lied noch unzählige Male singen höre. Bis wir alt und grau sind, Enkel und Urenkel haben und an langen Winterabenden in Ohrensesseln am Kamin sitzen. Und jedes Mal werde ich Dich fragen, ob du glücklich bist. Und Du wirst hoffentlich jedes Mal lachen und antworten: »Immer, wenn Du in meiner Nähe bist.«

Matilda bricht ab. Wenn Leni nach diesen Worten keine Regung zeigt, weiß sie auch nicht weiter!

Verstohlen fährt sie sich mit dem Handrücken über die Wange, um eine Träne abzuwischen.

»Sorry, dass ich hier so reinplatze, aber es ist Zeit für Frau Arnolds Medikamente.«

Routiniert reicht die Pflegerin der alten Dame ein paar Tabletten und eine Tasse Tee, um sie herunterzuspülen.

Leni gehorcht widerspruchslos. Ihre Bewegungen wirken mechanisch, ihre Miene ausdruckslos.

»Ihr scheint's ja wunderbar zu gehen«, lobt die Schwester, »sie strahlt ja regelrecht.«

»Finden Sie?« Matilda hat eigentlich nicht den Eindruck.

»Aber natürlich. Sie müssen nur genau hinsehen – wie ihre Mundwinkel zucken.«

Nun ja. Man braucht schon allerhand Fantasie, um das zu erkennen. Aber an Fantasie hat es Matilda ja noch nie gemangelt. Sind das etwa Lachgrübchen in Lenis Wangen? Oder ist das nur eine optische Täuschung?

Wie gern würde sie Lenis Lachen hören, das Michel so liebevoll beschrieben hat. Oder ihren Gesang. Oder …

Matilda hält inne. Die Idee ist verrückt. Aber vielleicht funktioniert sie ja?

»Halt, warten Sie!«, ruft sie der jungen Frau hinterher, die gerade schon die Zimmertür hinter sich zuziehen will. Matilda springt auf und läuft ihr nach.

»Entschuldigen Sie bitte …«, sie wirft einen verstohlenen Blick auf das Namensschild, »Schwester Rieke, Sie kennen sich doch ganz bestimmt mit … solchen Dingern aus.«

»Womit – mit Smartphones?«

Matilda hat Knuts Handy aus der Tasche hervorgekramt und betrachtet es zweifelnd.

»Man kommt damit doch ins Internet, richtig? Und im Internet gibt es Musik, stimmt's?«

Schwester Rieke lacht. »Natürlich. Ähm – heißt das, Sie wollen jetzt Musik hören?«

Erst jetzt wird Matilda klar, wie albern das wirken muss. Als hätte sie den Verstand verloren. Dabei hatte sie doch gerade einen echten Geistesblitz!

»Ja, will ich. Zusammen mit Leni. Ihre Lieblingslieder von früher. Vielleicht bringt das eine Saite in ihr zum Schwingen.«

»Was für eine großartige Idee! Welche sind es denn? Ich lade Sie Ihnen runter, dann können Sie sie abspielen, sooft Sie wollen.«

Als die ersten Akkorde von »Surfin' U.S.A.« erklingen, leuchten Lenis Augen auf. Nach wenigen Takten fängt sie an zu summen. Und dann singt sie wirklich und wahrhaftig laut mit. Glockenhell und absolut textsicher.

Als der Song zu Ende ist, schaltet Matilda die Wiedergabe ab.

»Oh, wie schade«, zwitschert Leni aufgeräumt. »Das ist eins meiner Lieblingslieder. Am liebsten würde ich dazu tanzen!«

Matilda kann es kaum glauben. Es hat funktioniert!

Spontan umarmt sie Leni. »Ja, das machen wir!«, ruft sie aus. Und dann startet sie »Da Doo Ron Ron«, fasst Leni bei den Händen, zieht sie vorsichtig hoch und macht ein paar zaghafte Tanzschritte. Leni quietscht vor Vergnügen und wirbelt herum wie ein junges Ding. Körperlich scheint sie noch fit zu sein. Matilda kann gar nicht anders, als mitzumachen. Und dabei laut zu lachen. Bald ist sie völlig außer Atem, aber so ausgelassen wie schon lange nicht mehr.

Beim dritten Song scheint Leni die Puste auszugehen. Sie lässt sich wieder in ihren Sessel sinken, hört aufmerksam zu, formt mit ihren Lippen tonlos jedes einzelne Wort von »If You Wanna Be Happy« und schließt dabei die Augen.

Danach herrscht eine ganze Weile Stille. Überraschenderweise ist es Leni, die sie durchbricht:

»Jeden Tag hat Michel mich gefragt, ob ich glücklich bin. Immer, wenn dieses Lied lief. Ich habe dann gelacht und ihn geküsst. Denn ich war glücklich. Überglücklich sogar. Der Sommer mit Michel war die schönste Zeit meines Lebens. Und eine Zeit lang dachte ich auch wirklich, dieser Sommer wäre erst der Anfang. Der Anfang von etwas Großem. Der unendlichen Michel-und-Leni-Geschichte.«

Sie lacht leise. Matilda beugt sich nach vorn, um kein Wort zu verpassen. Vor Aufregung vergisst sie fast zu atmen. Sie hat so viele Fragen, wagt aber nicht, auch nur eine davon zu stellen, aus Angst, Leni aus dem Konzept zu bringen. Die scheint von Matildas Aufgewühltheit nicht das Geringste mitzubekommen und setzt ihren unerwarteten Monolog fort.

»Als ich Michel auf diesem Tanznachmittag zum ersten Mal sah, wusste ich nicht, wer er war. Er fiel mir einfach auf, weil er so groß war und so ein umwerfendes Lächeln hatte. Es war unausweichlich, dass wir uns ineinander verliebten! Damals waren wir beide blutjung, gerade mal zwanzig geworden, und bildeten uns ein, die Liebe wäre stärker als alle Hindernisse. Was waren wir doch naiv …«

Lenis Blick schweift wieder in die Ferne, und Matilda

fürchtet schon, sie wieder an ihre eigene innere Welt verloren zu haben, als sie endlich fortfährt:

»Ganz gleich, wie sehr wir uns liebten: Michel kam aus einer anderen Welt. Da passte ich einfach nicht rein.« Den letzten Satz spricht sie fast tonlos. Sie schüttelte den Kopf, als könnte sie es immer noch nicht fassen. »Wir waren ja so naiv. Und so ahnungslos.«

Diesmal dauert das Schweigen etwas länger. Lenis Blick wandert wieder zum Fenster hinaus. Schließlich hält Matilda es nicht länger aus.

»Was ist geschehen?«, fragt sie leise.

Lenis trauriges Lächeln ist fast unmerklich. Vielleicht sieht es auch nur so aus, als hätte sie sich bewegt.

Matilda spürt, dass ihr die Zeit davonrennt. Sie muss noch so viel fragen!

»Wie hieß denn Michels Familie? Und die Apotheke, erinnern Sie sich an den Namen der Apotheke?«

Keine Antwort.

»Leni, hören Sie mich? Helfen Sie mir, Michel zu finden, bitte! Er muss doch erfahren, dass sein Brief Sie nie erreicht hat.«

Leni beginnt, leise zu summen. Matilda glaubt, »If You Wanna Be Happy« zu erkennen. Nach ein paar Takten bricht Leni ab und schließt die Augen. Innerhalb weniger Sekunden ist sie eingeschlafen.

Kapitel 18:

Kein Brief ist wie der andere. Vor allem nicht dieser.

»Ich hab was für dich dabei«, verkündet Matilda und flitzt an Knut vorbei in Richtung Küche.

»Aber ich gehe doch morgen früh selbst einkaufen.«

Knut kann seit einigen Tagen wieder schmerzfrei laufen, selbst Treppen sind kein Hindernis mehr, und daher ist es eigentlich nicht mehr nötig, dass Matilda allabendlich für ihn einkaufen geht.

Doch darum geht es schon lange nicht mehr.

Ohne die Wie-war-dein-Tag-Gespräche mit Knut würde Matilda etwas fehlen. Und ohne Matildas tägliche Besuche würde sich Knut deutlich einsamer fühlen.

Die Zeitung, das frische Roggenbrot und der Strauß Sonnenblumen sind demzufolge mehr ein Alibi für beide.

»Du strahlst so. Hast du etwa Michel gefunden?«

»Nein, damit hat es nichts zu tun«, sagt Matilda schnell, obwohl es ihr fast vorkommt, als wäre es doch so. Als müsste sie diese Unbekannte finden, damit auch für Leni und Michel alles gut werden kann. Wie auch immer dieses »alles gut« aussehen mag.

Denn heute im Amt war wieder ein Schreiben dabei, das sie unmöglich archivieren konnte, ohne wenigstens noch einmal mit Knuts Hilfe versucht zu haben, die Empfängerin ausfindig zu machen.

Zuerst wollte Matilda den Brief überfliegen wie jeden anderen. Doch dann las sie *»Liebste, wunderschöne Klara«* und ihr Herz begann, schneller zu schlagen. Mit jeder Zeile wurde deutlicher, dass es sich um einen ganz besonderen Brief handelte. Einen, der die Zeit stillstehen lässt, wenn man ihn liest. Und der das Leben der Empfängerin für immer verändern würde, wenn sie ihn bekäme. Ein anrührender Brief, fast wie der von Michel an Leni. Nur dass es für dieses Paar noch nicht fünfzig Jahre zu spät ist …

Matilda konnte gar nicht anders, als ihn mit nach Hause zu nehmen. Und nun liegt er auf Knuts Küchentisch.

»Du hast es wieder getan«, stellt der trocken fest.

»Schlimmer«, gibt sie zu. »Diesmal ist es das Original. Der Kopierer war defekt.«

»Hast du keine Gewissensbisse?« Knut legt zielsicher den Finger auf die Wunde.

»Schon. Aber was ist wichtiger – mein reines Gewissen oder das Lebensglück zweier Liebender?«

Matilda schluckt. Die Worte gehen ihr glatt über die Lippen, aber es fühlt sich seltsam unwirklich an, sie ausgesprochen zu haben. Als hätte sie eine Grenze überschritten.

»Du machst mich neugierig«, sagt Knut und setzt seine Lesebrille auf.

Liebste, wunderschöne Klara,

tausend Dinge hätte ich dir sagen wollen, wenn dein Anblick mir nicht die Sprache verschlagen hätte. Weißt du eigentlich, wie wundervoll dein Nacken aussieht, wenn du dich vorbeugst, um einen Espresso zu zaubern?

Weißt du, wie wundervoll dein Lachen klingt, wenn einer der Gäste einen Scherz gemacht hat? Weißt du, wie gerne ich dieser Gast wäre, dem so ein Scherz gelingt?
Bin ich aber nicht. Ich bin einer derjenigen, die vor lauter Herzklopfen nichts weiter sagen können als »Noch einen Espresso, bitte«. Nur um wieder für ein paar Sekunden deinen Nacken bewundern zu können ...

Du fragst dich vielleicht, ob du mich kennst. Ich vermute, du hast mich schon tausendmal gesehen, aber noch kein einziges Mal bemerkt. Auf der Straße würdest du ohne einen Hauch des Erkennens an mir vorübergehen, während ich wie vom Blitz getroffen erstarren und dir hinterherschauen würde, bis dein goldener Lockenkopf vom Menschengewimmel verschluckt wird.

Womöglich hältst du mich für einen Spinner, mag sein. Aber sind das nicht alle Verliebten? Ist das nicht gerade der Sinn des Verliebtseins, die starren Grenzen der Vernunft zu sprengen und einfach zu träumen, die Gefühle die Oberhand gewinnen zu lassen, zu spinnen vor Glück?
Oder auch vor Unglück. Das liegt ganz dicht beieinander. Bei mir passt zwischen Glück und Unglück lediglich ein Blatt Papier. Und das hältst du gerade in Händen.

Du könntest einwenden, dass ich maßlos übertreibe. Dass ich ja kaum etwas über dich weiß, von deinem Vornamen einmal abgesehen und der Tatsache, dass du hin und wieder im KostBar jobbst – vermutlich, um dein Studium zu finanzieren. Du hast recht – ich weiß nicht einmal, welches

Fach du studierst. Medizin? Kunst? Brauwesen? Architektur? Maschinenbau? Puppenspiel? Japanologie? Alles ist möglich. Aber ist es denn wichtig, dass ich das weiß? Ist es nicht viel wichtiger, dass ich alles darüber erfahren möchte? Ich will wissen, was dich begeistert. Worüber du dir Sorgen machst. Was dir am meisten bedeutet. Wie du aussiehst, wenn du schläfst. Wovon du träumst.

Vielleicht gibt es interessantere Typen als mich. Mit Waschbrettbäuchen und definierteren Oberarmen. Mit beeindruckenden Berufsbezeichnungen auf ihren Visitenkarten und viel Geld auf dem Konto. Mit einem Auftreten, das du bestimmt nicht so leicht vergessen würdest, und jeder Menge Selbstbewusstsein.
Aber würden solche Typen nicht immer sich selbst viel mehr lieben als dich? Würde ihnen die Handbewegung auffallen, mit der du diese eine Locke immer hinter dein Ohr schiebst, wenn du ihnen den Kassenbon überreichst? Würden sie diese entzückenden Grübchen bemerken, die sich in deinen Wangen bilden, wenn du lächelst? Hätten sie gesehen, wie du neulich Abend kurz die Augen geschlossen und tief durchgeatmet hast, nachdem du einen Blick auf dein Handy geworfen und festgestellt hast, dass immer noch keine Nachricht eingegangen ist?

Liebste Klara, eine Sache lässt mich nicht in Ruhe: Was macht dir so zu schaffen – besser gesagt: wer? Ich habe da so meine Vermutung und frage mich, was das nur für ein Kerl ist, der jemanden wie dich enttäuscht? Zappeln lässt? Versetzt?

Es macht mich nicht wütend, dass du dich wahrscheinlich nach ihm sehnst und mich nicht einmal wahrnimmst. Aber es macht mich wütend, dass er so mit dir umgeht.
Oder umgegangen ist. Wenn mich nicht alles täuscht, hast du letzten Samstag hinter der Theke – zwischen einem Espresso und einem Pils – seine Nummer gelöscht. Ich habe es an deinem entschlossenen Blick erkannt, als du dein Handy gezückt hast, und an der Erleichterung danach. Na ja, und daran, dass deine Augen verdächtig glitzerten.

Liebste, wunderschöne Klara, wenn du bis hierhin gelesen hast, ist alles gut. Dann besteht die Chance, dass du mich nicht abblitzen lässt, wenn ich mir irgendwann endlich ein Herz fasse und dich anspreche.
Ich werde dann, wie meistens, einen dunkelblauen Rollkragenpullover tragen, Zeitung lesen und einen Espresso nach dem anderen bestellen.
Neu wird nur sein, dass ich dabei einen vermutlich wahnsinnig unlustigen Scherz machen werde, der kein bisschen zum Lachen ist, aber dir vielleicht dieses wunderschöne Grübchen-Lächeln ins Gesicht zaubert – einfach nur, weil du dann weißt, dass ich es bin.

Dein Jonathan

Matilda hat, über Knuts Schulter gebeugt, jedes Wort mitgelesen. Jetzt wartet sie atemlos vor Spannung auf seine Reaktion.

Knut sitzt reglos da. Es sieht aus, als wäre er müde, denn seine Augen sind halb geschlossen, aber wer ihn kennt, weiß, dass er gerade hoch konzentriert ist. Denn tatsächlich ist Knuts Ehrgeiz sofort geweckt, und er schmiedet längst einen Plan.

»Hast du schon eine Idee?«, fragt sie ungeduldig, als Knut den Brief noch einmal hastig durchblättert und anfängt, sich Notizen zu machen.

»Allerdings«, brummt er. Dann fährt er das Notebook hoch und loggt sich im Internet ein, das für Matilda noch immer ein Buch mit sieben Siegeln ist. Umso faszinierter ist sie davon, was Knut auf der Basis ein paar vager Hinweise aus dem Brief innerhalb weniger Minuten herausfindet.

»Treffer, versenkt«, verkündet er zufrieden. Auf dem Monitor erscheint die Fassade eines Cafés. Über seinem Eingang prangt ein Schild: Bistro KostBar.

»Tatsächlich – genau das ist der Name, der in dem Brief genannt wird!« Matilda ist beeindruckt. »Hier jobbt Klara also. Gibt es auch eine Adresse?«

»Aber natürlich«, antwortet Knut und markiert mit dem Mauszeiger die Bildunterschrift. »Kastanienallee, Berlin. Stadtteil Prenzlauer Berg.«

Die Hauptstadt also.

»Wie bist du auf Berlin gekommen?«

»Das war gar nicht so schwer«, grinst Knut. »Jonathan erwähnt eine Reihe von Studienfächern, die zu Klara passen könnten. Darunter auch Brauwesen. Das kann man in ganz Deutschland nur an zwei Orten studieren: in Weihenstephan bei München und in Berlin.«

»Aber was, wenn es in München ebenfalls ein Bistro mit diesem Namen gibt?«

»Das spielt keine Rolle. Denn auch das Fach Puppenspiel kann man nur an zwei Orten studieren: an der Hochschule für Schauspielkunst in Berlin oder an der Musikhochschule in Stuttgart. Es muss also Berlin sein!«

Matilda strahlt. Knut hat es geschafft! Der Brief wird sein Ziel erreichen und jemanden sehr glücklich machen.

Andererseits: Sie kann den Brief ja kaum »An die blond gelockte Klara, die ab und zu im Bistro KostBar arbeitet« adressieren … Oder doch?

Knut legt den Kopf schief. »Du weißt schon, dass du da hinfahren musst.«

Oh nein! Nicht in die Großstadt! Matilda ist ein Landei, sie schafft es ja sogar, sich in der beschaulichen Kleinstadt zu verlaufen, in der sie lebt.

»Das kann ich nicht!«, wehrt sie erschrocken ab.

»Du wirst den Brief also archivieren, obwohl du genau weißt, wer ihn bekommen sollte?«

Knut hat ja recht. Aber Berlin … ist nun mal nicht Karlskirchen. Auch kein gemütliches Ostseebad, so wie Glücksburg. Sondern eine wilde, einschüchternde, riesige Großstadt.

»Nein, der Brief soll natürlich nicht im Archiv landen«, erwidert sie trotzig.

Knut nickt. »Dann wirst du wohl über deinen Schatten springen müssen, Matilda.«

Oh nein, das ist undenkbar!

»Okay«, sagt sie.

Weil es die einzige mögliche Antwort ist.

Sie wünschte, es wäre anders.

Kapitel 19:

Matilda verlässt ihre Komfortzone.

Ihren Jahresurlaub pflegt Matilda gleichmäßig zu verteilen: eine Woche im Frühjahr, zwei im August, eine Anfang Oktober und schließlich eine zwischen den Jahren. Auch wenn sie nie verreist, empfindet sie diese langfristige und niemals infrage gestellte Planung als beruhigend. Die drei Tage, die sie »für alle Fälle« noch übrig behält, hat sie bisher nie gebraucht. Umso erstaunter ist man in der Personalabteilung, als sie kurzfristig um zwei freie Tage bittet.

»Ist irgendwas passiert?« fragt Rosemarie, die seit Jahr und Tag die Urlaubsanträge bearbeitet.

Und ob! Ich habe die Schweigepflicht missachtet, das Geheimhaltungsgebot gebrochen und einen Brief geklaut.

»Nein, keine Sorge. Ich gönne mir bloß zwei Tage Wellness«, behauptet Matilda und rechnet schon damit, dass Rosemarie in schallendes Gelächter ausbricht, denn ihre spontane Ausrede klingt alles andere als glaubwürdig. Sogar Matilda selbst findet die Vorstellung, sie könnte sich freiwillig vor fremden Menschen entkleiden und mit Schlamm beschmieren lassen, geradezu absurd. Auch wenn es anders zuginge als in dem Artikel über Wellnesshotels, den Matilda einmal gelesen hat und auf dem ihre Vorstellung von Wellness beruht, wären Anwendungen jeglicher Art das Letzte, wofür sie freiwillig Geld ausgeben oder auch nur einen Urlaubstag opfern würde.

Doch Rosemarie lacht nicht. Sie lächelt Matilda nur aufmunternd zu und meint: »Wie schön. Gönn dir öfter mal was!« In ihrer Stimme schwingt ein Hauch von Mitleid mit. Rosemarie gehört zu den Frauen, die sich ein erfülltes Leben nur als Teil eines Paares vorstellen können, und käme daher nicht im Traum auf die Idee, ihre Kollegin könne freiwillig Single sein.

Aber ich gönne mir doch dauernd etwas, denkt Matilda, die gewiss vehement protestieren würde, hätte Rosemarie ihre Gedanken laut ausgesprochen. *Schöne Bücher, gute Filme, anregende Gespräche mit Knut … Das Leben gefällt mir genau so, wie es ist!*

Natürlich kann sie Rosemarie nicht erzählen, wofür sie den Urlaub tatsächlich braucht. Nämlich als Puffer. Denn auch wenn sie an einem Samstag nach Berlin reist, ist noch lange nicht sicher, ob Klara an diesem Tag auch arbeitet. Indem Matilda ein verlängertes Wochenende einplant, steigt die Wahrscheinlichkeit, die junge Frau zu treffen, enorm. Zur Sicherheit hat sie auch drei Übernachtungen reserviert, aber die kann sie notfalls noch am selben Tag stornieren.

»Das wird dir guttun«, meint Rosemarie. »So eine kleine Auszeit vom Alltag wirkt Wunder gegen Stress.« Nicht ahnend, dass es genau die Auszeit vom Alltag ist, die Matilda Stress bereitet.

Am Morgen der Abreise ist sie natürlich viel zu früh startbereit. Die Tickets, die Knut für sie ausgedruckt hat, stecken griffbereit in der Handtasche – sorgfältig in Klarsichtfolie verstaut, ebenso wie der Stadtplan, auf dem sie

Bahnhof, Hotel und das Bistro KostBar markiert hat. Bargeld hat sie im Brustbeutel versteckt, die Geldkarte in einem Geheimfach ihres Mantels. Der dunkelblaue Reisetrolley wirkt kleiner, als er ist. Immerhin ist Matilda für drei Übernachtungen gerüstet und hatte keinerlei Schwierigkeiten, alles, was sie dafür brauchen würde, darin unterzubringen.

Auf dem Weg zum Bahnhof reicht die Zeit für einen kleinen Schlenker zum Supermarkt, um noch ein wenig Reiseproviant zu kaufen.

Matilda entscheidet sich schnell für eine Flasche stilles Wasser mit Cranberry-Geschmack, was sich irgendwie exotisch und gesund zugleich anhört – also genau das richtige Getränk für ein Abenteuer.

Doch was könnte sie als Verpflegung mitnehmen? Es soll nicht zu schwer in der Tasche beziehungsweise im Magen liegen, sättigen, einigermaßen nährstoffreich und im Idealfall auch noch schmackhaft sein.

Schokolade?

Nein – zu süß.

Belegte Brote?

Ach, die schmecken doch nur frisch.

»Ich empfehle Nüsse. Die sind lecker und sorgen für einen ausgeglichenen Blutzuckerspiegel. Auf Reisen gibt's nichts Besseres.«

Verblüfft fährt Matilda herum. Sie hat gar nicht bemerkt, dass E. Klein mit einem Palettenwagen voller Nudeln um die Ecke gebogen kam.

»Woher wissen Sie, dass ich verreise?«

E. Kleins sonst so verkniffene Miene verzieht sich zu

einem Grinsen. Sie deutet auf den Trolley. »War nicht besonders schwer zu erraten.«

Matilda lacht.

»In Ordnung, ich bin schon überzeugt. Nüsse also.«

Das Umsteigen macht sie nicht mehr ganz so nervös wie bei den Fahrten nach Glücksburg. Entwickelt sie sich etwa langsam zu einer erfahrenen Bahnreisenden?

Falls sie das tatsächlich geglaubt haben sollte, platzt die Illusion spätestens, als sie in Berlin ankommt. Der Hauptbahnhof ist gigantisch, verwirrend und alles andere als übersichtlich. Tatsächlich erinnert er sie mehr an eine futuristische Shoppingmall als an einen Bahnhof. Trotz Knuts hervorragender Beschreibung schafft sie es nicht ohne Hilfe, sich zu orientieren. Aber sie fragt sich durch. Schließlich kämpft sie sich irgendwie durch den komplizierten Großstadtverkehr, der sie wahnsinnig einschüchtert, lässt sich von ihm schlucken, herumwirbeln und wieder ausspucken. Ein junger Mann mit seltsam großen Ohrlöchern, tätowierten Händen und einem rötlichen, geflochtenen Bart erklärt ihr den Unterschied zwischen S-Bahn und Straßenbahn, die er verwirrenderweise *Tram* nennt. Matilda ist nur froh, dass sie nicht U-Bahn fahren muss. Unter der Erde zu sein, erscheint ihr unnatürlich, genauso wie fliegen.

Mit klopfendem Herzen steht sie irgendwann wahrhaftig vor dem Bistro KostBar.

Sie findet Platz an einem freien Zweiertisch gleich am Durchgang zu den Toiletten, der zu Unrecht von allen anderen verschmäht wurde. Von hier aus hat man einen erstklassigen Blick, sowohl zum Eingang als auch zur Theke. Dort sind drei Barhocker besetzt – eine ältere Dame mit schneeweißen Locken, ein Anzugträger mit rötlichem Bart und ein junger Mann mit einer Espressotasse in der Hand.

Matilda kneift die Augen zusammen. Ob das wohl Jonathan ist? Sie kann es sich fast nicht vorstellen. Denn der Jonathan, der den Brief geschrieben hat, wirkte unsicher, schüchtern, fast zaghaft. Dieses Exemplar dagegen erscheint ihr durchaus selbstsicher und kernig. Zwar trägt er einen Rolli, aber alles andere entspricht so ganz und gar nicht dem Bild, das sie sich von dem Briefeschreiber gemacht hat. Der junge Mann sieht aus wie ein Schriftsteller. Oder ein ewiger Student. Vielleicht ist er aber auch Lehrer? Dozent? Orchestermusiker?

Ein Kellner mit dunkler Hornbrille und Bistroschürze nähert sich Matildas Tisch und unterbricht ihre Überlegungen mit der Frage nach ihrem Getränkewunsch.

»Eine heiße Schokolade mit Sahne, bitte«, sagt Matilda. Schön süß und richtig warm. Der Inbegriff einer glücklichen Kindheit – jedenfalls in ihrer Vorstellung.

Zuerst kann sie dieses merkwürdige Brummen und Vibrieren in ihrer Manteltasche nicht identifizieren, dann fällt ihr das Handy ein. Sie hat es bisher nur zum Musikhören mit Leni benutzt – und außer Knut kennt keiner diese Nummer. Natürlich ist es eine Nachricht von ihm. Knut ist es inzwischen gelungen, die Facebook-Seite der Kneipe zu finden und zu liken. Matilda versteht zwar nicht genau, was das bedeutet, aber ihr wird sofort klar, dass das wohl wichtig ist, denn auf diesem Weg hat er nicht nur Klaras Nachnamen herausgefunden, sondern auch ein Foto von ihr entdeckt. Wenig später erscheint auf Matildas Display das fein gezeichnete Gesicht einer jungen Frau mit weizenblonden halblangen Locken, einem herzförmigen Kussmund und faszinierend langen Wimpern. Matilda kann durchaus verstehen, dass der unbekannte Briefeschreiber sich in sie verliebt hat.

Matilda mustert den jungen Mann am Tresen. Den Vielleicht-Briefeschreiber. Mit dem er zumindest die Vorliebe für Espresso gemein hat. Gerade bestellt er sich einen weiteren. Allerdings nicht bei Klara, sondern bei einer dunkelhaarigen Kollegin von ihr.

Jonathan – Matilda ist sich inzwischen fast sicher, dass er es sein muss – schaut auf die Uhr und immer wieder zur Tür. Vermutlich kennt er den Dienstplan und wartet auf Klara. Matildas Blick wandert nun ebenfalls von der Bar zum Eingang hin und zurück. Ihre Gedanken rasen.

Wenn Klara heute arbeitet, kann sie den Brief schon bald übergeben und den nächsten Zug nach Hause nehmen. Wie gut, dass sie das Hotelzimmer nicht bezahlen muss, wenn sie kurzfristig storniert.

Aber natürlich kann die Übergabe unmöglich stattfinden, solange Jonathan hier ist. Womöglich müsste sie erklären, wer sie ist und warum sie den Umschlag persönlich zustellt. Und das ließe sich nicht so leicht beantworten – zumindest nicht in wenigen Sätzen. Matilda sieht die irritierten Gesichter schon vor ihrem geistigen Auge. Man wird sie für verwirrt halten, vielleicht sogar für eine Stalkerin.

Nein, sie muss abwarten, bis Jonathan gegangen ist.

Und sei es um Mitternacht, wenn das Bistro schließt. Was bedeuten würde, dass sie das Hotelzimmer doch braucht …

In diesem Augenblick fliegt die Eingangstür auf, und ein blonder Wirbelwind kommt hereingestürmt. Der junge Mann am Tresen folgt der Frau mit seinem Blick, wie sie den Gastraum durchquert und gleich neben der Küche hinter einer Tür mit der Aufschrift »Privat« verschwindet.

Matilda betrachtet noch einmal genau das Foto, das Knut ihr geschickt hat. Nur zur Sicherheit. Aber es besteht überhaupt kein Zweifel: Matilda hat die junge Frau sofort als Klara identifiziert.

Als sie wieder aufblickt, steht Klara bereits hinter der Theke und unterhält sich mit ihrer Kollegin. Inzwischen trägt sie eine dunkelgrüne Bistroschürze über der schwarzen Röhrenjeans und dem Poloshirt mit der Aufschrift »KostBar«. Ihre Haare hat sie mit ein paar Klammern hochgesteckt.

Die Kollegin scheint es eilig zu haben. Den Weg zum Personalraum nimmt sie im Laufschritt, und wenig später verlässt sie das Bistro.

Währenddessen bestellt der Mann, der wahrscheinlich Jonathan ist, einen weiteren Espresso, und die weißhaarige Dame zückt ihr Portemonnaie, um ihren Tee zu bezahlen. Klara schiebt anmutig eine widerspenstige Locke hinters linke Ohr, steckt einen Schein in die Kellnerbörse und sucht das Wechselgeld heraus.

Dann dreht sie sich um und bereitet den Espresso für den Mann zu, der glaubt, sie hätte seinen Liebesbrief gelesen. Matilda muss zugeben, dass Klaras Nacken einfach hinreißend ist. Ein Künstler hätte ihn nicht filigraner und anmutiger formen können. Kein Wunder, dass Jonathan so fasziniert von diesem Anblick ist.

Matilda steht auf und nähert sich dem Tresen, wo sie den Platz der alten Dame einnimmt.

»Danke«, sagt Jonathan, als Klara ihm den Espresso hinschiebt. »Übrigens, wusstest du, dass Zucker der Stoff ist, der den Kaffee bitter macht, wenn man vergisst ihn hineinzutun?«

Klara runzelt die Stirn. »Seit wann trinkst du deinen Kaffee denn mit Zucker?«

»Ähm, ich trinke ihn nach wie vor schwarz, ohne alles. Das war bloß … na ja, ein Flachwitz.«

Klara starrt ihn an, als wäre er ein Mondkalb. Ihre Miene wirkt eher irritiert als amüsiert. Nicht das mindeste Anzeichen eines Lächelns ist zu erkennen, die Grübchen sind nicht einmal zu erahnen.

»Ein Flachwitz? Ernsthaft?«

Jonathan antwortet nicht. Stumm leert er die Tasse, dann bittet er um die Rechnung, zahlt und verlässt fluchtartig das Bistro.

Kapitel 20:

Glücksbotin zu sein, fühlt sich gut an.

Zwei Minuten später steht Matilda draußen vor dem Bistro, wieder schlägt ihr Herz bis zum Hals. Denn es ist so weit: Klara, die gerade an einem großen Tisch abkassiert hat, kehrt zurück zum Tresen und … entdeckt den Brief. Matilda hat ihn vor dem Gehen so platziert, dass sie ihn unmöglich übersehen kann. In einem blütenweißen Umschlag, auf dem mit großen Druckbuchstaben »Für Klara« steht. Das ursprüngliche Kuvert hat sie entsorgt. Es würde doch bloß Verwirrung stiften. Vor allem der Eingangsstempel des Amts für nicht zustellbare Post. Soll Klara doch glauben, Jonathan selbst hätte den Brief für sie dagelassen.

Jetzt greift sie danach und runzelt überrascht die Stirn. Zögert, schaut sich um und reißt den Umschlag auf. Klara scheint den Brief zu überfliegen. Dann bekommt sie ganz rote Wangen und lässt sich auf einen Barhocker sinken, um ihn erneut zu lesen – diesmal deutlich langsamer, Zeile für Zeile.

Die Erkenntnis scheint sie zu treffen wie ein Blitzschlag. Sie springt auf, ruft dem Kollegen mit der Hornbrille etwas zu und stürmt, ohne auf eine Antwort zu warten, mit dem Brief in der Hand davon.

Draußen rempelt sie Matilda an, murmelt »sorry« und außerdem noch etwas, das sich nach »völlig abgefahren« anhört, rennt dann weiter in Richtung Straßenbahnhaltestelle, wo Jonathan eben in eine Tram steigen will.

»Halt, warte«, ruft Klara und steigert ihr Tempo. Doch er scheint sie nicht bemerkt zu haben. In letzter Sekunde schafft sie es in die Bahn, bevor sich die Türen schließen. Die Tram setzt sich in Bewegung und passiert den Eingang des Bistros gerade noch langsam genug, dass Matilda beobachten kann, wie Klara Jonathan auf die Schulter tippt und er sich umdreht.

Vermutlich würden die beiden sehr staunen, wenn sie sehen könnten, wie Matilda ihnen mit Tränen der Rührung in den Augen hinterhersieht.

Während sie auf die nächste Tram wartet, malt sich Matilda aus, wie in der Bahn, die jetzt langsam um die Ecke verschwindet, zwei Menschen zueinanderfinden. Für ein paar Minuten, vielleicht aber auch für ein ganzes Leben. Wer weiß?

In ihrer Vorstellung sieht Klara ein bisschen aus wie Ingrid Bergman, als Jonathan – dem ein Bogart-Hut bestimmt gut stünde – flüstert: »Ich seh dir in die Augen, Kleines.«

Worauf Klara wispert: »Küss mich! Küss mich, als wäre es das letzte Mal.«

Matilda seufzt verzückt. Doch dann reißt sie das Klingeln eines rasanten Fahrradfahrers zurück ins Hier und Jetzt.

»Aus dem Weg«, brüllt er wütend.

Matilda ist sich gar nicht bewusst gewesen, dass sie mitten auf dem Fahrradweg steht. Sie hüpft erschrocken zur Seite. Dies hier ist nicht Casablanca, sondern Prenzlauer Berg. Und die Welt ist auch kein schwarz-weißer Filmklassiker, sondern graue Realität. Trotzdem verschwindet das zufriedene Lächeln auch auf dem Weg zum Bahnhof nicht aus Matildas Gesicht. Sie hat Liebesbotin gespielt und zwei Menschen glücklich gemacht. Ein wundervolles Gefühl!

Auf der langen Bahnfahrt zurück nach Karlskirchen denkt sie an Leni und Michel, denen im Gegensatz zu Klara und Jonathan kein Happy End vergönnt war. Genauso wenig wie Ilsa und Rick in »Casablanca«. Auch in deren Geschichte war die große Liebe daran gescheitert, dass die Geliebte nicht am vereinbarten Treffpunkt erschienen ist.

Ob Michel mit den Jahren auch so ein Zyniker geworden ist, wie Humphrey Bogart ihn im Film verkörpert hat? Matilda hofft, dass es nicht so ist. Im Gegenteil. Ein Mann, der so gefühlvolle Worte findet, hat ein glückliches Leben verdient. Aber wie hätte er glücklich werden sollen, ohne Leni zu vergessen? Und wäre es andererseits nicht irrsinnig traurig, wenn ihm das gelungen wäre?

Zwischen Hannover und Kassel nickt Matilda ein und träumt von Ingrid Bergman, die auf dem Bootssteg sitzt und »As Time Goes By« singt.

Im Waldsee schwimmt Leni fröhlich ihre Runden. »Das ist der Beginn einer wunderbaren Freundschaft«, ruft sie Ingrid Bergman zu.

Dann sind Steg und See verschwunden. Der neue Schauplatz ist das Bistro KostBar, wo Humphrey Bogart einsam am Tresen sitzt, Espresso trinkt und Selbstgespräche führt: »Ist das nicht gerade der Sinn des Verliebtseins, die starren Grenzen der Vernunft zu sprengen und einfach zu träumen, die Gefühle die Oberhand gewinnen zu lassen, zu spinnen vor Glück?«

Woraufhin Klara auftaucht und kopfschüttelnd die Hände in die Seiten stemmt. »Von allen Kaschemmen der ganzen Welt kommen Sie ausgerechnet in meine.«

Als der Zug in Kassel einfährt, kommt Matilda gerade rechtzeitig zu sich, um ihre Sachen zu packen, fluchtartig das Abteil zu verlassen und gerade noch aus der Tür zu springen, bevor der Zug wieder abfährt. Der Bahnsteig ist leer. Alle anderen, die hier ausgestiegen sind, haben sich längst auf den Weg zum Ausgang oder zu ihrem Anschlusszug gemacht. Fröstelnd knöpft Matilda den Mantel zu und macht sich auf die Suche nach ihrem Gleis.

Sie findet es unheimlich hier. Schon tagsüber, wenn es hell und bevölkert ist, fühlt sie sich auf diesem Bahnhof alles andere als wohl. Er wirkt so … ungemütlich. Jetzt, am späten Abend und mutterseelenallein, ist es hier geradezu gruselig. Matilda beschleunigt ihre Schritte. Sie hallen von den kargen Betonwänden wider. Zweimal dreht sie sich um, weil sie das Gefühl hat, verfolgt zu werden, doch da ist niemand. Sie hört nur ihr eigenes Echo. Das Gefühl verschwindet zwar nicht, aber sie zwingt sich, es zu ignorieren und stur nach vorn zu schauen.

Der Bahnsteig, an dem ihr Nahverkehrszug nach Karlskirchen erst in zehn Minuten einfahren wird, ist genauso menschenleer. Offenbar ist sie die Einzige, die auf ihn wartet.

Warten. Immer wieder dreht sich alles darum.

Sie denkt an Michel, der vor einem halben Jahrhundert vergeblich auf Leni gewartet hat.

An Briefeschreiber aus dem ganzen Land, die vergeblich eine Antwort auf ihre Nachrichten erwarten, weil ihr Schreiben im Archiv des Amts für nicht zustellbare Post gestrandet ist.

An Kollegen, die das Wochenende herbeisehnen. Den nächsten Feiertag samt Brückentag. Den Jahresurlaub.

Wie viel Zeit man in einem durchschnittlich langen Leben wohl mit Warten verbringt? Zeit, von der man wünscht, sie wäre schon vorüber. Aber wie kann man nur ersehnen, dass kostbare Sekunden, Minuten und Stunden verfliegen? Am Ende des Lebens kommen womöglich Jahre zusammen, die man nicht zu schätzen gewusst hat. Wie tragisch!

Eine krächzende Lautsprecherdurchsage kündigt die Einfahrt ihres Zuges an. Erstaunt stellt Matilda fest, dass die Minuten regelrecht verflogen sind. Vielleicht, weil sie nicht gewartet, sondern übers Warten nachgedacht hat?

Das Großraumabteil ist spärlich besetzt, aber immerhin nicht ganz leer. Matilda atmet auf. Sie fühlt sich, als wäre sie gerade noch einmal davongekommen. Aber jetzt ist alles gut. Noch eine knappe Stunde bis zu Hause. Nun darf sie bloß nicht wieder einschlafen, sonst verpasst sie womöglich den Ausstieg.

Sie denkt an den verrückten Traum von vorhin und muss lächeln. Das war ja ein ganz schönes Durcheinander. Oder, wie Klara gesagt hat: völlig abgefahren.

Wie es wohl ein Traumdeuter interpretieren würde, dass alle nur in »Casablanca«-Filmzitaten gesprochen haben?

Mit Ausnahme natürlich von Humphrey Bogarts Tirade über den Sinn des Verliebtseins, die Grenzen der Vernunft und die Macht der Gefühle. Aus welchem Film stammt das noch gleich?

Zuerst kommt Matilda nicht darauf. Dann wird ihr klar: aus gar keinem. Sondern aus Jonathans Brief. Fast bedauert sie es, ihn nicht doch kopiert zu haben. Aber das wäre einfach falsch gewesen. Der Brief war für Klara bestimmt, nicht für sie.

Natürlich nicht für sie.

Noch nie hat Matilda einen derart gefühlvollen Liebesbrief bekommen, und eigentlich auch keinen anderen, wenn man von Gunnars Zettel mit dem dahingekritzelten »Wilst du mit mir gehen? Kreutze an Ja – Nein – Fieleicht« in der ersten Klasse einmal absieht.

Das ist auch völlig in Ordnung so. Schließlich ist sie nur die Glücksbotin, nicht diejenige, die an die große Liebe glaubt.

Aber sie glaubt an Liebesgeschichten. Und neuerdings auch an wahr gewordene Liebesgeschichten – wenn sie anderen passieren. So wie Klara und Jonathan.

Nicht ihr. Niemals ihr.

Es hat leicht zu nieseln begonnen, als Matilda in Karlskirchen aussteigt. Zum Glück erwischt sie noch den letzten Bus.

Daheim angekommen, schaltet sie sofort den Wasserkocher ein, um sich einen Tee zu machen. Plötzlich merkt sie, dass ihr Magen knurrt. Seit dem Frühstück hat sie – von der heißen Schokolade mit Sahne und dem etwas enttäuschenden Getränk mit Cranberry-Aroma abgesehen – nichts mehr zu sich genommen, und jetzt ist es mitten in der Nacht. Ihr fallen die Nüsse ein, die ihr E. Klein empfohlen hat. Sie hätte sie unterwegs knabbern können, aber daran hat sie nicht gedacht.

Macht nichts, sie schmecken auch zum Tee. Matilda macht es sich in der Nische unterm Dachfenster gemütlich und trinkt ein paar Schlucke. Dann fällt ihr Blick auf den Trolley, den sie morgen früh auspacken wird.

Und dann?

Am liebsten würde sie am Montag wie üblich im Amt antreten, aber dort vermutet man sie ja in einem überteuerten Wellnesshotel, um sich »mal was zu gönnen«. Natürlich könnte sie mal wieder einen ausgedehnten Bummel durch die Buchhandlungen und Antiquariate der Stadt machen, darauf hätte sie große Lust. Aber in Karlskirchen kann sie sich nicht blicken lassen, ohne Gefahr zu laufen, dass ihre Schwindelei auffliegt. Das Städtchen ist einfach zu klein. Sie wird also nicht nur den Sonntag, sondern zwei weitere unendlich lange Tage in ihren vier Wänden verbringen. Vielleicht ein paar Bücher lesen, vielleicht Casablanca schauen und an Klara und Jonathan denken.

Und natürlich an Leni und Michel.

Ob sie ihn wohl jemals aufspüren wird?

Eigentlich glaubt sie nicht mehr daran. Wie auch? Die Anrufe bei den Apotheken in der infrage kommenden Region sind allesamt ins Leere gelaufen. Sie hat noch eine Weile auf einen Rückruf gehofft, aber der ist ausgeblieben. Niemand scheint jemals von Michel und seiner Familie gehört zu haben. Wahrscheinlich ist seit damals einfach zu viel Zeit vergangen. Die Inhaber müssen inzwischen mehrmals gewechselt haben, und keiner davon erinnert sich an die Vorvorvorgänger aus den 1960er-Jahren.

Nein, diese Spur hat sich als Holzweg erwiesen. Die Einzige, die ihr Hinweise zu Michel geben kann, ist Leni. Wenn überhaupt noch Hoffnung darauf besteht, ihn zu finden, dann über sie.

Erneut fällt Matildas Blick auf ihr Gepäck. Normalerweise würde sie das überhaupt nicht in Betracht ziehen, aber: *Warum eigentlich nicht?*

Die erfolgreiche Glücksmission in Berlin hat sie ermutigt. Der vage Gedanke wird immer klarer, und auf einmal steht der Entschluss fest: Sie will die zwei freien Tage für einen weiteren Besuch in Glücksburg nutzen.

Vielleicht wird Leni bloß summen und die Decke anstarren.

Vielleicht wird sie aber auch wieder tanzen und singen.

Es kommt auf einen Versuch an.

Kapitel 21:

Lichte Momente.

»Ach, Schwester, gut, dass Sie da sind. Wären Sie so lieb, mich in den Park zu begleiten? Es ist so wundervolles Wetter, aber allein finde ich es öde.«

Matilda ist zu verblüfft, um gleich zu antworten. Damit, Leni so putzmunter anzutreffen, hat sie nicht gerechnet. Die alte Dame trägt einen silbergrauen Kurzmantel mit einer wunderschönen Bernsteinbrosche am Kragen, darunter eine schmal geschnittene Hose und elegante Stiefel und hat sich sogar dezent geschminkt. Zum ersten Mal kann sich Matilda Leni als erfolgreiche Modedesignerin und Geschäftsfrau vorstellen. Die alte Dame deutet ihr Schweigen falsch. »Tut mir leid, dass ich Sie so überfallen habe, Schwester. Sie haben sicher anderes zu tun, als mit einer alten Schachtel wie mir durch den Park zu spazieren.«

»Aber nein, ich bin nur keine …« Matilda bricht ab. Warum den Irrtum aufklären? Das würde Leni bloß verwirren. Solange sie glaubt, Matilda gehöre zum Personal, wird sie ihr vertrauen. Wer weiß, wie sie auf Matildas umständliche Erklärungsversuche reagieren würde, wer sie ist und was sie hier zu suchen hat …

»Natürlich habe ich Zeit für Sie, Frau Arnold. Lassen Sie uns spazieren gehen, das ist eine hervorragende Idee.«

»Aber Sie sollen mich doch Leni nennen, Schwester. Wie war noch gleich Ihr Name?«

»Matilda.«

Sie kommen nicht sonderlich schnell voran, aber das macht überhaupt nichts. Leni hat sich bei Matilda untergehakt und plaudert munter über dieses und jenes. Das Wetter. Den Seerosenteich. Das putzige Eichhörnchen, das so gar keine Angst vor ihnen zu haben scheint.

Matilda lächelt und nickt, antwortet knapp und hört hauptsächlich zu, während sie fieberhaft überlegt, wie sie das Gespräch vorsichtig auf Michel lenken kann, ohne dass Leni Verdacht schöpft und sich verschließt.

»Ich könnte einen Kaffee vertragen«, verkündet Leni unvermittelt.

»Wollen wir zurück in Ihr Zimmer gehen? Dann hole ich Ihnen einen aus der Stationsküche.«

Falls es so etwas gibt. Und man es so nennt. Matilda beißt sich auf die Unterlippe. Das war unvorsichtig. Sie kennt die Abläufe in diesem Haus nicht gut genug, um ihre Rolle glaubwürdig spielen zu können.

Doch Leni ist kein bisschen misstrauisch. »Ach was, doch nicht diese Brühe«, winkt sie ab und gluckst wie ein junges Mädchen. Das junge Mädchen, in dessen unbeschwertes, unnachahmliches Lachen sich Michel vor fünfzig Jahren verliebt hat. »Lassen Sie uns ins Park-Café gehen.«

Matilda zögert. Leni will doch nicht etwa das Gelände verlassen? Nicht, dass sie am Ende noch wegen Entführung einer geistig Verwirrten verhaftet wird! Andererseits wirkt Leni heute ganz und gar nicht verwirrt. Außerdem strebt sie nicht in Richtung des schmiedeeisernen Eingangstors, sondern zurück zum Entree. Doch statt die Seniorenresidenz durch den Haupteingang zu betreten, folgt Leni einem Fußweg um das Gebäude herum. Matilda staunt nicht schlecht, wie flott die alte Dame plötzlich zu Fuß ist. Die Aussicht auf einen guten Kaffee scheint wie ein Doping zu wirken.

Das Park-Café liegt ein bisschen versteckt in einem halbrunden Anbau mit Glasfront, aber von einem Geheimtipp kann wohl nicht die Rede sein, denn sie ergattern den letzten freien Tisch.

Leni ordert zwei Irish Coffee, und Matilda weiß nicht, wie sie ihr klarmachen soll, dass sie eigentlich gar keine Kaffeetrinkerin ist und auch auf Alkohol am helllichten Tag lieber verzichtet.

»Das dürfen wir uns schon mal gönnen. Sie sind selbstverständlich eingeladen, Schwester«, kommt Leni ihr zuvor.

»Das ist … sehr lieb von Ihnen«, sagt Matilda, statt zu protestieren. Da muss sie jetzt irgendwie durch.

Während sie auf die Getränke warten, schweigen die beiden Frauen, und nach einer Weile fängt Leni an zu summen. Matilda fürchtet schon, sie hätte sich wieder in ihre eigene Welt zurückgezogen, doch als die eleganten, gläsernen Tassen mit der Sahnehaube serviert werden, schließt Leni genüsslich die Augen. »Mmmmh, dieses Aroma!«

Es riecht nach starkem Kaffee und irischem Whiskey. Eine Kombination, die Leni ebenso verzückt, wie sie Matilda abstößt. Sie würde eher für alle Zeiten auf ihren geliebten Tee verzichten, als dieses Teufelszeug zu trinken!

Während Leni es sich schmecken lässt, rührt Matilda lediglich mit dem langen Löffel in der Tasse herum und hofft, dass das nicht auffällt. Doch ihre Begleiterin achtet ohnehin nicht darauf, was sie tut. Mit einem seligen Lächeln und einem Blick, der ganz weit in die Ferne zu schweifen scheint, fängt sie an zu reden. Und Matilda wirft vor Schreck fast die Tasse um.

»Wenn ich Irish Coffee trinke, muss ich immer an Michel denken. Meine erste Liebe.«

Sie fängt von selbst davon an! Das hat Matilda gar nicht zu hoffen gewagt. Und jetzt wagt sie weder einzuhaken noch zu atmen. Sie hofft einfach, dass Leni von selbst fortfährt. Aber das tut sie nicht. Matilda fühlt sich vor Anspannung wie versteinert. Schließlich lacht Leni leise.

»Entschuldigen Sie, Schwester, ich war gerade für einen Moment in der Vergangenheit.«

»Aber das macht doch nichts. Nehmen Sie mich einfach mit dorthin«, antwortet Matilda vorsichtig.

»Ach was, ich werde Sie doch nicht mit alten Kamellen langweilen!«

»Das langweilt mich kein bisschen. Im Gegenteil, ich liebe Geschichten von früher. Und Ihre ist bestimmt besonders spannend.«

»Spannend wäre übertrieben«, erwidert Leni. »Aber mein Leben war durchaus … abwechslungsreich.«

Jetzt oder nie!, denkt Matilda. *Eine bessere Gelegenheit wird sich wohl nicht wieder ergeben!*

»Sie haben vorhin Ihren ersten Freund erwähnt«, liefert sie das entscheidende Stichwort und hofft, dass Leni darauf eingeht.

Bitte, nicht summen.

Bitte, nichts von Irish Coffee erzählen.

Sondern von Michel.

»Er war ein großartiger Küsser«, platzt Leni heraus. »Und er hat mich zum Lachen gebracht! Wir hatten einen wunderschönen Sommer miteinander. Meistens haben wir uns an unserem Geheimplatz getroffen. Einem verwunschenen Waldsee mitten im Taunus. Das war vielleicht romantisch!«

Weiß ich doch alles!, würde Matilda am liebsten rufen. *Erzähl mir was Neues. Etwas, was mir hilft, Michel zu finden.*

»Nur einmal haben wir einen richtigen Ausflug miteinander gemacht. Eine Dampferfahrt auf dem Rhein.« Leni nippt an ihrem Kaffee und schmunzelt versonnen.

»Die Wettervorhersage lag selten so gewaltig daneben wie an diesem Tag. Es war mindestens zehn Grad kühler als angekündigt, und ich hatte nicht mal eine Strickjacke mit. Um uns aufzuwärmen, haben wir Irish Coffee getrunken. Danach habe ich zwar noch genauso gefroren, aber das war mir egal. Es war einer der schönsten Tage meines Lebens.«

Matilda saugt jedes ihrer Worte auf wie ein Schwamm. Wenn nur endlich ein brauchbarer Hinweis auf Michel käme! Eine Bootsfahrt auf dem Rhein bringt sie kein bisschen weiter. Was sie braucht, ist ein Name. Oder ein konkreter Ort.

Erneut wirkt Leni völlig abwesend. Diesmal dauert es fast fünf Minuten, bis ihre Gedanken wieder im Hier und Jetzt landen. Matilda nutzt die Gelegenheit, Lenis inzwischen geleerte Tasse mit ihrer zu tauschen. Das Manöver bleibt unbemerkt. Sehr gut. Oder auch nicht gut, denn womöglich liegt es nur daran, dass Lenis lichter Moment vorüber ist. Ob es Matilda jemals wieder gelingen wird, sie für ein paar Minuten aus ihrem Dämmerzustand hervorzulocken, weiß der Himmel. Sie hat die Chance vertan.

Unvermittelt räuspert sich Leni. »Ich habe Michel sehr geliebt. Und er mich auch. Aber unsere Liebe stand unter keinem guten Stern.«

»Aber warum denn nicht?«, hakt Matilda sofort nach.

»Er kam aus reichem Hause, und seine Familie hatte sein Leben wohl schon bei seiner Geburt durchgeplant«, beginnt Leni stockend, so als müsste sie in ihrer Erinnerung graben, um diese Wahrheiten ans Licht zu holen. »Er sollte Pharmazie studieren, um die elterliche Apotheke zu übernehmen. Jemand wie ich kam in diesen Plänen nicht vor. Ich arbeitete zwar als Sekretärin, aber das war den Herrschaften nicht gut genug. Na ja, ich war eben keine standesgemäße Partie.«

»Aber Michel …«

»Michel sah das natürlich ganz anders. Doch er schaffte es nicht, sich gegen seine Eltern aufzulehnen. Die außerdem sehr religiös waren und hohe moralische Ansprüche an eine potenzielle Schwiegertochter stellten. Ich passte da kein bisschen ins Bild, war zu unkonventionell und zu unangepasst. Mit weißem Kittel und Perlenkette in der Lilien-Apotheke stehen und den Leuten Erkältungsbalsam, Pflaster und Blutdruckmittel verkaufen wäre für mich einer Gefängnisstrafe gleichgekommen.«

Ihre tiefgrünen Augen blitzen, und Matilda glaubt ihr

aufs Wort. Diese Frau ist ein Freigeist und war es garantiert schon immer. Jeder Versuch, sie in eine Schublade zu pressen, musste zwangsläufig scheitern.

»Hätte Ihr Freund das denn gewollt? Dass Sie sich anpassen und mit ihm gemeinsam die Apotheke führen?«

Leni überlegt kurz. »Ich glaube nicht. Letztendlich war auch ihm klar, dass das nicht funktionieren würde. Also tat er das, was viele Männer machen, wenn es kritisch wird: Er hat versucht, den Konflikt zu vermeiden. Also hat er unsere Beziehung geheim gehalten.«

»Daher auch die Treffen am Waldsee?«

»Nein, das war meine Idee. Ich habe diese Stelle zufällig entdeckt und nie zuvor jemandem gezeigt. Und dann war es unser gemeinsamer Lieblingsort.« Sie lächelt gedankenverloren. Auf einmal verdunkelt sich ihre Miene. »Anfangs merkte ich gar nicht, dass etwas nicht in Ordnung war. Denn zwischen uns lief alles wunderbar. Dann wurde mir klar, dass unser geheimer Treffpunkt für Michel den wunderbaren Nebeneffekt hatte, mich von seiner Familie fernzuhalten.«

Matilda ist betroffen. Und wütend auf Michels Eltern. Wie konnten sie nur so hartherzig sein? »Das hat sicher wehgetan.«

Leni zuckt mit den Schultern. »Ich bin da nicht so empfindlich. Im Grunde wollte ich einfach nur unsere Liebe genießen. Michel dagegen war es ernst. Am liebsten hätte er sich offiziell mit mir verlobt. Er stand auf diesen ganzen bürgerlichen Schnickschnack …«

Moment – bedeutet das etwa, dass Leni ihn auch dann nicht geheiratet hätte, wenn der Brief angekommen wäre?

War das Ganze für sie nichts weiter als eine belanglose Affäre, während Michel sie tief und unsterblich liebte? Nein, das konnte nicht sein. Sie hat ihn ebenfalls geliebt, das hat sie vorhin noch betont.

Matilda ist verwirrt – aber auch gefesselt. Die Geschichte der beiden nun aus Lenis Mund zu hören, fühlt sich an, als würde eine Sepia-Aufnahme plötzlich in Farbe erstrahlen. Auch wenn es eher dunkle, trübe Töne waren als bunte, leuchtende Farben.

»Und dann … hat Michel Schluss gemacht?«, presst Matilda hervor. Sie wagt es kaum, diese Worte laut auszusprechen, aus Angst, sie könnten Leni verletzen. Auch nach so vielen Jahren muss das wehtun. Dass Lenis Gefühle so oberflächlich waren, wie sie vorgibt, nimmt Matilda ihr nicht ab.

»Was? Aber nein, er … Ach, es ging ja nicht anders.«

Matilda schweigt betroffen. Das klingt verwirrend. Und vielleicht auch etwas verwirrt. Hat sie einen Fehler begangen, Leni mit den schmerzhaften Erinnerungen zu konfrontieren? Aber jetzt ist es zu spät. Also kann sie ebenso gut ihre letzte Frage stellen.

»Und wenn es eine andere Lösung gegeben hätte?«, flüstert sie schließlich.

Leni mustert sie irritiert.

»Was für eine Lösung?«

»Vielleicht hätte sich ja doch noch ein Weg gefunden.«

Leni presst die Lippen aufeinander.

Dann summt sie wieder.

»Leni? Wären Sie mit Michel durchgebrannt, wenn er Sie darum gebeten hätte?«

Das Summen bricht ab.

»Wer sind Sie eigentlich? Wo bin ich? Warum bin ich nicht zu Hause?«

Der lichte Moment ist vorbei.

»Ich bin Schwester Matilda. Kommen Sie, ich bringe Sie zurück auf Ihr Zimmer.«

Kapitel 22:

Wenn die Tränen versiegt sind, kann alles gut werden.

In der entzückenden kleinen Frühstückspension, in der Matilda untergekommen ist, werden frisch gebackene Waffeln, Obstsalat und Krabbenrührei zum Frühstück serviert. Eine unerwartete Kombination, die überraschend lecker schmeckt.

Sie isst mit großem Appetit, während Inken Petersen, die Inhaberin von Frau Inkens Strandnest, ihrem einzigen Gast die Todesanzeigen nicht nur vorliest, sondern auch kommentiert. Frau Inken wäre die perfekte Mitbewohnerin für Matildas Nachbarin Elvira, die sie gestern leider nicht besuchen konnte, weil sie ja stattdessen bei Leni war. Vielleicht sollte sie Elvira vorschlagen, hier Urlaub zu machen?

Als Matilda satt ist und genug von Glücksburgs traurigen Nachrichten gehört hat, verabschiedet sie sich von Frau Inken und unternimmt einen langen Strandspaziergang. Höchste Zeit, sich die Ostseeluft um die Ohren wehen zu lassen – und ein bisschen nachzudenken.

Der Sand ist außergewöhnlich weiß und fein. Bis auf ein paar unermüdliche Jogger und vereinzelte Spaziergänger im Marinelook ist Matilda die Einzige hier. Vorsaison eben.

Sie lässt ihren Blick schweifen – und ist überwältigt! Das hier ist völlig anders als Karlskirchen. Oder als das Elsass und der Bayerische Wald. Selbst der Bodensee kann da nicht mithalten. Diese Weite. Die Wellen. Das Rauschen. Es liegt nicht nur am salzigen Wind, dass ihr Tränen in die Augen treten. Sie hat nicht damit gerechnet, jemals so ergriffen zu sein von etwas, das weder ein Buch noch ein Film ist, sondern einfach Natur.

Am liebsten würde sie diesen Moment für die Ewigkeit konservieren – so wie ein Millionen Jahre altes Insekt in einem Stück Bernstein.

Sie denkt an Lenis Brosche. Und an das bemerkenswerte Gespräch gestern Nachmittag. Wieder und wieder geht Matilda es im Geiste durch. Zwar hat sie nichts Neues über Michels Herkunft erfahren, keinen Namen oder Wohnort, aber die Geschichte von Lenis und Michels gemeinsamem Sommer ist vor ihrem inneren Auge richtig lebendig geworden. Doch da war noch etwas. Irgendein Detail, das Leni erwähnt hat und das ihr gleich wieder entglitten ist. Es war nur eine Kleinigkeit. Aber eine wichtige. Wenn sie bloß wüsste, in welchem Zusammenhang …

Es gibt so vieles, was sie Leni noch fragen will. Sie könnte sie heute natürlich noch einmal besuchen. Aber wer weiß, in welchem Zustand sie wäre? Die Chance auf ein weiteres intensives Gespräch bei voller Klarheit ist gering, das ist Matilda klar. Aber wäre es nicht feige, es nicht wenigstens zu versuchen? Nein, schlimmer als feige: dämlich. Sie dreht der Ostsee den Rücken zu und macht sich auf den Weg.

Leni trägt heute wieder den hellblauen Hausanzug und sitzt am Fenster. Als Matilda anklopft und eintritt, dreht sie nicht einmal den Kopf. Den freundlichen Gruß ihrer Besucherin erwidert sie immerhin mit einem Nicken.

Am liebsten würde sich Matilda auf dem Absatz umdrehen und wieder gehen. Es hat ja doch keinen Sinn! Aber bis ihr Bus fährt, dauert es noch ein paar Stunden. Die kann sie entweder in der Wartehalle verbringen oder hier bei Leni. Und nun ist sie schon mal da. Also muss sie es auch durchziehen.

»Wären Sie mit Michel durchgebrannt, wenn er Sie darum gebeten hätte?«, wiederholt sie ihre Frage von gestern.

Leni reagiert nicht.

»Erinnern Sie sich, dass ich Ihnen von dem Brief erzählt habe? Er hat Ihnen geschrieben. Weil er auf die Apotheke und das ganze Erbe verzichten wollte. Sie waren ihm wichtiger als das, was seine Familie von ihm erwartete.«

Leni summt.

»Soll ich Ihnen etwas aus seinem Brief vorlesen?«

Das Summen verstummt.

Matilda räuspert sich, öffnet die Tasche und will den Brief hervorziehen. Doch Leni kommt ihr zuvor.

»Michel war das absolute Gegenteil von mir. Weniger waghalsig und aufmüpfig, dafür umso romantischer und gefühlvoller. Wir waren ein perfektes Paar.« Leni hält inne. Sie ist wieder da. Für eine Minute oder eine Stunde, wer weiß. Matilda wagt es nicht, sie zu unterbrechen.

»Es begann wie eines unserer üblichen Treffen am Waldsee. Er ahnte nicht, was ich vorhatte. Aber es musste sein. Ich durfte ihm doch nicht sein ganzes Leben verbauen. Das konnte ich nicht verantworten. Also sagte ich, dass es aus war. Es ging nicht anders.« Leni schluckt. Dann spricht sie weiter.

»Ich habe ihn wirklich geliebt. Mehr als jemals jemand anderen auf der Welt.« Für einen Moment wirken ihre Züge wie die einer ganz jungen Frau.

»Aber ich wusste, dass ich nicht gut für ihn war. Deshalb habe ich ihn gehen lassen. Es war das Schwerste, was ich jemals getan habe. Es sind wahnsinnig viele Tränen geflossen an diesem Spätsommertag am See. Michel wollte es erst nicht wahrhaben, aber dann musste er zugeben, dass wir keine Chance hatten. Natürlich hätte er sich allen Zwängen zum Trotz für mich entscheiden können. Aber das hätte zugleich bedeutet, dass er sich gegen seine Familie, seine Karriere, seine Zukunft hätte entscheiden müssen. Das konnte und wollte ich nicht von ihm verlangen. Also bin ich einfach davongeradelt. Vermutlich ist er noch stundenlang auf dem Bootssteg sitzen geblieben, todunglücklich. Ich war genauso unglücklich. Aber ich habe versucht, es nicht zu zeigen. So schwer mir das auch gefallen ist.«

Darauf gibt es nur eine Antwort.

Matilda zieht den Brief aus ihrer Handtasche, faltet ihn auf und liest mit fester Stimme:

Ich habe nächtelang über uns nachgedacht. Ja, in meiner Vorstellung gibt es längst wieder ein Wir, ein Leni & Michel forever, eine Zukunft zu zweit.
Und wenn sie nicht hier stattfinden kann, dann eben woanders. Wir könnten irgendwo ganz neu anfangen. Am anderen Ende der Welt werden auch kluge Leute gebraucht.

Ich liebe meine Heimat, aber Dich liebe ich mehr. Zwar würde ich bestimmt ein guter Apotheker, aber was soll's? Solange Du nur in meiner Nähe bist, kann ich auch Schuhverkäufer in Texas werden oder Architekt in Neuseeland oder Bäcker in der Mongolei oder Lehrer in Kenia. Liebe ist doch so viel wichtiger als alles, was man mit Geld kaufen kann: Liebste Leni, wir können das schaffen!

Matilda schweigt. Leni ebenfalls. Sie faltet ihre Hände und lässt die Daumen umeinanderkreisen. Matilda fährt fort:

Du mußt Dir jetzt vorstellen, daß ich vor Dir auf die Knie gehe. Du trägst das wunderschöne zitronengelbe Sommerkleid, das Du damals bei unserem ersten Ausflug zum See anhattest, und ich meinen besten Anzug. Und ich habe ein Schächtelchen dabei mit einem wunderschönen Ring darin. Und dann wage ich es:
Leni Arnold – willst Du meine Frau werden?
Es wäre mir eine große Ehre. Und nicht nur das: Du würdest mich zum glücklichsten Mann auf Erden machen!
Sag Ja, Leni. Du mußt einfach Ja sagen.

Leni dreht den Kopf zum Fenster und fixiert die Trauerweiden im Park. Dabei liefern deren Äste mit ihrem trägen Tanz im Wind nicht gerade ein aufregendes Schauspiel. Matilda zögert. Vielleicht sollte sie es lieber gut sein lassen? Dann erkennt sie das leise Lächeln, das Lenis Mundwinkel umspielt, und entscheidet sich, einen letzten Versuch zu wagen.

Ich weiß, wir können das nicht mit einem Glas Champagner und einem schicken Fünf-Gänge-Menü feiern, so wie es dem Anlass entsprechen würde. Nicht, wenn wir die Sache geheimhalten wollen. Und das müssen wir wohl tun, um unseren Neuanfang nicht zu gefährden. Meine Eltern würden mich eher verhaften lassen, als mich mit Dir nach Südamerika durchbrennen zu lassen – oder wo immer Du mit mir leben möchtest … Was hältst Du vom ersten Wochenende im September? Ich werde Samstagnacht auf Dich warten. Um Mitternacht an unserem üblichen Treffpunkt. Ich werde das Schächtelchen mit dem Ring dabeihaben, meine Papiere, sämtliche Ersparnisse, etwas zu essen und einen Seesack mit dem Nötigsten. Aber all das wird nicht das Geringste wert sein, wenn Du nicht mit mir kommst.
Liebste Leni – laß mich nicht vergeblich warten. Bitte!

Eine einzelne Träne läuft über Matildas Wange. Sie faltet den Brief zusammen, steckt ihn weg und kramt in ihrer Tasche nach einem Taschentuch.

»Nicht weinen, Postmädchen.«

So hat Leni sie bisher noch nie genannt.

»Ist nicht schlimm, dass du dich verspätet hast.«

Leni lächelt verschmitzt. »Reichlich verspätet sogar.«

Ist ihr überhaupt klar, wie alt dieser Brief ist? Wie alt sie selbst ist?

Matilda staunt erneut darüber, wie jung sich Lenis Stimme anhört. »Ich hatte ein wunderbares Leben. Und auch wenn wir nur diesen einen gemeinsamen Sommer hatten, ist Michel die große Liebe meines Lebens geblieben. Damals habe ich nächtelang um ihn geweint. Aber glaub mir: Wenn die Tränen versiegt sind, kann alles wieder gut werden.« Sie nickt, um ihre eigenen Worte zu bestätigen. »Ich denke noch immer oft an ihn. Manchmal frage ich mich, ob es ihm genauso geht. Oder ob er mich vergessen hat. Aber das spielt eigentlich keine Rolle. Hier oben«, sie tippt an ihre Stirn, »ist und bleibt er mein Michel.«

Sie muss es einfach wagen. »Leni, ich muss ihn finden. Können Sie sich an seinen Nachnamen erinnern? Oder an seine damalige Adresse?« Die alte Frau fröstelt. »Ich bin müde, Schwester. Unendlich müde. Bitte helfen Sie mir ins Bett.«

Die Bahn ist voller Geschäftsleute, die wichtigtuerisch in ihre Smartphones bellen oder auf ihre Laptops starren. Dazwischen kommt sich Matilda, die sich nicht einmal auf ihre Lektüre konzentrieren kann, wie ein Fremdkörper vor. Ohne Hightechgerät – nur mit ihren Gedanken beschäftigt.

Die Erkenntnis trifft sie keineswegs mit einem Paukenschlag, sondern kristallisiert sich langsam heraus. Und dann weiß sie es: *Der Brief hätte nichts geändert.* Lenis Entschluss stand fest, daran hätten auch weitere Liebesschwüre nicht gerüttelt. Sie liebte Michel einfach zu sehr, um ihm ein Leben mit ihr zuzumuten. Um ein so großes Opfer von ihm zu verlangen. Leni muss geglaubt haben, dass ihre Liebe an den Konsequenzen zerbrochen wäre.

Was, wenn das ein tragischer Irrtum war?

Aber vielleicht ist Mitleid auch gar nicht angebracht. Denn statt in Ehe und Familie ist Leni ganz in ihrer Arbeit aufgegangen, wurde erfolgreich und wohlhabend. Auch ohne Michel hat sie ein erfülltes, glückliches Leben geführt. Trotzdem kann Matilda nicht aufhören, daran zu denken, was wohl gewesen wäre, wenn ihrem Kollegen von damals im Amt nicht entgangen wäre, dass der Brief hinter den Schrank gerutscht ist.

Und eine weitere Frage lässt sie nicht los: Wie mag es Michel ergangen sein? Hat er auch sein Glück gefunden? Oder trauert er bis zum heutigen Tag seiner großen Liebe Leni hinterher?

Matilda ballt entschlossen die Fäuste. Sie muss ihn finden – irgendwie. Auch wenn Leni ihr keinen weiteren Hinweis gegeben hat. Dann trifft es sie wie ein echter Paukenschlag. Sie schnappt nach Luft. *Aber natürlich* – da ist es, das Detail, das ihr entglitten ist und nach dem sie vorhin am Strand so krampfhaft gegrübelt hat: Lilien. Die Apotheke hieß Lilien-Apotheke!

Damit muss doch etwas anzufangen sein.

Kapitel 23:

Gute Taten können nicht schlecht sein. Fürs Karma jedenfalls.

»Mmmmh, das duftet ja köstlich«, platzt Matilda heraus.

»Flammkuchen. Frisch gemacht«, verkündet Knut und hält die Tür weit auf, um sie hereinzulassen. »Hast du Appetit?«

»Jetzt denkst du sicher, ich wollte mich selbst einladen.«

»Du bist mir nur zuvorgekommen. Es ist genug für uns beide da. Wir haben etwas zu feiern. Genauer gesagt: jemanden. Ein neues Familienmitglied.«

Für einen Moment fürchtet Matilda, Cornelius wäre gekommen, aber der ist schließlich nicht neu, sondern ein bekanntes Übel. Sonntags meidet sie daher Knuts Wohnung, um ihm nicht zu begegnen. Trotzdem ist sie Cornelius neulich im Treppenhaus fast in die Arme gelaufen. Erst nach einer halben Ewigkeit ist er zur Seite getreten, um sie vorbeizulassen. Dabei hat er ihr unnatürlich lang in die Augen geschaut und unergründlich gelächelt. Fast diabolisch. Im ersten Moment war sie wie paralysiert, und sie schaffte es nur mit Mühe, einen kurzen Gruß hervorzustoßen. Himmel, sie ist schließlich eine erwachsene Frau, eine Amtsperson, der man mit Respekt begegnet und die sich in allen Situationen zu benehmen weiß. Die sogar mutterseelenallein in die Hauptstadt gereist ist und nach Glücksburg. Warum schafft es Knuts Enkel, sie mit seinem dreisten Grinsen in eine komplette Idiotin zu verwandeln? Sie ist wütend. Auf ihn. Und auf sich selbst. Jedenfalls verlässt sie seitdem sonntags ihre Wohnung ungern, bevor sein Angeberschlitten um die Ecke gebogen ist. Noch so ein Treffen dieser unangenehmen Art will sie lieber nicht riskieren. Das ist einfach schlecht für ihren Kreislauf.

Aber heute ist Samstag. Also keine Gefahr.

Der Tisch ist für zwei gedeckt.

»Wie du siehst, wollte ich dich ohnehin bitten, mitzuessen«, grinst Knut.

»Und das neue Familienmitglied?«

»Bekommt ein Schälchen Nassfutter.«

»Miau«, kommt die Bestätigung gleich hinterher. Matilda reißt die Augen auf.

»Eine Katze!« Und was für ein hübsches Exemplar! Zimtfarben getigert mit mandelförmigen Augen – einem blauen und einem bernsteinfarbenen.

»Genauer gesagt: ein Kater. Gestatten, Professor Hawking. Professor, das ist Matilda.«

»Professor Hawking? Das ist ja mal ein eigentümlicher Name für einen Kater.« Eigentlich sieht dieses zauberhafte Geschöpf eher nach einem Merlin aus. Oder wie eine Rabenpfote – wegen des dunklen Pfötchens vorne links. Oder Elbenstern, nach einem ihrer Lieblingsbücher.

»Schau ihn dir doch bloß an. Wenn je ein Haustier einen eigentümlichen Namen verdient hat, dann dieses Exemplar. Sagt jedenfalls Cornelius.«

»Cornelius?« Ist er etwa doch hier? Dann wäre jetzt der geeignete Augenblick, Müdigkeit, Übelkeit oder sonst etwas vorzuschützen und sich aus dem Staub zu machen.

»Er hat ihn mir vorhin vorbeigebracht. Der Professor hätte sonst ins Tierheim gemusst. Sein Vorbesitzer liegt im Krankenhaus, es gibt wenig Hoffnung. Sein letzter Wunsch war, dass Cornelius ein gutes Zuhause für den Kater findet.«

Und da er natürlich zu egoistisch ist, selbst die Verantwortung für so ein niedliches Lebewesen zu übernehmen, hat er es einfach seinem Großvater aufs Auge gedrückt und das Ganze sogar noch als gute Tat dargestellt. Ganz schön raffiniert.

»Ich glaube, er mag dich«, stellt Knut fest. Da macht Professor Hawking auch schon einen beeindruckenden Satz auf Matildas Schoß, wo er sich genüsslich streckt und dann zusammenrollt.

Für einen Augenblick erstarrt sie. Auch wenn sie früher immer von einem Bauernhof geträumt hat, ist ihre Tierliebe vor allem theoretischer Natur. Außer der Schildkröte Esmeralda ist sie noch keinem Vierbeiner wirklich nahegekommen.

»Ich mag ihn auch.« Es kostet sie ein bisschen Überwindung, das Zimtfell des Katers zu berühren, doch als sie es einmal wagt, ist sie sofort schockverliebt, so samtweich fühlt es sich an. Selbst wenn sie es wollte, könnte Matilda nicht aufhören, den Kater ausgiebig zu streicheln. Auch auf die Gefahr hin, dass er die Krallen ausfährt. Das weiß man ja nie bei fremden Katzen – nicht alle lassen sich widerspruchslos knuddeln. Hat sie jedenfalls gelesen.

Aber Professor Hawking kratzt nicht, stattdessen schnurrt er zufrieden.

»Dein Flammkuchen wird kalt«, erinnert Knut sie.

»Wird er nicht«, widerspricht Matilda lächelnd. Ob Zufall oder Absicht – in jedem Fall ist es sehr praktisch, dass Knut ihn bereits in handliche Rechtecke geschnitten hat. So kann sie essen und mit der anderen Hand zugleich das bezaubernde Fellknäuel kraulen.

»Wie es aussieht, hat Cornelius nicht nur mir eine Riesenfreude gemacht, sondern auch dir.«

Das wäre ja noch schöner, wenn sie diesem Lackaffen zu Dank verpflichtet wäre!

Aber Professor Hawking ist viel zu entzückend, um Raum für unerfreuliche Gedanken zu lassen. Schließlich kann der Schmusekater nicht das Geringste dafür, dass Cornelius so ein oberflächlicher … Windhund ist.

»Dieses Tier war definitiv zu lang allein – kein Wunder, dass es erhöhten Kuschelbedarf hat.«

Auch Matilda tun die sanften Berührungen gut. Professor Hawkings Fell fühlt sich so weich an wie Seide.

Urplötzlich wechselt Knut das Thema. »Bist du eigentlich in Sachen Lilien-Apotheke weitergekommen?«

Matilda zuckt mit den Schultern. Unter den sieben Apotheken auf der Liste waren zwar tatsächlich zwei mit diesem Namen, doch der schnelle Durchbruch, auf den sie gehofft hatte, war bislang ausgeblieben. »Nicht so richtig. Bei einer der beiden Lilien-Apotheken habe ich wieder nur den Anrufbeantworter erreicht, so wie beim letzten Mal. Und bei der zweiten war derselbe Mitarbeiter dran, mit dem ich schon einmal gesprochen habe und der mir damals zugesagt hat, sich zu bemühen und etwas über den Vorbesitzer herauszufinden.«

»Und? Hat er?«

»Natürlich nicht. Er hat es vergessen. Und jetzt ist sein Chef, den er danach fragen wollte, gerade auf Segeltörn.« Matilda zieht eine Grimasse.

Knut lacht. »Na, dann besteht doch noch Hoffnung. Zweimal wird er sein Versprechen ja wohl kaum vergessen.«

Matilda ist sich da nicht so sicher. Schließlich ist ihr Anliegen diesem jungen Apotheker völlig gleichgültig. Er kennt Michels Brief nicht, er kennt Matilda nicht, und er hat keine Ahnung, wie wichtig sein Rückruf für sie sein könnte.

»Noch ein Stück Flammkuchen?« Knut steht auf, um Nachschub zu holen.

»Nicht für mich. Ich konzentriere mich lieber darauf, Professor Dumbledore zu verwöhnen.«

»Professor Hawking heißt er! Allerdings erst seit gestern. Cornelius hat ihn umbenannt. Vorher war sein Name Muffin. Das fand mein Enkel zu nichtssagend. Außerdem passt der neue Name auch besser zu mir.«

»Wieso das denn?«

»Na – weil ich ein Kollege von ihm bin.«

»Von deinem Enkel oder dem Kater?«

»Von Professor Hawking natürlich. Bis vor ein paar Jahren war ich selbst Physikprofessor. Ich habe sogar im selben Bereich geforscht – nämlich Kosmologie. Schwarze Löcher und so.«

Matilda starrt ihn an, als hätte er gerade gestanden, ein humanoider Roboter zu sein.

Knut schmunzelt. »Das kommt dir seltsam vor? Was hast du denn gedacht, was ich wäre?«

Jedenfalls kein Kosmologe. Natürlich auch kein humanoider Roboter.

»Na ja – vielleicht Goldschmied. Oder Hörspielsprecher … Deine tiefe Stimme wäre einfach ideal dafür.«

»Ernsthaft? Goldschmied?« Knut muss darüber so laut lachen, dass Professor Hawking, der bis eben auf Matildas Schoß gemütlich geschlummert hat, erschrocken aufspringt.

Nachdem Matilda ihm beim Abräumen und Spülen geholfen hat, will Knut wissen, ob sie für ihn ein neues Rätsel zu knacken hat.

»Ich habe mich schon gefragt, ob du noch darauf zu sprechen kommst.«

»Ja oder nein?«

Matilda verschränkt die Arme vor der Brust und legt den Kopf schräg. »Was glaubst du denn?«

»Klar, hast du.«

Als ob daran ein Zweifel bestünde. Eigentlich hat Matilda einmal beschlossen, dass der Brief mit dem Geständnis der alten Mutter und der Liebesbrief an Klara eine Ausnahme bleiben sollen. Denn sie ist kein Typ, der sich leichtfertig über Verbote, Anweisungen und Dienstvorschriften hinwegsetzt. Aber sie nimmt die Briefe ja nicht mit, um Unfug mit ihnen zu treiben, sondern um nach Feierabend daran weiterzuarbeiten, was ohnehin ihre offizielle Aufgabe ist: verwaiste Briefe nach Hause zu bringen. Sie tut es also für einen guten Zweck. Und dass sie dabei die Geheimhaltung missachtet, ist leider unvermeidlich – schließlich ist sie auf Knuts Hilfe angewiesen.

Deshalb zaubert sie auch heute einen Umschlag aus ihrer Tasche hervor. Natürlich nicht einen x-beliebigen. Nach wie vor konzentriert sie sich auf Botschaften von besonderer emotionaler Wichtigkeit. Entschuldigungsbriefe. Geständnisse. Liebesbriefe. Briefe, die zum Lachen bringen oder zu Tränen rühren.

Diesmal ist es irgendwie alles zusammen: das Geständnis einer jungen Frau, die Hochzeit ihrer besten Freundin boykottiert zu haben, um sie vor dem größten Fehler ihres Lebens zu bewahren. Inklusive der durchaus komischen Beschreibung, wie sie deren Auserwählten beim Fremdgehen erwischt hat, außerdem einer ausführlichen Schilderung der Gardinenpredigt, die sie dem Kerl daraufhin gehalten hat, und dem bewegenden Versprechen ewiger Freundschaft. Das Ganze endet mit den Worten:

Bestimmt hast du gedacht, ich wäre bloß eifersüchtig. Ich wollte euch auseinanderbringen, weil ich dich nicht mit ihm teilen wollte. Aber das Gegenteil ist der Fall: Ich war sogar bereit, dich zu verlieren, um zu verhindern, dass du dich an diesen Mann vergeudest, der dich nicht zu schätzen weiß!
Ach, Jule, er hätte dich doch bloß unglücklich gemacht!
Nun ja, jetzt bin ich unglücklich. Weil du sauer auf mich bist und nichts mehr mit mir zu tun haben willst.
Aber, Süße, du hättest Patrick sehen müssen, dort auf der Damentoilette im Club27, mit runtergelassenen Hosen, die Hände so fest um die Heizungsstäbe gekrallt, dass ich schon dachte, er reißt sie aus der Verankerung. Ausgerechnet mit

diesem Flittchen! Und dann auch noch sein Gestöhne, ihr Gequietsche ... Während du gerade mal 500 Meter Luftlinie entfernt im Hotel zum Watzmannblick das Hochzeitsmenü besprochen hast. Nicht ahnend, was dieser Mistkerl dir gerade antat ...
Ich weiß, schon in der Antike wurde nicht nur der Täter bestraft, sondern auch der Überbringer der schlechten Nachricht. Das gilt offenbar noch heute, wie ich leider am eigenen Leib erfahren musste.
Wir könnten also für immer zerstritten bleiben, und du könntest ihm hinterherheulen.
Wir könnten aber auch zusammen eine Flasche Rotwein killen, sein Foto verbrennen und pfundweise Ben & Jerrys verputzen. Bist du dabei?
Ich wünsche es mir mehr, als ich sagen kann.
Deine (hoffentlich immer noch) Freundin Elena

»Na, wollen wir die beiden versöhnen?«, schlägt Knut vor, und Matilda nickt. Wenn sie schon Michel nicht finden kann, dann sollten sie wenigstens diesen Menschen zu etwas mehr Glück verhelfen.

»Okay«, sagt Knut und reibt tatendurstig die Hände. »Es gibt mehrere Anhaltspunkte. Da werden die Vornamen von Braut und Bräutigam genannt, außerdem der Name eines Clubs und der Location, in der gefeiert werden sollte.«

»Nicht zu vergessen die Tatsache, dass man von dem Lokal aus einen erstklassigen Blick auf den Watzmann zu haben scheint«, ergänzt Matilda. »Liegt der nicht in Bayern, irgendwo bei Berchtesgaden?«

»Genau. Am Königssee. Ein wunderbarer Ort, um zu heiraten. Oder eben nicht …« Knut schaltet sein Laptop ein. Professor Hawking gähnt. Aber Matilda ist sich sicher, dass sein Desinteresse nur gespielt ist. Gibt es etwas Aufregenderes, als eine Freundschaft zu kitten?

Kapitel 24:

Das Bild gewinnt an Tiefenschärfe.

Regentropfen prasseln auf Matildas Dachfenster. Es ist Samstagnachmittag. Sie hat es zum Glück noch geschafft, trockenen Fußes nach Hause zu kommen. In ihrer Tasche eine reiche Beute aus der Buchhandlung: eine Biografie, ein Gedichtband, zwei Roman-Klassiker und eine Neuerscheinung, die trotz Bestsellerliste so gar nicht nach Mainstream aussieht. Jedenfalls lässt der Klappentext auf eine positive Überraschung hoffen.

Matilda legt die Bücher auf ihrem Küchentisch aus, und während das Teewasser heiß wird, betrachtet sie die Cover, die unterschiedlicher nicht sein könnten – und dennoch allesamt eine große Anziehungskraft auf sie ausüben. Es ist unmöglich, zu entscheiden, welches sie zuerst lesen soll. Wenn das die Bücher doch nur unter sich ausmachen würden!

Matilda beschließt, den Zufall entscheiden zu lassen. Sie knüllt den Einkaufszettel von gestern, den sie noch in der Hosentasche hatte, zu einer kleinen, festen Kugel zusammen. Dann stellt sie sich mit dem Rücken zur Wand, etwa drei Meter vom Küchentisch entfernt, und wirft sie.

Daneben.

So wird das nichts. Sie muss besser zielen. Der zweite Versuch gerät zu zaghaft. Das Kügelchen kullert weit vor dem Tisch auf den Boden. Erst beim dritten Mal klappt es. Volltreffer mitten auf den Gedichtband.

Gerade will sie danach greifen, als ein schnarrendes Geräusch sie völlig aus dem Konzept bringt. Sie braucht ein paar Sekunden, um zu begreifen, dass ihr Telefon klingelt. Denn das geschieht so selten, dass ihr der Klingelton ganz fremd vorkommt. Wenn sie wüsste, wie man einen anderen wählt, würde sie es tun, denn der hier hört sich wirklich abscheulich an. Aber von solchen Dingen hat sie nicht die geringste Ahnung. Außerdem lohnt es sich kaum – bei den wenigen Anrufen, die sie bekommt.

Bestimmt ist es jemand, der ihr einen günstigeren Stromtarif andrehen will. Oder es hat sich jemand verwählt. In beiden Fällen kann sie sich kurzfassen. Oder sollte es zumindest versuchen. Denn die armen, unterbezahlten Callcentermitarbeiter tun ihr meist so leid, dass sie ihnen eine Weile zuhört, bevor sie das Angebot höflich ablehnt.

»Hallo?«, meldet sie sich ganz bewusst, ohne ihren Namen zu nennen.

»Schönen guten Abend. Spreche ich mit Matilda Keller?«

Wusste sie es doch. Jedes Verkaufsgespräch beginnt mit dieser Frage, wenn sie nicht von sich aus ihren Namen sagt. Die Callcenterleute werden darauf geschult. Und dann sagen sie: »Wie schön, dass ich Sie persönlich erreiche«, nur um anschließend wortreich ihr Angebot zu unterbreiten.

Sie könnte diese Sache also enorm verkürzen, wenn sie jetzt behaupten würde, Matilda Keller sei ihre Vormieterin gewesen. Umso schneller könnte sie es sich mit dem Gedichtband im Lesesessel gemütlich machen. Aber dann bringt sie es doch nicht übers Herz zu lügen und gibt zu, genau die zu sein.

»Mit wem habe ich das Vergnügen?«, schiebt sie hinterher, um diesem Verkaufsknilch sofort klarzumachen, dass sie keine leichte Beute ist.

»Habe ich das nicht erwähnt? Ich bitte um Verzeihung – mein Name ist Martin Fischer. Ich bin Inhaber der Lilien-Apotheke in Bad Soden.«

Das klang schöner als jedes Gedicht.

»Bad Soden am Taunus?«

Matildas Stimme klingt ganz heiser vor Aufregung. Ist das der Anruf, den sie herbeigesehnt hat? Den sie auch ein wenig gefürchtet hat, weil er ihre letzten Hoffnungen zunichtemachen könnte?

»Genau. Wie mir mein Mitarbeiter berichtet, suchen Sie Informationen über den Vorbesitzer. Ist das richtig?«

»Richtig.«

Jetzt ist Matilda noch einsilbiger, als sie es bei einem Falsch-verbunden-Anrufer wäre, wenn auch aus völlig anderen Gründen.

»Darf ich fragen, warum Sie nach ihm suchen?«

»Das ist … etwas Persönliches. Können Sie mir denn weiterhelfen?«

Bestimmt ist Martin Fischer jetzt verärgert. Aber Matilda kann die Geschichte von Leni und Michel nicht mit wenigen Sätzen zusammenfassen – jedenfalls nicht, ohne dass sie kitschig oder lächerlich wirken würde. Über den Brief und darüber, wie sie an ihn gekommen ist, will sie schon gar nicht reden.

»Das kann ich«, fährt der Apotheker schließlich fort,

»aber versprechen Sie sich bitte nicht zu viel. Ich habe nur ein paar Daten und Namen, mehr nicht. Ich selbst habe die Lilien-Apotheke von meinen Eltern übernommen. Die wiederum haben sie Anfang der Siebzigerjahre einem Ehepaar namens Friedrich und Elisabeth Vahrenbrinck abgekauft.«

»Oh«, macht Matilda.

So viel Enttäuschung in einer winzigen Silbe. Martin Fischer ist sensibel genug, das herauszuhören.

»Haben Sie einen anderen Namen erwartet?«

»Na ja«, gibt Matilda zu, »um ehrlich zu sein, habe ich auf jemanden mit dem Vornamen Michel gehofft, aber …«

»Michel? Meinen Sie vielleicht Michael Vahrenbrinck? Meine Eltern haben ihn oft erwähnt. Denn im Grunde hatten sie ihm zu verdanken, dass sie diese alteingesessene, vorbildlich geführte Apotheke überhaupt bekamen.«

»Oh!«, wiederholt Matilda, diesmal erfreut und neugierig zugleich. »Wie kam das?«

»Nun, eigentlich hätte Michael – oder Michel, wie er wohl meist genannt wurde – den Betrieb selbst übernehmen sollen. Aber der junge Mann hatte eigene Pläne, und sein Bruder ebenso. Also führten die alten Vahrenbrincks die Apotheke so lange weiter, bis sie würdige Nachfolger dafür fanden – meine Eltern.«

Die Puzzlestücke in Matildas Kopf wirbeln umher wie Herbstlaub im Wind, und dann ergibt auf einmal alles ein stimmiges Bild.

»Michel Vahrenbrinck also«, murmelt sie. Das muss er sein. Damit kann sie ihn finden, wenn es ihn noch gibt. Und es muss ihn noch geben, sonst wäre ja alles umsonst gewesen …

»Konnte ich Ihnen also weiterhelfen?«

Matilda zuckt zusammen. Den Telefonhörer an ihrem Ohr hat sie für einen Augenblick ganz vergessen. »Oh ja, mehr, als Sie ahnen«, sagt sie schnell. Dann fällt ihr noch etwas ein: »Michel wollte also kein Apotheker werden. Haben Sie eine Ahnung, was stattdessen aus ihm geworden ist?«

»Da bin ich leider völlig überfragt. Ich bin ihm ja nie persönlich begegnet. Er hat Bad Soden wohl als junger Mann verlassen und ist, soweit ich weiß, nie zurückgekehrt. Die alten Vahrenbrincks sind später auch weggezogen, und vermutlich leben sie längst nicht mehr. Ich wüsste leider nicht, wer Ihnen da weiterhelfen könnte.«

Schade. Aber das wäre vielleicht auch zu viel verlangt gewesen.

Der Gedichtband kann ihre Aufmerksamkeit nicht fesseln, ebenso wenig wie eines der anderen neu erworbenen Bücher es könnte. Matilda kauert auf ihrem Sessel, die Beine angezogen, die Arme darumgeschlungen. Bis auf den flackernden Schein einer Kerze ist es dunkel in ihrer Wohnung.

Michael Vahrenbrinck. Michel …

Matilda hat das Gefühl, dass der vollständige Name seine Existenz erst real werden lässt. Doch wie sieht diese Existenz aus? Was ist aus Michael Vahrenbrinck geworden, nachdem Leni damals nicht zum Treffpunkt gekommen ist? Diese Frage scheint nur Michel selbst ihr beantworten zu können.

Sie muss Knut fragen! Aber der ist heute Abend im

Kino. In irgendeinem Scifi-Actionfilm. Nichts, was sie sich freiwillig anschauen würde.

Natürlich könnte sie auch selbst versuchen, etwas über Michel Vahrenbrinck herauszubekommen. Dieses Smartphone von Knut müsste das doch können. Fragt sich nur, ob sie es schafft, das Ding so weit zu bringen, dass es die ersehnten Informationen ausspuckt.

Erst einmal macht es keinen Mucks. Sie hätte es wohl aufladen müssen. Wo war noch gleich das Kabel? Matilda schaltet die Deckenlampe ein – so gemütlich der Kerzenschein auch ist, zum Suchen braucht sie mehr Licht.

Das Ladekabel versteckt sich zwischen ein paar alten Zeitschriften. Zum Glück hat sie inzwischen genug Routine darin, es einzustöpseln, sodass sie dabei wenigstens keine wertvolle Zeit verliert. Schlimm genug, dass es fast eine Viertelstunde dauert, bis das Gerät so weit aufgeladen ist, dass sie loslegen kann.

Irgendwie gelingt es ihr, Google aufzurufen – wie sie das geschafft hat, hätte sie anschließend selbst nicht mehr sagen können. Als Erstes gibt sie Michels vollständigen Namen ein und klickt auf Suchen. Das Ergebnis ist erfreulich und frustrierend zugleich: mehrere Tausend Treffer. Wie in aller Welt soll sie die alle prüfen?

Du musst die Suche eingrenzen, würde Knut jetzt sagen.

»Aber wie?«, ruft sie aus. Nur um die Frage selbst gleich zu beantworten: »Aber natürlich – mit einer Ergänzung.«

Vielleicht ist er ja in einem anderen Ort doch noch der Tradition seiner Familie gefolgt? Sie tippt: *Michael Vahrenbrinck + Apotheke*. Null Treffer.

Welchen Weg könnte er sonst eingeschlagen haben?

Matilda muss den Brief gar nicht hervorholen, sie sieht die Worte vor ihrem geistigen Auge:

Solange Du nur in meiner Nähe bist, kann ich auch Schuhverkäufer in Texas werden oder Architekt in Neuseeland oder Bäcker in der Mongolei oder Lehrer in Kenia.

Es fällt ihr schwer, sich einen romantischen Wortjongleur wie Michel als Bäcker vorzustellen. Dann schon eher Schuhverkäufer …

Dennoch probiert sie alle Varianten durch. Ohne Erfolg. Schließlich, beim letzten Versuch, sind es eine Handvoll Treffer. Der erste Link, den sie anklickt, führt zur Seite eines Gymnasiums in Lübeck, wo in der Bildergalerie Fotos eines Ehemaligentreffens zu sehen sind. Darunter auch der frühere Klassenlehrer, ein Herr mit weißem, vollem Haar und sympathischem Lächeln. Laut Bildunterschrift ist es Oberstudienrat a. D. M. Vahrenbrinck.

Erst jetzt wird ihr klar, dass er ja gar nicht mehr im Dienst sein kann, in seinem Alter! Also könnte das durchaus Michel sein. Sie zoomt das Foto näher heran, was sich als überraschend simpel erweist, und betrachtet es ganz genau. Ist das der Mann, der von Lenis glockenhellem Lachen so fasziniert war? Der ihr den ergreifendsten Liebesbrief aller Zeiten geschrieben hat? Und der bereit gewesen wäre, für sie sein altes Leben aufzugeben und alles hinter sich zu lassen? Der es scheinbar trotzdem getan hat, auch ohne sie?

Auf einmal weiß Matilda: Ja, er ist es. Er muss es einfach sein.

Kapitel 25:

Für den ersten Satz gibt es keine zweite Chance. Normalerweise.

Der nächste Schritt ist vergleichsweise einfach. Denn Matilda wählt dafür den herkömmlichen Weg. Für heute hat sie genug Internetkompetenz bewiesen. Deshalb wählt sie einfach die Nummer der Auskunft und fragt nach Michael Vahrenbrinck in Lübeck. Es dauert nur wenige Sekunden, und schon wird die Nummer angesagt. So schnell hat sie gar nicht damit gerechnet.

»Halt, ich habe noch gar keinen Stift parat«, ruft sie – während die Dame auf der anderen Seite der Leitung gleichzeitig etwas fragt, das mit »Möchten Sie …?« beginnt. Vermutlich schlägt sie vor, die Nummer zu wiederholen.

»Ja, bitte«, sagt sie erleichtert. Stift und Papier hat sie inzwischen griffbereit.

»Sehr gern, Sie werden sofort verbunden«, ertönt es statt der erwarteten Wiederholung, und Matilda dämmern zwei Dinge: erstens, dass sie gar nicht mit einer realen Person telefoniert hat, sondern mit einer Automatenstimme. Und zweitens, dass sie unter Umständen in wenigen Sekunden die ganz und gar reale Stimme von Michel am Ohr haben wird. Schon ist das erste Rufzeichen zu hören.

Himmel, was soll sie nur sagen, wenn er tatsächlich rangeht? Am besten meldet sie sich mit ihrem offiziellen

Titel: Matilda Keller, Sachbearbeiterin im Amt für nicht zustellbare Post – das klingt eindrucksvoll. Nur leider um diese Uhrzeit wenig glaubwürdig. Schließlich weiß alle Welt, dass Ämter abends geschlossen haben.

»Hallo?«

Matilda erstarrt.

»Hallo – wer ist dran?«

Er hört sich nett an. Wenn auch ein winziges bisschen ungeduldig. Und daraus wird schnell grenzenlose Ungeduld werden, wenn ihr nicht bald etwas einfällt.

»Ähm … Es geht um Leni«, platzt sie heraus.

Verflixt. Das war ungeschickt. Was, wenn er jetzt auflegt? Sie hätte sich besser vorbereiten sollen. Dann hätte sie bestimmt nicht von allen denkbaren ersten Sätzen den dämlichsten gesagt.

»Was war das gerade?«

»Also, nun, es ist Folgendes«, stottert sie los. »Ich habe Ihren Brief gefunden. Den Sie 1966 an Leni geschrieben haben. Sie hat ihn nie bekommen. Deshalb ist sie auch nicht zum Treffpunkt gekommen. Jetzt lebt sie in einem Seniorenheim in Glücksburg. Und … na ja, ich würde Sie gerne einmal treffen. Sie sind doch Michel? Michael Vahrenbrinck, meine ich.«

Es herrscht Stille in der Leitung.

»Und Ihr Name ist?«, fragt er schließlich.

»Oh, wie konnte ich das nur vergessen? Ich bin Matilda Keller. Und ich möchte mich wirklich sehr gern mit Ihnen unterhalten. Es ist … wichtig.«

Ein Schnauben. Lacht er etwa?

»Ich glaube, da irren Sie sich.«

»Bestimmt nicht, Herr Vahrenbrinck, das kann ich Ihnen …«

»Noch einen schönen Abend.«

Und so plötzlich, wie das Gespräch begonnen hat, ist es auch wieder zu Ende.

Verblüfft betrachtet Matilda das Telefon in ihrer Hand. Dann stellt sie es langsam zurück in die Station. Wie im Traum schlurft sie zu ihrem Sessel und kauert sich hinein.

Was ist da eben bloß passiert?

Okay, sie hat das Gespräch nicht optimal eingeleitet. Aber irgendwie ist es ihr dann doch ganz gut gelungen, die Kurve zum Wesentlichen zu kriegen.

Was also ist schiefgelaufen?

Und wann?

War es, als sie den Brief erwähnt hat? Oder die Tatsache, dass Leni ihn damals hat umsonst warten lassen?

Im Geiste geht Matilda das Gespräch immer und immer wieder durch. Erfolglos. Es bringt sie keinen Schritt weiter. Sicher ist nur eins: Sie hat es vermasselt.

Obwohl über dem Sessel noch immer die grelle Deckenlampe leuchtet, fällt Matilda schließlich in einen unruhigen, traumlosen Schlaf.

Als sie am Sonntagmorgen erwacht, ist sie wie gerädert. Der Sessel mag bequem sein, um zu lesen oder zu träumen, aber als Schlafplatz ist er völlig ungeeignet. Alles tut ihr weh!

Nach ein paar zaghaften Dehn- und Streckübungen und einem ersten Kräutertee kommt die Erinnerung zurück. Leider. Matilda fühlt sich sofort wieder schlechter.

Es ist vorbei.

All die Anstrengungen, die Grübeleien, die Recherchen, die Reisen nach Glücksburg, die Gespräche mit Knut und dann auch mit Leni – all das war umsonst.

Dass es kein echtes Happy End für Leni und Michel geben würde, ist ihr natürlich von Anfang an klar gewesen. Aber irgendwie hat sie doch die ganze Zeit auf ein versöhnliches Ende für die beiden gehofft, wie auch immer das aussehen könnte.

Jetzt weiß Matilda, dass die Hoffnung vergeblich war.

Um ihre Gedanken zu sortieren, unternimmt sie einen langen Spaziergang. Es funktioniert nicht besonders gut. In ihrem Kopf herrscht weiterhin Chaos. Planlos läuft sie durch die Straßen von Karlskirchen. Irgendwann steht sie vor der Eingangspforte zu dem kleinen, versteckt liegenden Park, in dem sie einmal zufällig einen Trödelmarkt entdeckt hat. Heute ist fast niemand hier – nur vereinzelte Hundebesitzer und sie selbst. Sie setzt sich auf eine Bank und beobachtet ein paar Tauben, die sich über die nicht beseitigten Reste eines Picknicks hermachen. Ihr fällt ein, dass sie heute noch nichts gegessen hat.

Auf dem Heimweg kauft sie ein Croissant. Zu Hause trinkt sie ein Glas Milch dazu. Sie kann kaum die Augen offen halten. Der Spaziergang hat sie müde gemacht, und nach der wenig erholsamen Nacht auf dem Sessel ist ein kleiner Mittagsschlaf mehr als angebracht.

Es geht doch nichts über ein warmes, weiches Bett, ist ihr letzter Gedanke, bevor sie vom Schlaf übermannt wird.

»Sie sind spät dran«, begrüßt ihre Nachbarin Elvira Behrens sie am Nachmittag. Das klingt barscher, als es gemeint ist, denn natürlich freut sie sich, wie jeden Sonntag, über Matildas Besuch.

Die Zeitungen liegen bereit. Matilda weiß, was Elvira hören will. Die Sportergebnisse sind wohl ganz nach ihrem Geschmack, denn die alte Dame grinst breit, während Matilda sie vorliest. Die Börsenkurse scheinen sie wenig zu überraschen. Elvira wirkt etwas gelangweilt.

»Was machen die Todesanzeigen?«, fragt sie.

Die hat sich Matilda diesmal bis zum Schluss aufgehoben, denn sie weiß, dass sich daraus am ehesten ein Gespräch ergibt. Über Leute, die Elvira früher gekannt hat. Und natürlich über ihren Harry.

Nicht jedoch heute. »Lauter fremde Namen«, seufzt Elvira. »Wenn man nicht einmal mehr die Verstorbenen kennt, ist man wirklich einsam.«

»Viel wichtiger ist doch, die Lebenden zu kennen«, sagt Matilda. Und dann erzählt sie Elvira von Glücksburg und Frau Inkens Strandnest. »Sie würden sich dort garantiert wohlfühlen.«

Elvira ist verblüfft. »Ich soll reisen? In meinem Alter? In meinem Zustand? Wie in aller Welt soll ich denn an die Ostsee kommen?«

Darüber hat sich Matilda natürlich keine Gedanken gemacht. Eine Bahnreise wäre sicher zu anstrengend. Und eine andere Lösung hat sie auf die Schnelle auch nicht parat.

»Ach, da fällt uns schon was ein«, erwidert sie leichthin. »Sie müssen nur Ja sagen, dann deichsele ich den Rest.«

Nachdem sie auch Pamelas Schildkröte Esmeralda versorgt hat, kehrt sie eilig in ihre Dachwohnung zurück, denn gerade, als sie sich von dem alten Schrumpelhals verabschiedet hat, ist Cornelius vorgefahren. Zum Glück hat sie genau in dem Moment aus dem Fenster geschaut. Für einen Augenblick hat sie überlegt, so lange in Pamelas Wohnung auszuharren, bis er in Knuts Wohnung ist, aber dann hat sie sich doch zu einem Spurt entschlossen. Dem jahrelangen Treppensteigen sei Dank, ist sie so schnell, dass er sie bestimmt nicht einholen könnte. Und tatsächlich ist sie schon an Knuts Tür vorbei, als sie unten die Haustür ins Schloss fallen hört.

So richtig in Sicherheit fühlt sie sich allerdings erst, als sie ihre eigene Wohnungstür von innen verriegelt.

Tief durchatmen.

»Das ist echt nicht normal, Matilda«, keucht sie und meint damit keineswegs ihre Kurzatmigkeit, sondern die völlig unangemessene Reaktion auf Knuts Enkel.

Sie mag ihn nicht, okay.

Sie zieht es vor, ihm nicht zu begegnen. So ist es nun mal. Aber sie darf sich von ihm nie wieder dermaßen aus dem Konzept bringen lassen. Es ist ja nicht so, dass sie sich vor ihm verstecken müsste. Nächstes Mal wird sie ihm hocherhobenen Hauptes zunicken – kühl lächelnd und selbstbewusst.

Das Telefon reißt sie aus ihren Gedanken. Diesmal erkennt sie das schnarrende Geräusch gleich. Ihr knappes »Ja?« klingt noch immer atemlos.

»Bitte entschuldigen Sie die Störung, Frau Keller. Vahrenbrinck hier.«

Michel? Sie muss sich setzen.

»Das … ist aber eine Überraschung.«

»Das war Ihr gestriger Anruf ebenfalls.« Man hört ihm an, dass er lächelt.

Matilda weiß nicht, was sie sagen soll. »Ich hätte nicht damit gerechnet, noch einmal von Ihnen zu hören.«

»Und wieder eine Gemeinsamkeit: Ich hätte nicht damit gerechnet, je wieder von Leni zu hören. Nicht nach so vielen Jahren. Als Sie ihren Namen nannten, war ich wie vor den Kopf geschlagen. Diesen Schock musste ich erst einmal verdauen.«

Seine Stimme wirkt fest, doch Matilda spürt seine Verletzlichkeit. Sie lässt ihm Zeit, sich zu sammeln.

»Ich … habe seit über fünfzig Jahren nichts mehr von ihr gehört. Und dann, aus heiterem Himmel, rufen Sie an und behaupten, Sie hätten meinen Brief. Vermutlich haben Sie ihn gelesen, das gefühlige Gesäusel eines liebestollen jungen Mannes.«

Matilda schluckt. »Ich musste ihn lesen, das ist mein Job. Und es ist mit Sicherheit einer der bewegendsten Liebesbriefe, die je geschrieben wurden.« Und dann erklärt sie ihm ausführlich, wie sie den Brief durch Zufall hinter einem alten Aktenschrank entdeckt hat.

»Im Amt für nicht zustellbare Post? So etwas gibt es wirklich?«

»Selbstverständlich. Was dachten Sie, wo all die falsch adressierten Briefe hinkommen, die man nicht an den Absender zurückschicken kann, weil seine Anschrift ebenfalls nicht zum Ziel führt oder schlichtweg fehlt?«

»Darüber habe ich mir, offen gestanden, noch nie Gedanken gemacht«, gibt Michel zu. »Ich habe auch nie daran gezweifelt, dass mein Brief bei Leni angekommen ist. Schließlich hatte ich ihn ordnungsgemäß adressiert.«

»Ja. Mit Tinte.«

»Mit meinem Glücksfüllfederhalter. Einem Geschenk von Leni. Aber was spielt das für eine Rolle?«

»Der Umschlag muss nass geworden sein. Das hat die Beschriftung völlig unleserlich gemacht. Zum Glück ist die Feuchtigkeit nicht nach innen gedrungen, der Brief selbst ist verschont geblieben.«

Für einen Augenblick herrscht Stille in der Leitung. Matilda fürchtet schon, das Gespräch sei unterbrochen worden.

Dann räuspert sich Michel und sagt: »Aber was nützt das, wenn Leni ihn doch nie gelesen hat?«

Vielleicht liegt es an der Verbindung, dass diese Bemerkung fast unhörbar leise ist. Matilda hält jedoch eine andere Erklärung für wahrscheinlicher. Sie hat ja selbst einen Kloß im Hals.

»Sie kennt den Brief inzwischen«, sagt sie nach einer Weile. »Ich habe sie besucht und ihn ihr vorgelesen.«

»Ich will sie keinesfalls sehen!« Das kommt unerwartet heftig.

»Das verstehe ich. Aber wären Sie vielleicht bereit, mich zu treffen? An einem Ort Ihrer Wahl. Ich bitte Sie inständig.«

»Ich sehe nicht, was das bringen soll«, erwidert Michel. »Vorbei ist vorbei.«

Matilda schluckt. »Es wäre mir wirklich sehr wichtig. Und ich bin sicher, Leni auch.«

Wieder Stille. Das Herz sinkt ihr in die Hose. Wenn er jetzt Nein sagt …

»Geben Sie mir etwas Zeit«, sagt Michel schließlich. »Ich melde mich wieder. Versprochen.«

Kein Nein. Aber auch kein Ja. Bloß ein Vielleicht.

Immerhin.

Kapitel 26:

Wahre Liebe ist zu schade fürs Archiv. An und für sich.

»Hey, Tilda, hast du eigentlich einen Helm?«

Matilda lässt die Tasse, die sie bereits an die Lippen gesetzt hat, wieder sinken.

»Ob ich *was* habe?«

»Na, einen Helm. Ich würde dich gern einladen zu einer Tour nächsten Samstag. Westerwald, Taunus und so. Aber kein Problem, wenn du keinen hast, dann besorge ich noch einen für dich.«

Trotz dieser wortreichen Erklärung ist Matilda nicht klüger als zuvor. Und eigentlich will sie Lutz auch gar nicht verstehen.

»Tut mir leid, daraus wird nichts«, sagt sie ins Blaue hinein. Was auch immer er da vorschlägt – sie kann sich kaum vorstellen, dass es ihr behagen würde.

Die Küchentür fliegt auf, und ein Wirbelwind in einem wild geblümten Sommerkleid kommt hereingefegt.

»Woraus wird nichts?«, fragt Kirsten, während sie sich auf die Fensterbank pflanzt und anfängt, den gigantisch großen Eisbecher zu löffeln, den sie sich beim Italiener um die Ecke geholt hat.

»Ich habe Matilda zu einer Motorradtour eingeladen, aber sie hat keinen Helm«, erklärt Lutz, und Matilda beglückwünscht sich selbst zu ihrer klaren Absage. Bevor sie sich freiwillig auf ein Motorrad setzen würde, müsste schon ein Ufo landen.

»Sag mal, trinkst du ernsthaft Tee bei dieser Hitze?«, wechselt Kirsten unvermittelt das Thema und sieht auf die Tasse in Matildas Hand.

»Tee ist bei jedem Wetter ideal«, erwidert Matilda, spart sich aber die Erklärung. Kirsten hat nun mal Lust auf Eis, und dass ihr Körper den heruntergekühlten Magen danach wieder auf Normaltemperatur und sie damit zum Schwitzen bringen wird, interessiert sie vermutlich nicht im Geringsten.

»Was ist denn jetzt mit der Tour?«

»Lutz beweist mal wieder, dass er das Feingefühl einer Abrissbirne hat«, spottet Kirsten.

»Hey, ich bin sehr wohl ein sensibler Mensch!«, wehrt er sich.

»Bist du nicht. Sonst wüsstest du, dass Frauen, die in einer festen Beziehung sind, nicht mit anderen Kerlen auf Motorradtour gehen.«

Ich bin in einer festen Beziehung? Matilda lässt vor Überraschung fast die Tasse fallen. Sie ist zu perplex, um diese absurde Behauptung zu kommentieren. Erst als Lutz mit einem beleidigten »Dann eben nicht« abgezogen ist, gewinnt sie die Fassung wieder.

»Lieb gemeint, aber irgendwie hätte ich ihn schon allein abgewimmelt – ohne Lügenmärchen«, sagt sie.

Kirsten zieht eine Schnute. »Gib's doch zu – ich weiß, dass du einen Lover hast.«

»Du träumst wohl!« Matilda reißt vor Empörung die Augen auf. »Da ist nichts zuzugeben.«

»Und warum bist du in letzter Zeit so oft verreist? Sogar übers verlängerte Wochenende? Du willst mir doch wohl nicht weismachen, dass du immer allein unterwegs bist?«

Matilda seufzt. Für sie ist das die natürlichste Sache der Welt. Sie ist fast immer allein unterwegs. Was ist daran so schwer zu glauben?

Menschen wie Kirsten, die sich unvollständig fühlen, wenn sie nicht Teil eines Paares sind, können sich so ein Leben freilich nicht vorstellen. So viel ist Matilda inzwischen klar. Deshalb lässt sie sich auch nicht auf eine Diskussion ein, bei der niemand gewinnen kann, sondern weist Kirsten lieber auf den offensichtlichen Denkfehler hin: »Wo sollte ich denn einen festen Freund herhaben?«

Kirsten, die ihren Rieseneisbecher im Rekordtempo vertilgt hat, verschränkt die Arme vor der Brust und legt herausfordernd den Kopf schief. »Willst du mich für dumm verkaufen? Ich hab ihn doch mit eigenen Augen gesehen.«

Das muss ein Scherz sein. Oder eine Verwechslung. Hat Kirsten sie womöglich bei einem Spaziergang mit Knut beobachtet? Aber sie kann einen Mann, der gut und gerne ihr Großvater sein könnte, doch nicht für Matildas Liebhaber halten!

»In dem Club damals«, hilft ihr Kirsten auf die Sprünge. »Erst habt ihr euch an der Bar unterhalten, dann wart ihr auf einmal verschwunden.«

Jetzt fällt der Groschen. »Du meinst Cornelius.«

»Wenn der gut aussehende Typ, mit dem du so heftig geflirtet hast, so heißt – ja, dann meine ich genau den.«

Matilda muss lachen. »Da hast du dich in etwas verrannt. Cornelius ist bestimmt nicht mein Freund. Er ist … niemand.«

Sie wirft einen schnellen Blick auf die Uhr und macht sich auf den Weg zurück in ihr Büro.

»Hey, die Mittagspause ist doch noch gar nicht zu Ende!«, ruft Kirsten ihr hinterher.

»Ich hab früher angefangen«, behauptet sie einfach und marschiert davon. Zurück zu ihren Ablagekörben, den Aktenschränken, der riesigen Wanduhr und den Kisten voller nicht zustellbarer Post.

Ihren Schnitt von dreißig Briefen pro Stunde schafft sie nach wie vor. Geringfügig ins Stolpern gerät ihr Arbeitsrhythmus nur, wenn sie erwägt, ob private Zusatzrecherchen infrage kommen. Da ist sie wählerisch und liest lieber einmal zu oft als einmal zu wenig. Dennoch findet sie, seit sie die Augen danach aufhält, erstaunlich viele Briefe, die man mit ein klein wenig Onlinerecherche leicht vor dem Archiv retten kann. Doch die ist eben nicht Teil ihres Jobs, und so hat sie gar keine andere Wahl. Erst gestern haben Knut und sie den ganzen Abend und die halbe Nacht damit verbracht, die Adresse eines alten Försters zu ermitteln, um einen jahrelang schwelenden Bruderstreit beizulegen, der auf einem dummen Missverständnis beruhte. Heute fehlen Matilda zwar ein paar Stunden Schlaf, aber es hat sich gelohnt.

Sie hätte nie gedacht, dass ihr diese Detektivarbeit so viel Freude bereiten würde. Als Knut neulich ihr Kombinationstalent und ihren Eifer gelobt hat, war sie ganz verlegen. Sie hat abgewinkt und behauptet, das sei purer Zufall. Aber das ist es nicht. Sie blüht auf, wenn es darum geht, wichtige Nachrichten an ihr Ziel zu bringen. Glücksbotin zu sein, macht sie selbst glücklich. Dass sie neuerdings immer weniger Zeit findet, in Bibliotheken zu stöbern oder aus dem Dachfenster zu schauen und sich Geschichten über Passanten auszudenken, macht gar nichts. Es ist viel erfüllender, das Leben fremder Menschen in Wirklichkeit ein bisschen schöner zu machen als nur in der Fantasie …

Heute ist jedoch nichts Außergewöhnliches dabei. Gut die Hälfte der Briefe kann, nachdem Matilda sie gesichtet hat, zugestellt werden, und unter denen, die ins Archiv wandern, sticht keiner besonders hervor.

Erst kurz vor Feierabend fällt ein Kuvert in ihre Hände, das sie stutzen lässt. Denn als Matilda versucht, die Anschrift zu entziffern, erkennt sie, dass das unmöglich ist. Was bei flüchtigem Hinschauen aussieht wie eine schwungvolle Handschrift, sind in Wahrheit bedeutungslose Schnörkel. Ebenso beim Absender. Nicht einmal mit viel Fantasie ist ein Name zu erraten. Allenfalls ein M beim Namen des Empfängers. Vermutlich ist der Brief deshalb in ihrer Abteilung »K bis M« gelandet. Neugierig öffnet sie den Umschlag und zieht einen beigefarbenen Briefbogen hervor. Schon nach wenigen Zeilen ist ihr klar, dass er einen besonderen Schatz birgt.

Liebe Schöne,

vermutlich weißt du nicht einmal, dass du zaubern kannst. Das sähe dir ähnlich. Tatsache aber ist: Du hast mich schier verhext.

Und nicht nur mich, sondern auch meine Wünsche und Sehnsüchte. Wo ist er geblieben, mein Traum vom ewigen Junggesellenleben, ohne Verpflichtungen, ohne Verantwortung? Zerplatzt wie eine Seifenblase. Neulich habe ich mich sogar dabei erwischt, wie ich einer spießigen Familienkutsche hinterhergestarrt habe. Mit Anhängerkupplung! Das passiert mir sonst nur bei Cabrios!
Und dann die Sache mit dem unverbindlichen Flirten. Ich hab's verlernt! Einfach so. Egal, welches weibliche Wesen ich gerade bezirzen will, sofort erscheint dein wundervolles Gesicht vor meinem inneren Auge.
Dabei bist du überhaupt nicht mein Typ. Ehrlich! Du verstehst meinen Humor nicht. Du kleidest dich wie deine eigene Großmutter. Du benutzt nicht einmal Lippenstift. Und doch siehst du aus wie ein Engel. Überirdisch. Unwirklich. Makellos.

Ich habe versucht, dich zu ignorieren. Es hat nicht funktioniert.
Ich habe versucht, dich zu umwerben. Es war ein Fiasko.
Ich habe versucht, einfach abzuwarten, bis meine Gefühle von selbst abkühlen. Es ist nicht passiert.

Ich kann mich nicht auf meine Arbeit konzentrieren, weil ich mich in Tagträumen verliere. Ich bekomme Adrenalinstöße, nur weil ich glaube, dich in der Menschenmenge erkannt zu haben. Ich kann nachts nicht einschlafen, weil ich nach dem perfekten Satz suche, mit dem ich dich bei unserer nächsten Begegnung für mich gewinnen könnte.

Aber selbst wenn er mir zu fortgeschrittener Stunde genial erscheinen mag, ahne ich doch am nächsten Morgen bei wachem Verstand sofort, dass du bloß wieder deine Augenbraue (die linke) hochziehen und leise seufzen wirst. Übrigens die bezauberndste Art, genervt zu sein, die mir je untergekommen ist.

Inzwischen weiß ich weder ein noch aus. Es gibt nur eine Lösung: Gib mir eine Chance!

Dein …

Die Unterschrift besteht aus ähnlichen Schnörkeln wie die unleserlichen Angaben auf dem Umschlag. Absolut nicht identifizierbar.

Matilda liest diesen Brief so oft, bis sie ihn fast auswendig kann. Doch ihre Suche nach einem Hinweis, an dem Knut und sie mit ihren Recherchen ansetzen könnten, bleibt erfolglos. Es gibt keinen einzigen brauchbaren Anhaltspunkt! Und so bleibt Matilda nichts anderes übrig, als ihn zu archivieren.

Sicherheitshalber macht sie vorher noch ein Handyfoto davon. Für den Fall, dass sie doch etwas übersehen hat.

Knut ist ganz enttäuscht, dass es in dieser Woche kein Rätsel zu knacken gibt. Matilda erzählt ihm nichts von dem Brief. Er würde garantiert darauf bestehen, ihn genauestens unter die Lupe zu nehmen. Nur um am Ende zugeben zu müssen, dass es zwecklos ist.

»Ich bin müde«, sagt sie stattdessen. Wie aufs Stichwort dehnt sich Professor Hawking ausgiebig und gähnt. Matilda krault ihn und nimmt sich vor, ihm morgen ein paar Katzenleckerli mitzubringen. Bestimmt kann E. Klein ihr etwas empfehlen. »Danke für den Tee. Ich denke, ich lege mich heute mal früh schlafen.«

Doch als sie endlich in ihrem Bett liegt, findet sie keine Ruhe. Der Brief geht ihr nicht aus dem Kopf. Nicht, dass er besonders poetisch gewesen wäre. Aber die Art, wie der Mann mit der unleserlichen Unterschrift die unbekannte Angebetete beschreibt, hat sie berührt.

Kaum fängt Matilda an wegzudösen, reißt das disharmonische Schnarren des Telefons sie aus dem Halbschlaf. Sie überlegt kurz, es zu ignorieren, doch das ist schlichtweg nicht möglich. Außerdem ist sie bereits wieder hellwach. Also kann sie ebenso gut rangehen.

»Hallo?«, meldet sie sich mit dem üblichen Misstrauen. Um diese Uhrzeit könnte es auch ein unsittlicher Anruf sein oder sonst jemand, der Übles im Schilde führt. Ein potenzieller Einbrecher, womöglich einer, der checken will, ob jemand zu Hause ist.

Aber es ist kein Einbrecher und auch kein Sittenstrolch.

»Ich habe es mir überlegt, Frau Keller. Haben Sie kommenden Samstag Zeit?«

Michel!

Kapitel 27:

Es gibt keinen zweiten Versuch für das Leben.

Sie haben sich auf ein Treffen auf halber Strecke geeinigt. In der Stadt des Ex-Bundeskanzlers und des Ex-Bundespräsidenten. Oder, wie Knut es lieber zusammenfasst: in der Stadt der CeBIT, der Leibnitz-Kekse und der Scorpions.

Obwohl Matilda zum ersten Mal in Hannover ist, findet sie den Kröpcke-Platz ohne Probleme. Sie hat einfach einen wildfremden Straßenkehrer nach dem Weg gefragt. Dann auch noch eine Passantin mit Hund, einen Würstchenverkäufer und eine junge Mutter. Und schon steht sie in dem Café, dem der Platz seinen Namen verdankt und in dem sie sich mit Michel verabredet hat.

Matilda trifft zwanzig Minuten vor dem vereinbarten Termin ein. Zur Sicherheit hat sie eine frühere Verbindung gewählt, was sich als kluge Entscheidung erwiesen hat, denn der Regionalzug aus Karlskirchen stand aus unerfindlichen Gründen gute fünfundvierzig Minuten auf freier, trostloser Strecke, sodass der Anschluss-ICE längst weg war, als sie in Kassel ankam. Dank des großzügigen Zeitplans sitzt sie jetzt dennoch überpünktlich (und strategisch günstig) am Fenster und schlürft ihre heiße Schokolade mit Sahne.

Michel trägt inzwischen einen schicken Bart, doch sie

erkennt ihn sofort. Das Lächeln ist dasselbe wie auf dem Foto des Ehemaligentreffens.

»Matilda Keller?«, fragt er und deutet, nachdem sie genickt hat, eine halbe Verbeugung an. Was für ein Gentleman. Kein Wunder, dass Leni verrückt nach ihm war. Seinen Charme hat er über die Jahre nicht verloren.

»Freut mich sehr, Sie kennenzulernen, Herr Vahrenbrinck.«

»Michel – unter diesem Namen haben Sie mich schließlich kennengelernt, und ich wette, so nennen Sie mich auch in Gedanken. Darf ich Sie Matilda nennen?«

Sie bestellen Getränke (er: stilles Wasser, sie: Kräutertee) und tauschen sich wortreich über ihre jeweilige Wahl aus, als müssten sie beweisen, dass Reden kein Problem ist. Doch dann gibt es nichts mehr, was vorgeblich wichtiger sein könnte, als zu sagen, was zu sagen ist.

»Nun, Matilda, verraten Sie mir, warum Sie auf diesem Treffen bestanden haben?«

Das ist direkt. Matilda schluckt. Und räuspert sich. Dass sie Michel unbedingt treffen muss, gehört schon so lange zu ihren selbstverständlichen Überzeugungen, dass sie von dieser Frage völlig überfordert ist.

Ich muss wissen, ob Sie auch ohne Leni glücklich geworden sind.

Nein, so auf keinen Fall.

Ich war einfach neugierig.

Ist es wirklich so simpel?

»Ich tue es für Leni«, sagt sie schließlich.

Michel sagt eine Weile gar nichts. Dann nickt er. »Okay. Sie haben aufgrund meines Briefes vermutlich unsere Geschichte weitergesponnen, und nun fehlt die zweite Hälfte Ihres Abgleichs mit der Realität, um damit abschließen zu können. Richtig?«

»Nun, so hätte ich es nicht unbedingt ausgedrückt, aber … Ja, darauf läuft es irgendwie hinaus.«

Michel grinst. Matilda dann auch.

Er zieht ein Mäppchen aus der Innentasche seines Cordsakkos.

»Das sind meine gesammelten Erinnerungen an jenen Sommer.«

Er schiebt es über den Tisch. Ehrfürchtig greift Matilda danach und schlägt es auf.

Darin befinden sich nur eine Handvoll alter Polaroids. Eine junge Leni mit Pferdeschwanz, die übermütig in die Kamera lacht. Leni im Sechzigerjahre-Badeanzug auf dem Bootssteg, bereit zum Sprung ins kalte Wasser. Leni im zitronengelben Sommerkleid, ein Fahrrad schiebend. Leni in kurzen Hosen und ärmelloser Bluse auf einem Baumstamm balancierend, als wäre er ein Surfbrett. Und schließlich Leni und Michel, Arm in Arm, jung, strahlend, verliebt.

»Das hat mein Freund aufgenommen, dem auch die Polaroidkamera gehörte. Einmal hat er sie mir für einen Tag geliehen – so sind die anderen Fotos entstanden.«

Matilda ist überwältigt davon, die Szenen, die sie sich schon so oft ausgemalt hat, jetzt tatsächlich vor sich zu sehen.

»Das ist wie … eine Zeitreise. Magisch.«

»Für mich fühlt es sich an wie die Dokumentation einer Geschichte, in der ich selbst überhaupt nicht vorkomme«, antwortet Michel nachdenklich. »Inzwischen erscheint sie mir so unwirklich, als hätte ich bloß davon gelesen.«

»Würden Sie irgendetwas anders machen, wenn Sie noch einmal zurück könnten ins Jahr 1966?«

Michel schaut sie verblüfft an. »Was hat es für einen Sinn, darüber nachzudenken? Vorbei ist vorbei. Man kann sein Leben nur einmal leben. Es gibt keinen zweiten Versuch. Ich habe meines fast zu Ende gelebt, und es war ein gutes Leben. Ich hatte eine glückliche Ehe, bin Vater, Großvater, bald vielleicht sogar Urgroßvater. Ich weiß nicht, ob mein Leben mit Leni so verlaufen wäre. Ob wir die Herausforderungen des Alltags gemeinsam bewältigt hätten. Oder ob wir einfach nur dafür geschaffen waren, einen unbeschwerten Sommer am Waldsee miteinander zu verbringen.« Er lächelt. »Aber eins weiß ich sicher: Ohne Leni wäre alles ganz anders gekommen.«

»Wieso das?«

»Weil sie mir gezeigt hat, was Lebensfreude ist. Weil ich erfahren habe, wie sich echte Liebe anfühlt. Und weil ich auf einmal wusste, was ich will – und was ich nicht will. Nun ja, eigentlich wollte ich Leni, aber habe sie nicht bekommen. Andererseits jedoch ist mir nach unserer Trennung erst klar geworden, dass ich auf gar keinen Fall in die Fußstapfen meines Vaters treten wollte. Vorher hatte ich nie daran gezweifelt, eines Tages sein Nachfolger zu werden. Und dann lernte ich Leni kennen …«

»Sie muss eine wunderbare Frau gewesen sein.«

Sie ist es immer noch.

»Das war sie. Ich begegnete ihr auf einer Tanzveranstaltung und war sofort verliebt. In ihre Fröhlichkeit, ihre Fantasie, ihre Verrücktheit. Sie hatte den Schalk im Nacken und tanzte wie der Teufel. Aber die Ansprüche meiner Eltern an eine potenzielle Schwiegertochter sahen anders aus. Für sie kam nur eine Pharmazie-Studentin infrage, am besten aus gutem Hause mit etwas Geld und besten Manieren. Leni dagegen arbeitete als Sekretärin und kam aus einfachen Verhältnissen. Ihre Mutter war kränkelnd und ihr Vater als Handlungsreisender kaum zu Hause. Außerdem selten gut bei Kasse. Mit solchen Leuten gaben sich meine Eltern nur ab, wenn sie mit einem Rezept auf der anderen Seite der Verkaufstheke standen.«

»Waren sie wirklich so … erbarmungslos? Vielleicht hätten Ihre Eltern Leni früher oder später doch akzeptiert.«

»Damals hoffte ich darauf. Ich hatte Lenis Existenz solange es ging vor ihnen verheimlicht und erwartet, dass Leni ihre eigenen Karrierepläne aufgeben und eines Tages an meiner Seite die Apotheke leiten würde. Das war dumm von mir. Und anmaßend. Als ob das Zusammensein mit mir es rechtfertigen würde, einen Lebenstraum zu begraben.« Er greift sich an die Stirn, als wolle er seinem früheren, naiven Ich den Vogel zeigen. »Außerdem konnte ich sie mir höchstens an Karneval im weißen Kittel vorstellen. Nicht, weil sie nicht klug genug dafür gewesen wäre, im Gegenteil. Sie hätte das Abitur locker nachgeholt und ein Studium garantiert mit Bravour geschafft. Sondern weil dieser Laden für Leni das reinste Gefängnis gewesen wäre. Mir hätte klar sein müssen, dass sie in der sterilen Apotheken-Atmosphäre eingehen würde wie eine Primel. Sie brauchte Wirbel, Farben, Trubel und Aufregung. Und das hat sie ja schließlich auch bekommen …«

Er weiß es also, begreift Matilda. Er hat über die Jahre hinweg ihre Karriere verfolgt. Sie ist immer Bestandteil seines Lebens geblieben.

»Wie haben Ihre Eltern das mit Leni dann doch herausbekommen?«

Michel lacht freudlos. »Ich war so dumm, sie ihnen offiziell vorzustellen. Obwohl ich ahnte, dass sie nicht begeistert sein würden. Aber es war mir ernst mit Leni. Und ich war mir so sicher, dass sie meine Eltern verzaubern würde, so wie sie auch mich verzaubert hatte. Aber da hatte ich mich verrechnet. In meiner Fantasie hatten sie Leni nach kurzem Zögern mit offenen Armen in die Familie aufgenommen. Es kam alles anders. Sie reagierten kalt und abweisend. Solange Leni dabei war, rissen sie sich zusammen, schließlich waren sie stolz auf ihre vollendeten Umgangsformen. Natürlich spürte Leni, dass sie nicht willkommen war. Sie blieb nicht länger als nötig. Und kaum hatte sie sich verabschiedet, machten mir meine Eltern eine Szene. Ich sei eine herbe Enttäuschung für sie, ich solle mich meiner Verantwortung stellen, sie hätten hohe Erwartungen an mich.«

»Sie verboten Ihnen den Umgang mit Leni?«

»Sie drohten, mich zu enterben, wenn ich sie nicht aufgebe.«

Wie herzlos. Dabei mussten sie Leni und Michel ihr Glück doch angesehen haben. Sogar auf einem fünfzig Jahre alten, verblassten Polaroidfoto ist ihre Liebe noch sichtbar. Was waren sie nur für Eltern, wenn sie das ignorierten? Matilda ballt unter dem Tisch die Fäuste vor Wut. Dann wird ihr klar, dass die beiden Menschen, gegen die sich ihr Zorn richtet, wohl schon seit vielen Jahren tot sind.

»Wie haben Sie es Leni erklärt?«

»Ich musste nicht viel erklären. Sie war klug genug, ihre Schlüsse zu ziehen. Es gab noch ein letztes Treffen am See. Dabei flossen viele Tränen. Übrigens war nicht ich derjenige, der aussprach, dass es zu Ende war, sondern sie. Leni war die Stärkere von uns beiden. Sie wollte nicht, dass ich ihretwegen auf meine Familie, meine Karriere, meine Zukunft verzichtete. Also machte sie einfach Schluss. Dann setzte sie sich auf ihr Rad und fuhr davon. Ich blieb noch stundenlang auf dem Bootssteg sitzen, tieftraurig und unfähig, irgendetwas zu tun. Am liebsten wäre ich für alle Zeiten dortgeblieben.«

Für einen Moment blickt Michel ins Leere.

Matilda würde ihm gern tröstend die Hand streicheln, doch dann wagt sie es doch nicht. Schließlich kennt sie ihn kaum, auch wenn es sich anders anfühlt. Außerdem ist seine Traurigkeit ja nicht akut.

»Natürlich ging ich nach Hause, als es dunkel wurde. Aber ich war verändert. Tage- und nächtelang grübelte ich. Leni fehlte mir mehr, als Worte sagen können. Ich glaubte, nicht ohne sie existieren zu können. Sie war mir wichtiger als alles, was man für Geld kaufen konnte. Vor allem wichtiger als die Lilien-Apotheke und die hochfliegenden Pläne meiner Eltern. Schließlich war es *mein* Leben.«

»Und dann schrieben Sie den Brief.«

»Zuerst schmiedete ich einen Plan. Wollte mit Leni zusammen durchbrennen. Am besten auswandern. Nach

Amerika oder Australien. Hauptsache, weit weg von allem. Neu anfangen. Und für immer zusammenbleiben. Nachdem ich diese wahnwitzige Idee ausgeknobelt hatte, schrieb ich den Brief.«

Er lächelt verlegen.

»Er liest sich vermutlich extrem gefühlsduselig. Heute sind mir meine Worte von damals fast peinlich. Aber wir waren so jung – gerade mal zwanzig, noch nicht einmal volljährig, das wurde man damals erst mit einundzwanzig.«

Matilda schüttelt den Kopf. »Für diesen Brief müssen Sie sich gewiss nicht schämen. Darin steckt so viel Gefühl, dass es mich regelrecht umgehauen hat. Und Leni war sehr berührt, als ich ihn ihr vorgelesen habe …«

Sie schweigt und lässt ihre Worte wirken.

Ob er Leni wohl übel genommen hat, dass sie damals nicht gekommen ist? Konnte er ihr eines Tages verzeihen? Auf jeden Fall muss es sein Weltbild komplett über den Haufen geworfen haben, als er erfuhr, dass Leni seinen Brief nie bekommen hat.

Erneut ergreift er das Wort. »Ich hatte das Nötigste zusammengepackt. Meine Papiere. Mein Abiturzeugnis. Meine Ersparnisse. Ein paar Klamotten zum Wechseln. Das hatte ich alles in meinen Rucksack gestopft, bevor ich mich auf den Weg zum Treffpunkt machte. Mit übervollem Herzen und der Überzeugung, Leni bald in meine Arme zu schließen. Aber sie kam nicht. Sie kam einfach nicht.«

Die Bedienung taucht auf und fragt, ob »alles in Ordnung« sei. Eine merkwürdige Formulierung, findet Matilda. Im ersten Moment glaubt sie sogar, die junge Frau hätte ihr Gespräch belauscht und mache sich Sorgen um Michels Gemütszustand. Doch dann bestellt er einen Kognak, und Matilda begreift, dass nichts dergleichen gemeint war.

»Für mich noch einen Kräutertee, bitte«, sagt sie.

Dann fährt Michel fort, als hätte es keine Unterbrechung gegeben.

»Ich habe die ganze Nacht gewartet. Hoffte, dass sie sich nur verspätet hatte. Sorgte mich, es könnte etwas passiert sein. Und rechnete im Grunde bis zum Morgengrauen damit, sie jeden Moment um die Ecke biegen zu sehen. Aber als es schließlich dämmerte, musste ich mir eingestehen, dass ihre Antwort auf meine Frage, ob sie meine Frau werden wollte, wohl ein Nein war.«

Hört sie da ein leichtes Zittern in Michels Stimme? Falls da etwas war – mit einem Schluck Remy Martin spült er es hinunter.

»Und dann sind Sie weggegangen aus Bad Soden«, greift Matilda seine Erzählung nach einer längeren Pause, in der beide das Gesagte verdauen müssen, wieder auf.

»An diesem Morgen marschierte ich völlig übermüdet und frustriert zu meinen Eltern und knallte ihnen um die Ohren, dass ich auf ihre blöde Apotheke pfeifen würde. Sollte mein Bruder sie doch übernehmen, das war mir egal. Auf einmal erschien es mir tödlich langweilig, Tag für Tag Penicillin, Schrundensalbe, Kopfschmerztabletten und blutdrucksenkende Mittel zu verkaufen. Jedem Kunden ein Lächeln und ein Päckchen Papiertaschentücher zu schenken, gute Besserung und einen schönen Tag zu wünschen. So ein Alltag hätte mich auf Dauer wahnsinnig gemacht. Das muss mir während dieser Nacht klargeworden sein.«

»Ihre Eltern waren sicher nicht begeistert.«

Michel lacht auf. »Das ist noch milde ausgedrückt. Sie haben getobt! Und natürlich damit gedroht, mir den Geldhahn zuzudrehen. In dem Moment war mir das alles schnuppe.«

»Sie sind trotzdem gegangen.«

»Das bin ich. Zwar nicht am selben Tag, aber gleich nach meinem einundzwanzigsten Geburtstag wenige Tage später. Ich zog nach Hamburg, schrieb mich an der Universität ein, finanzierte mein Studium mit Aushilfsjobs selbst und wurde Lehrer. Meine Eltern verkauften die Apotheke, weil mein Bruderherz sie genauso wenig wollte wie ich, und wanderten nach Mallorca aus. Ich heiratete eine Kollegin, wir bekamen zwei Kinder, die mittlerweile erwachsen sind. Das Leben ist weitergegangen. Lenis Leben ebenfalls. Dieses Kapitel ist für mich seit vielen Jahren abgeschlossen.«

Er leert sein Glas und greift nach dem Fotoalbum, um es wieder einzustecken.

War's das etwa schon?, fragt Matilda sich verblüfft.

»Dürfte ich die Polaroids mit dem Handy abfotografieren? Leni würde sich bestimmt freuen, sie zu sehen.«

»Klar, nur zu.« Er schiebt das Mäppchen wieder über den Tisch.

»Aber noch mehr würde sie sich freuen, Sie zu sehen«, fügt sie vorsichtig hinzu.

Michel runzelt die Stirn. »Kommt nicht infrage. In dieser Hinsicht habe ich mich von Anfang an klar ausgedrückt. Das wäre absolut sinnlos.«

Trotzig verschränkt Matilda die Arme vor der Brust. »Das ist nicht wahr. Es kann doch kein Zufall sein, dass dieser Brief in meine Hände gefallen ist. Das ist passiert, damit ich Sie beide zusammenbringe – und wenn es nur für einen kurzen Besuch ist.«

Michel legt einen Geldschein auf den Tisch und erhebt sich. »Das Leben besteht nun mal aus Zufällen. Es wäre kindisch, von Schicksal zu reden.«

Matilda ist empört. »Kindisch? Im Gegenteil! Schicksal ist, was man selbst aus den Zufällen macht, die das Leben einem beschert.«

Michel reicht ihr die Hand zum Abschied. »Kommen Sie gut nach Hause. Und bewahren Sie sich Ihre Hoffnung auf die große Liebe. Irgendwann treffen auch Sie garantiert den Richtigen.«

Aber – darum geht es doch überhaupt nicht!

Kapitel 28:

Matilda glaubt noch immer nicht an die Liebe. Tatsächlich nicht?

Eigentlich findet Matilda es ziemlich merkwürdig, dass ein und derselbe Schreiber zweimal denselben Fehler macht und eine vollkommen unleserliche Adresse auf den Umschlag kritzelt. Diesmal liegt dem Brief eine Kinokarte bei. Matilda muss zweimal hinschauen, aber kein Zweifel: »Filmpalast Karlskirchen« steht darauf. Was für ein Zufall! Kommt der Absender also von hier? Dann müsste es doch möglich sein, ihn zu identifizieren!

Neugierig liest sie, was er diesmal geschrieben hat.

Liebe Schöne,

du lässt mich also zappeln. Tust so, als hättest du meinen letzten Brief gar nicht bekommen. Da schüttet man sein Herz aus, macht sich quasi nackig und zeigt wahre, tiefe Gefühle, alles umsonst …

Aber ich kann dir nicht böse sein. Du kennst mich ja kaum. Wie solltest du mir vertrauen?
Also – lass uns das ganz schnell ändern, okay? Ich verrate dir hundert kleine Wahrheiten über mich. Ganz einfach in der Hoffnung, dass ich bald auch deine Wahrheiten kennenlernen darf.

Los geht's!

1. Ich habe Angst vor Gewitter.
2. Kühlschrankmagnete mag ich nicht nur, ich bin verrückt danach.
3. Weich gekochte Eier finde ich ein bisschen eklig.
4. Ich war noch niemals in New York.
5. Ich bin unsterblich in dich verliebt!
6. Eigentlich will ich auch gar nicht nach New York.
7. Als Kind habe ich meinen Adventskalender immer schon am ersten Dezember leer gefuttert.
8. Das Blödeste am Erwachsensein ist, dass man keine Adventskalender mehr bekommt.
9. Okay, ich geb's zu: Ich kaufe mir selber einen.
10. Ehrlich gesagt sind es drei. Und ich futtere sie alle schon am 1. Dezember leer.
11. Habe ich schon erwähnt, dass ich dich absolut hinreißend finde?
12. Ich mag Hörspiele.
13. Mein Traumberuf: Comiczeichner.
14. Woran diese Karriere gescheitert ist: null Talent.
15. Mit Milchreis kann man mich jagen ...
16. Die Brille, die ich manchmal bei Kundenterminen trage, ist aus Fensterglas. Wirkt einfach seriöser.
17. Ich war mal mit einem Helene-Fischer-T-Shirt auf einem Bushido-Konzert.
18. Da hatte ich allerdings eine Wette verloren. Das Helene-Fischer-T-Shirt trage ich sonst nur auf ihren eigenen Konzerten.
19. War ein Witz – sowohl das T-Shirt als auch das

Bushido-Konzert waren Bestandteile der verlorenen Wette. Ich mag weder die eine noch den anderen.

20. Ich sollte weniger wetten!
21. Wetten, dass du bis hierher schon mindestens drei Gemeinsamkeiten von uns beiden gefunden hast? Oder zumindest zwei. Wenigstens eine?
22. Wenn es eine ist, dann sind es bestimmt die Hörspiele.
23. Was ich noch sagen wollte: Du hast mich total verhext!
24. Ich hab mir mal einen Bart stehen lassen, aber leider sah ich damit nicht hip aus, sondern wie ein Schwerverbrecher.
25. Meine Schuhgröße ist 44.
26. Ich telefoniere immer mit der linken Hand am rechten Ohr.
27. Bei der Wahl zum schönsten deutschen Wort habe ich den Vorschlag »Brot« eingereicht. Brot. Brot. Brooot. Hörst du, wie wunderbar das klingt?
28. Wenn ich ein Wort nur oft genug laut wiederhole, muss ich darüber lachen.
29. Brot. Brot. Brot. Brooot. Siehst du, dir geht's genauso.
30. Ich weiß nicht, warum ich dir hundert kleine Wahrheiten über mich versprochen habe. Jetzt bin ich erst bei dreißig und zermartere mir schon den Kopf.
31. Eine weitere Wahrheit: Ich nehme den Mund manchmal etwas zu voll. Und dann muss ich es ausbaden.
32. Ich liebe Rilke-Gedichte.
33. Und übrigens auch dein Lächeln.
34. Apropos 34: So alt bin ich gerade geworden.
35. Ich würde gern ein Porträt von dir aufnehmen. In Schwarz-Weiß.

36. Brooot. Ich mach mir jetzt ein Brot. Nachdenken macht mich immer hungrig.
37. Ich bin der weltschlechteste Tennisspieler. Das liegt an meinem miserablen Stereosehen. An sonst gar nichts.
38. Meiner letzten Freundin habe ich vorgeschwindelt, ich sei Veganer. Sonst hätte ich nicht den Hauch einer Chance bei ihr gehabt.
39. Sie hat mich beim Burgeressen erwischt.
40. Dir gestehe ich meine Schwächen lieber gleich! Auch wenn ich dir nicht zutraue, jemals so eine Szene zu machen wie sie damals …
41. Apropos Schwäche: Ich habe eine Rechenschwäche.
42. Und natürlich eine für dich!
43. Ich hasse alkoholfreies Bier.
44. Alkoholhaltiges auch.
45. Wenn ich Multimillionär wäre, würde ich mir eine eigene Insel kaufen.
46. Und es darauf vermutlich nicht länger als einen Tag aushalten, weil es mir zu einsam wäre …
47. Andererseits: Wenn du dabei wärst, wäre es auf der Insel überhaupt nicht einsam, sondern extrem romantisch.
48. Meine Lieblings-Astrid-Lindgren-Serie aller Zeiten: Ferien auf Saltkrokan. Kein bisschen einsam. Aber auch nicht romantisch.
49. Zugegeben – ich war immer ein bisschen verliebt in Malin, die älteste Tochter. Also doch romantisch.
50. Du bist tausendmal schöner als Malin!
51. Die »Herr der Ringe«-Filme finde ich langweilig.
52. Aber die Bücher sind klasse!

53. Beim Schwimmen sehe ich aus wie eine Ente. Nur nicht so elegant.
54. Ich vermisse meine Großmutter. Sie hat mir beigebracht, wie man auf Fingern pfeift, Kopfstand macht und Tango tanzt.
55. Ich bin ein bekennender Warmduscher. Was, bitte, soll daran gut sein, sich unter einen kalten Wasserstrahl zu stellen?
56. Und wenn wir schon dabei sind: Ich bin auch ein Vorwärtsparker. So, jetzt ist es raus.
57. Meine Gemüsesuppe ist legendär! Sie würde dir schmecken.
58. Ich korrigiere: Sie wird dir schmecken!
59. Ja, ich bin Optimist. Na und? Es gibt doch schon genug Bedenkenträger auf dieser Welt.
60. Ich schnarche. Ein bisschen. Manchmal. Ganz leise.
61. Was ich einmal angefangen habe, ziehe ich auch durch!
62. Ich kann einfach keine Kaugummiblasen machen.
63. Aber ich mag eh kein Kaugummi.
64. Was ich gerne noch lernen würde im Leben: Schlagzeug spielen. Spanisch sprechen. Mit zehn Fingern tippen.
65. Ich war noch niemals auf Hawaii.
66. Da würde ich allerdings wirklich gern mal hin!
67. Ich finde zerrissene Jeans bescheuert. Jedenfalls, wenn man sie schon in dem Zustand kauft. Als würde man ein Buch mit Eselsohren und eingerissenen Seiten kaufen.
68. Falls ich als Tier wiedergeboren werden sollte, dann bitte als Esel. Esel sind klug, liebenswert und sehr sozial.
69. Ich mag Lakritze, aber keine Gummibärchen.

70. Sobald ich die Augen schließe, taucht dein wundervolles Gesicht auf.
71. Ich würde meine Augen am liebsten den ganzen Tag lang zulassen!
72. Es sei denn, du bist in meiner Nähe. Dann schmachte ich dich lieber ohne zu blinzeln an.
73. Ich kaufe gern nützliche Dinge auf Vorrat, wenn sie im Sonderangebot sind. Batterien zum Beispiel.
74. Ich kann mir einfach nie merken, wo ich diese nützlichen Dinge verstaut habe. Gerade brauche ich dringend neue Batterien für meine Computermaus. Keine Ahnung, wo die wieder sind.
75. Was ich mir auch nicht merken kann: Wie das Batteriefach aufgeht.
76. Ich kann »Abseits« nicht erklären, ohne Salz- und Pfefferstreuer zu Hilfe zu nehmen. Und am besten noch die Butterdose.
77. Ich bin stolzer Besitzer eines erstklassigen Werkzeugkoffers.
78. Ich hab noch nie einen Nagel in die Wand geschlagen.
79. Die Bohrmaschine hat den Koffer noch nie verlassen.
80. Ich kann mich nicht entscheiden: drei Kinder oder sogar vier? Was meinst du, Schatz?
81. Ich hätte gerne ein Haus auf dem Land.
82. Mit einem Apfelbaum im Garten.
83. Und drumherum einen Lattenzaun.
84. Wir könnten uns Hühner halten. Und natürlich einen Hund. Und eine Katze. Und vielleicht sogar ein Pony.
85. Okay, kein Pony. Das wäre zu einsam.
86. Oder zwei Ponys. Du entscheidest!

87. Und im Sommer gibt es jeden Tag Erdbeerkuchen!
88. Im Fitnessstudio könnte ich mich abmelden. Weißt du eigentlich, wie anstrengend Holzhacken ist? Natürlich hätten wir einen Kachelofen …
89. Ich kann einfach keine Witze erzählen. Irgendwie versaue ich immer die Pointe. Verflixt!
90. Kurz vor dem Ziel packt mich meist der Ehrgeiz.
91. Das Wort Ehrgeiz finde ich irritierend. Schau dir nur an, woraus es besteht: Ehre und Geiz. Damit kann ich leider gar nichts anfangen.
92. Den dritten Teil von »Zurück in die Zukunft« mag ich überhaupt nicht. Eigentlich gefällt mir nur der erste so richtig gut. Den hab ich schon ungefähr 92 Mal gesehen.
93. Aber ich mag auch romantische Filme.
94. Ja, ganz ehrlich. Und nein, das sage ich nicht nur, um dich zu beeindrucken.
95. Nächsten Samstag läuft einer meiner absoluten Lieblingsfilme im Filmpalast.
96. Tatsächlich: Es ist »Tatsächlich … Liebe«.
97. Ich liebe Nachmittagsvorstellungen! Manchmal sitzt man dann sogar alleine im Saal. Aber zu zweit ist es natürlich viel schöner.
98. Ich werde auf jeden Fall da sein.
99. Du auch? Du würdest mich sehr glücklich machen.
100. Und, wenn du mich lässt, ich dich auch.

In Liebe, dein …

Natürlich ist sein Name wieder völlig unleserlich. Ist das in der Mitte ein N? Oder ein M? Oder vielleicht doch ein

W? Was für eine Sauklaue! Ganz im Gegensatz zum Rest des Briefes. Da wirkt die Handschrift schwungvoll, dynamisch, sehr eigenwillig, ist aber problemlos lesbar. Sehr mysteriös. Fast könnte man glauben, den Umschlag hätte eine andere Person beschriftet. Doch dafür ist das Gekritzel der Unterschrift zu ähnlich.

Ob der Absender wohl in Wahrheit Analphabet ist und die Briefe von jemand anderem schreiben lässt? Das wäre eine Möglichkeit.

Alles Vermutungen. Wenn sie eine sichere Antwort will, muss sie dieses Rätsel knacken. Und nun hat sie auch endlich einen Anhaltspunkt. Das Kinoticket. Natürlich ist es nicht für sie bestimmt, aber Matilda wird es kaum schaffen, die wahre Empfängerin zu identifizieren, wenn sie am Samstag nicht selbst hingeht.

Kapitel 29:

Tatsächlich … niemand?

Seit Matilda den Entschluss gefasst hat herzukommen, hat sie keine Sekunde daran gezweifelt, dass das die richtige Entscheidung war. Doch jetzt, da sie den Filmpalast betritt mit der Kinokarte eines Fremden in der Tasche, ist sie plötzlich alles andere als sicher. Was wird der Briefeschreiber denken, wenn er sie sieht statt der unbekannten Schönen?

»Tatsächlich … Liebe« läuft in Saal 7.

»Einlass in fünf Minuten«, klärt der Kartenabreißer sie auf. »Zeit genug, sich noch mit Popcorn und Cola einzudecken.«

»Oh«, sagt Matilda. »Vielen Dank, aber ich denke nicht …«

Doch der Kartenabreißer hat sich bereits den nächsten Besuchern zugewandt, einer Gruppe Jugendlicher, die lauthals über die erwarteten Special Effects in dem Actionfilm, den sie anschauen wollen, spekulieren.

Popcorn und Cola – absurde Idee. Aber vielleicht gibt es Nüsse? Und Kräutertee …

»Tee? Nein, so was haben wir hier nicht«, erwidert der Kaugummi kauende junge Mann hinter dem Tresen, während er ein Päckchen Erdnüsse aus dem Regal nimmt und an den Kassenscanner hält. Auf dem Display erscheint ein lächerlich hoher Betrag.

»Vielleicht eine Limo? Oder eine Cola?«, schlägt er träge

vor. Matilda betrachtet sein albernes Hütchen und das T-Shirt mit dem Logo des Filmpalastes darauf. Vermutlich kann man dermaßen erniedrigende Arbeitskleidung nur mit Würde tragen, indem man sich eine pseudogelangweilte Haltung zu eigen macht. Fast tut ihr der junge Mann schon leid, als er sie anfährt: »Also, was jetzt? Sie halten den ganzen Betrieb auf, gute Frau.«

Gute Frau – also wirklich. Was ist denn das für eine unpassende Anrede?

Am liebsten würde sie jetzt einfach grußlos gehen, aber sie will nicht ebenso unhöflich sein wie er. Außerdem muss sie ja noch die Nüsse bezahlen. Und weil die gesalzen sind, wird sie davon durstig werden.

»Dann eben ein Wasser. Ein stilles.«

Bis auf ein Pärchen in Reihe 8 ist der Kinosaal komplett leer. Matildas Platz wäre in Reihe 10, Sitz 12. Der Unbekannte ist noch nicht da.

Sie zögert. Wie wird er reagieren, wenn er die falsche Person auf dem Platz neben seinem vorfindet? Wird er wütend sein? Eine Erklärung von ihr verlangen? Oder schlimmer: gleich wieder gehen?

Dann würde sie womöglich nie erfahren, wer der Briefeschreiber ist. Und sie könnte ihn auch nicht darüber informieren, dass seine Angebetete seine Liebesgeständnisse nie erhalten hat.

Matilda muss unbedingt vermeiden, dass das passiert. Schließlich ist sie Glücksbotin. Spontan sucht sie sich drei Reihen weiter oben einen strategisch günstigen Platz, von dem aus sie einen guten Blick auf den Saaleingang hat.

Zwar widerstrebt es Matilda zutiefst, die Platzreservierung zu ignorieren und sich einfach woandershin zu setzen, als auf dem Ticket vorgegeben, aber es ist ja nur vorläufig.

Allerdings scheint sich der Unbekannte zu verspäten. Die Tür wird geschlossen, das Licht gedimmt, und es läuft Werbung. Ein örtlicher Pizzaservice wird angepriesen, außerdem ein Fitnessstudio und eine Autowerkstatt.

Matilda fragt sich, ob je ein Mensch seinen Pizzalieferanten gewechselt hat, weil er das eingeblendete Dia so ansprechend fand. Es ist ein bisschen unscharf, was den abgebildeten Speisen jedoch eher schmeichelt als schadet. Appetit wecken sie jedenfalls kein bisschen. Nicht einmal auf Erdnüsse. Matilda ärgert sich, dass sie so viel dafür ausgegeben hat. Im Supermarkt bei E. Klein hätte sie doppelt so viel für halb so wenig bekommen.

Jetzt beginnen die Trailer für bevorstehende Kinohighlights. Waren die schon immer so schnell geschnitten? Matilda wird fast schwindelig vom Zuschauen.

Sie wendet den Kopf ab. So behält sie auch die Tür besser im Auge, die sich in diesem Moment öffnet. Zwei Frauen mittleren Alters kommen hereingeschlüpft und huschen kichernd auf ihre Plätze.

Von dem Briefeschreiber keine Spur. Na, der hat ja Nerven. Matilda wäre an seiner Stelle überpünktlich! Wenn er die Frau, für die das Ticket eigentlich bestimmt war, wirklich so sehr liebt, wie er schreibt, dann geht es doch heute um alles für ihn! Wie kann er da nur zu spät kommen? Was hat ihn aufgehalten?

Inzwischen wird ein alberner Animationsfilm angepriesen, dann ein Science-Fiction-Streifen und eine Slapstickkomödie. Nichts, was Matilda locken könnte.

Sie bevorzugt anspruchsvolle Filme. Und Klassiker.

Was ist dieses »Tatsächlich ... Liebe« eigentlich für ein Genre? Bestimmt eine belanglose romantische Komödie, vermutet sie. Nicht ganz neu, wenn sie es recht in Erinnerung hat. Im Filmpalast laufen nachmittags immer mal wieder ältere Filme. Matilda findet das gut. Echte Qualität hat schließlich keine Halbwertzeit von ein paar Monaten. Und die meisten Spielfilme sind auf der großen Leinwand viel beeindruckender als auf der Mattscheibe.

Als der Vorspann zu »Tatsächlich ... Liebe« anläuft und die komplette zehnte Reihe noch immer frei ist, macht sich Matilda langsam Sorgen. Dem unbekannten Briefeschreiber wird doch nichts passiert sein? Was, wenn er aus Nervosität einen Unfall gebaut hat? Wenn er blind vor Liebe über die Straße gerannt ist und vom Bus angefahren wurde?

Aber nein, das wird schon nicht passiert sein. Bestimmt hat ihn bloß der Mut verlassen. Weil er nicht wusste, was er sagen soll, wenn die *liebe Schöne* tatsächlich auftaucht.

Matilda fällt ein, dass auch sie selbst nicht weiß, was sie sagen soll, falls der Briefeschreiber noch eintrifft. Etwa »Hallo, ich arbeite auf dem Amt für nicht zustellbare Post, und wenn Sie schon Liebesbriefe verschicken, sollten Sie künftig auf eine korrekte und leserliche Umschlagbeschriftung achten«?

Auf der Leinwand werden Begrüßungsszenen gezeigt, die an einem Flughafen aufgenommen wurden. Sie sollen beweisen, dass Liebe einfach überall ist.

Ist das wirklich so?

Kommt auf die Perspektive an, findet Matilda. Je nachdem, wie man die Welt betrachtet, sieht man vielmehr Neid, Bosheit, Gewalt und Elend. Um da die Liebe zu entdecken, braucht man schon eine rosarote Brille.

Oder ein gutes Buch.

Matilda nimmt sich vor, höchstens noch eine Viertelstunde zu warten. Wenn der Briefeschreiber bis dahin nicht aufkreuzt, geht sie. Auf Kitsch hat sie heute keine Lust. Und auf Weihnachtskitsch schon gar nicht. Davon war Matilda noch nie ein großer Fan. Nicht mal als Kind. Schon gar nicht als Kind. Denn die schlimmsten Streits ihrer Eltern fanden regelmäßig an Weihnachten statt. Einmal haben sie sich gegenseitig mit den Bestandteilen des Festmahls beworfen, sodass sich Matilda schließlich – unbemerkt von den Erwachsenen – mit einem Stück Brot, einem Buch und Watte in den Ohren auf ihr Zimmer verzogen hat.

Seit sie allein lebt, hat sie sich mit Weihnachten einigermaßen ausgesöhnt. Sie zündet ein paar Kerzen an und schenkt sich selbst ein schönes Buch. Dieses Jahr wird sie vielleicht auch etwas Nettes für Knut besorgen. Und ein Katzenspielzeug für Professor Hawking. Aber bis dahin ist ja noch viel Zeit …

Warum in aller Welt läuft dieser Film, der offensichtlich in der Vorweihnachtszeit handelt, überhaupt heute im Kino? Schließlich war erst vor wenigen Tagen Sommeranfang, heute ist … oh! Es ist exakt ein halbes Jahr vor Heiligabend. Was für ein verrückter Zufall! Oder hat derjenige, der hier das Programm plant, einfach einen schrägen Humor?

Es dauert eine Weile, bis sie versteht, dass es sich um einen Episodenfilm handelt. Dass also der frisch gewählte britische Premierminister erst einmal nichts mit dem frisch vermählten Paar, dem frisch getrennten Schriftsteller oder dem frisch verwitweten Stiefvater eines frisch verliebten Elfjährigen zu tun hat. Und wie kommen die beiden Pornofilm-Lichtdoubles ins Spiel? Der zynische alternde Rockstar auf Comeback-Kurs?

Doch irgendwie ziehen all diese Figuren Matilda in den Bann, und als sie auf die Armbanduhr schaut, stellt sie fest, dass nicht bloß die Viertelstunde vergangen ist, die sie als Frist gesetzt hat, sondern schon dreimal so viel Zeit. Ohne es zu beabsichtigen, hat sie sich auf den Film eingelassen. Was vermutlich an der zauberhaften Geschichte liegt und daran, wie die einzelnen Schicksale doch alle irgendwie miteinander verwoben sind. Und an den großartigen Schauspielern. Sie erkennt Alan Rickman und Emma Thompson, die sie beide sehr verehrt.

Warum sollte sie den Saal jetzt noch verlassen? Es gibt keinen Grund dazu. Dass der Briefeschreiber nicht gekommen ist, spielt keine Rolle mehr. Und eigentlich käme es ihr nun sogar geradezu ungelegen, wenn er doch noch hereinplatzen würde. Denn dann müsste sie schließlich ihm ihre Aufmerksamkeit widmen und könnte sich nicht mehr auf das konzentrieren, was auf der Leinwand passiert.

Auf dem Nachhauseweg kreisen Matildas Gedanken noch immer um »Tatsächlich … Liebe«, der es auf Anhieb auf die Liste ihrer Lieblingsfilme geschafft hat und dort irgendwo zwischen »Indiskret« und »Casablanca« rangiert. Wunderbar erzählte Geschichten fürs Herz.

Aber eben Geschichten.

Nicht das wahre Leben.

Liebe, wohin man auch schaut, gibt es in Wirklichkeit nicht. Bestes Beispiel ist doch der unbekannte Briefeschreiber. Erst offenbart er wortreich seine Gefühle, dann taucht er nicht auf. Die *unbekannte Schöne* kann froh sein, dass die Briefe bei Matilda im Amt gelandet sind und nicht bei ihr, sonst hätte sie heute eine herbe Enttäuschung zu verkraften gehabt.

Andererseits gibt es auch Paare wie Klara und Jonathan, die dank Matildas Hilfe zusammengefunden haben. Ihre Geschichte hätte einfach perfekt in diesen Film gepasst. Klara könnte perfekt von Emma Watson gespielt werden. Und Jonathan? Hm. Matilda kennt einfach zu wenige aktuelle Jungschauspieler. Gibt es heute einen Darsteller, der dieselbe verwegene Verletzlichkeit ausstrahlt wie James Dean?

Bliebe nur noch die Frage offen, wer die Rolle von Matilda spielen würde. Wenn sie die Wahl hätte, wäre es entweder eine Reinkarnation von Audrey Hepburn oder eine moderne Ingrid Bergman. Auch wenn sie beiden kein bisschen ähnelt. Lustiger würde ihre Rolle natürlich, wenn jemand wie Shirley MacLaine sie verkörperte.

Als ihr bewusst wird, wie absurd ihr Gedankenspiel ist, muss Matilda über sich selbst lachen. Denn eins ist gewiss: Ihr langweiliges Leben wird garantiert niemals verfilmt. Wer sollte sich schon für sie interessieren?

Bevor sie nach Hause geht, macht sie noch einen Abstecher in den Supermarkt. Sie kauft Leckerli für Professor Hawking, eine Computerzeitschrift für Knut und einen Mohnkuchen für sich selbst. Als E. Klein ihr einen schönen Abend wünscht, antwortet sie um ein Haar mit »frohe Weihnachten«.

Kapitel 30:

Liebe ist bedingungslos. Freundschaft nicht immer.

Etwas ist anders. Keine Zeitungen auf dem Marmortischchen in der Diele. Sonst liegen sie dort immer griffbereit.

»Heute will ich nichts über Todesfälle, Sportresultate und Aktienkurse hören«, verkündet Elvira Behrens und klingt dabei ein wenig aufgekratzt. »Lassen Sie uns lieber eine Liste machen. In der Schublade dort drüben finden Sie einen Notizblock und einen Bleistift.«

Matilda ist irritiert. Was ist nur in ihre Nachbarin gefahren? Sie wirkt hellwach, ungewohnt agil und regelrecht tatendurstig. Als wäre sie in einen Jungbrunnen gefallen. Bekommt sie etwa neue Medikamente? Stimmungsaufheller vielleicht?

Block und Stift findet sie sofort. Also dann, bereit zum Diktat! Eigentlich gehört das Einkaufen zu den Aufgaben von Elviras Betreuerin, aber am Montag will Matilda ohnehin Lebensmittel besorgen. Kein Problem, der alten Dame ein paar Kleinigkeiten mitzubringen, solange es nicht mehr ist, als sie tragen kann.

»Eine Liste also. Schießen Sie los.«

»Nun gut, erst einmal natürlich Kleidung, Unterwäsche und ein Nachthemd – oder besser zwei. Dann meine Medikamente, Toilettenartikel und Sonnencreme. Außerdem Schuhe und Sandalen. Ach ja, und meinen Strohhut!

Du liebe Zeit, den hat mir noch mein Harry geschenkt. Es ist lange her, dass ich ihn aufhatte.«

Matilda, die zunächst eifrig mitgeschrieben hat, hält irritiert inne. Das muss wohl ein Missverständnis sein. Warum sollte sie Elvira einen Strohhut kaufen, den sie längst besitzt?

»Das ist keine Einkaufsliste«, protestiert sie.

»I wo, Kindchen, außer der Sonnencreme habe ich alles im Haus. Wir müssen nur noch packen. Und natürlich buchen. Hach, ich bin ja so aufgeregt!«

Zwar könnte es sein, dass Elvira Behrens eine Überdosis von irgendetwas genommen hat und nun dabei ist durchzudrehen, doch abgesehen von ihrer ausgelassenen Vorfreude scheint sie Matilda vollkommen normal zu sein.

»Ach, Matilda, wären Sie bitte so lieb, mich telefonisch bei Frau Inken anzumelden? Am besten fragen Sie sie gleich, ob sie mir eine Betreuerin organisieren kann. Ich zahle auch gut. Und die Sache mit der Anreise müsste natürlich noch geklärt werden. Aber Sie sagten ja, das wäre kein Problem. Ist es doch nicht, oder?«

Jetzt endlich fällt bei Matilda der Groschen. Sie ist überrascht. Positiv überrascht.

»Sie wollen tatsächlich an die Ostsee fahren? Das ist ja großartig!«

»Wissen Sie, Kindchen, ich hab so einiges auf der hohen Kante. Notfalls könnte ich mir auch ein Taxi nach Glücksburg leisten. Aber Verschwendung kann ich nicht ausstehen. Falls Sie also eine preiswertere Lösung finden, wunderbar. Falls nicht, auch gut. Das letzte Hemd hat schließlich keine Taschen. Und ob ich einmal in einem Luxussarg oder in einer Sperrholzkiste verbuddelt werde, ist mir eigentlich egal. Aber bevor es so weit ist und ich den Löffel abgebe, will ich unbedingt noch ans Meer. Ein Mal im Leben sollte doch jeder dort gewesen sein, finden Sie nicht?«

Für einen Moment ist Matilda sprachlos. Dann strahlt sie. »Ja, das finde ich auch. Unbedingt!«

»Sehr gut. Dann lesen Sie mir doch bitte die Liste noch mal vor. Haben Sie auch alles notiert?«

Als Matilda eine halbe Stunde später die Treppen zu ihrer Dachwohnung erklimmt, hat sie ein breites Grinsen im Gesicht und eine To-do-Liste in der Hosentasche.

Sie muss Inken Petersen anrufen und für Elvira Behrens eine Woche Urlaub in ihrer Pension buchen, außerdem eine persönliche Betreuerin finden und eine Fahrgelegenheit organisieren. Noch weiß sie nicht, wie sie das hinkriegen soll. Aber wenn der Reisetermin erst einmal steht, wird sich der Rest schon irgendwie ergeben. Notfalls greifen sie eben doch auf die Taxi-Lösung zurück. Und wenn alle Stricke reißen, bietet sie sich einfach selbst als Betreuerin an. Im August hat sie ohnehin zwei Wochen Urlaub, für die sie – bis auf einen Stapel ungelesener Bücher – noch keine Pläne hat.

Auf Höhe von Knuts Wohnung fällt ihr ein, dass diese Reise die perfekte Gelegenheit wäre, Leni noch einmal zu besuchen und ihr von ihrem Treffen mit Michel zu erzählen. Woran sie dagegen nicht denkt: dass heute Sonntag ist und sie sich lieber beeilen sollte, in ihre Wohnung zu kommen, bevor sie am Ende noch Cornelius in die Arme läuft. Daran erinnert sie sich erst, als Knuts Wohnungstür aufschwingt. Doch es ist gar nicht Cornelius, der im leichten beigen Leinenanzug das Treppenhaus betritt, sondern Knut selbst.

»Matilda, wie schön, dich zu treffen. Ich wollte gerade einen kleinen Spaziergang im Park unternehmen. Du hast nicht zufällig Lust, mich zu begleiten?«

Nur, wenn Cornelius nicht plötzlich um die Ecke biegt.

»Aber … Kommt dein Enkelsohn denn heute nicht – wie jeden Sonntag?«

»Nein, den hat die Sommergrippe erwischt, mit Fieber und allem Drum und Dran.«

Matilda muss sich zwingen, ein bedauerndes Gesicht zu machen und Mitgefühl zu heucheln. Was dabei herauskommt, ist eine alberne Grimasse, die Knut zum Lachen bringt.

»Was ist – kommst du nun mit? Ich lade dich auch auf ein Eis ein.«

»Wer könnte dazu schon Nein sagen«, grinst Matilda. Der Anruf bei Inken Petersen muss dann eben warten.

Von Knuts Verletzung ist nichts mehr zu merken. Im Gegenteil, er marschiert so flott drauflos, dass Matilda fast Mühe hat, mit ihm Schritt zu halten. Als ihm das auffällt, bemüht er sich um Gemächlichkeit.

Ihr Weg führt sie zu dem Park, den Matilda im Frühjahr zufällig entdeckt hat. Heute findet kein Trödelmarkt statt, was einerseits schade ist, andererseits für eine ganz wunderbare Ruhe sorgt. Wie verwunschen liegt er da mit seinen altehrwürdigen Lindenbäumen, den von Hecken umrahmten Nischen mit Bänken und den verschlungenen Wegen. Gepflegte Blumenbeete gibt es hier nicht, nur Sträucher, Bäume und Rasen, in dem sich hie und da Moos und ein paar Gänseblümchen eingenistet haben.

»Schön hier«, findet Matilda.

»Ich hätte meine Kamera mitbringen sollen«, bestätigt Knut. »Ist lange her, dass ich hier Aufnahmen gemacht habe. Damals war Cornelius noch ein kleiner Junge, ich hatte ihm gerade seinen ersten Fotoapparat geschenkt.«

Nun ist Cornelius also doch mit von der Partie, wenn auch nur als Gesprächsthema. Das würde reichen, um Matildas Stimmung zu trüben. Wenn heute nicht so ein herrlicher Sommertag und sie nicht so blendender Laune wäre. An so einem Tag genügt es, ein paar Schmetterlingen beim Tanz um die Heckenrosen zuzuschauen und nonchalant das Thema zu wechseln.

»Ich werde Leni übrigens noch einmal besuchen«, sagt sie.

»Eine echte Nichte könnte nicht treusorgender sein.«

»Nimmst du mich auf den Arm?«

»Warum sollte ich?« Knut schmunzelt. »Na ja, höchstens ein kleines bisschen. Aber nicht, weil du dich so rührend um Leni kümmerst, sondern weil du dabei eventuell vergisst, selbst zu leben.«

»Aber das tue ich doch!« Matilda ist empört.

»Du kümmerst dich lieber um das Liebesleben anderer Leute als um dein eigenes – und gehst lieber mit einem alten Tattergreis spazieren als mit einem jungen Verehrer.«

Matilda schüttelt amüsiert den Kopf. »Tattergreis? Du

spinnst ja. Und an Verehrern bin ich echt nicht interessiert, glaub mir.«

Knut wirkt nicht überzeugt. Doch statt das Thema weiter zu vertiefen, zieht er nun seinerseits einen Themenwechsel vor.

»Und wann genau fährst du wieder nach Glücksburg?«

»Kommt drauf an, wann in Frau Inkens Strandnest was frei ist – und wie ich den Transport organisieren kann.«

Er blickt sie verwundert an. »Du sprichst in Rätseln.«

»Nun ja, ich habe Elvira Behrens quasi dazu überredet, in der netten Pension, in der ich letztes Mal übernachtet habe, Urlaub zu machen. Sie war noch nie am Meer und hat beschlossen, dass sie das unbedingt nachholen muss. Jeder sollte schließlich ein Mal im Leben am Meer gewesen sein.«

»Meinst du etwa die alte Frau Behrens aus dem Erdgeschoss?« Knut ist fassungslos. »Die ist doch blind und taub und bestimmt fast hundert.«

»Sie sieht kaum noch etwas, das stimmt, aber wenn sie das Hörgerät trägt, kann man sich noch ganz gut mit ihr unterhalten. Außerdem ist sie erst vierundachtzig.«

Sie haben den Park durchquert und stehen vor dem Eiscafé Rialto. Gerade wird ein runder Bistrotisch unter einem Sonnenschirm frei.

»Perfektes Timing«, meint Knut.

Er bestellt einen Eiskaffee, Matilda einen Nussbecher. Die Bedienung erinnert Matilda ein wenig an die junge Braut aus »Tatsächlich ... Liebe«. Bestimmt ist sie kein Single, so hübsch, wie sie aussieht. Und flirten kann sie auch ganz vortrefflich – sogar Knut hat sie mit ihrem

Augenaufschlag bedacht. Sicher bekommt sie jede Menge Trinkgeld.

»Ich mach's!«

Matilda runzelt die Stirn. Das Trinkgeld kann er nicht meinen – es sei denn, sie hat eben versehentlich laut gedacht. Hat sie aber nicht, da ist sie ziemlich sicher.

»Jetzt sprichst du in Rätseln.«

»Unter einer Bedingung fahre ich euch nach Glücksburg. Denn ich finde, Frau Behrens hat recht: Jeder sollte sich mindestens ein Mal im Leben den Seewind um die Nase wehen lassen. Und ich war auch schon lange nicht mehr an der Küste. Also – ich bin dabei!«

Spontan fällt Matilda ihm um den Hals. »Du bist meine Rettung! Großartig, ich freue mich so sehr … Jetzt muss ich bloß noch Frau Petersen anrufen. Hoffentlich ist sie nicht ausgebucht.«

»Freu dich lieber nicht zu früh. Du kennst meine Bedingung noch nicht.«

Tatsächlich – das hat sie geflissentlich überhört. Was kann Knut nur meinen? Will er sie etwa verkuppeln?

»Ich gehe auf keinen Fall wieder zu einem Speeddating!«, verkündet Matilda entschlossen.

Knut schüttelt lächelnd den Kopf. »Darum geht es doch gar nicht. Ich möchte, dass du den Führerschein machst.«

Sie starrt ihn mit offenem Mund an, als hätte er gerade von ihr verlangt, das Karlskirchener Telefonbuch auswendig zu lernen.

»Aber … das ist absurd!«

»Nein, absurd ist, dass eine junge Frau wie du sich so wenig zutraut. Immerhin hast du gelernt, mit dem Smartphone umzugehen, du bist allein mit der Bahn in die Hauptstadt gefahren und nicht verloren gegangen, du hast Michel gefunden und mit Leni getanzt – warum in aller Welt solltest du nicht Auto fahren können?«

Weil ich es nicht will.

Weil ich anders bin als andere.

Weil ich tatsächlich lieber das Karlskirchener Telefonbuch auswendig lernen würde, als einen Wagen zu steuern!

Die Bedienung kommt mit dem Eis und erspart Matilda eine Antwort.

Vorerst.

Sie löffelt stumm ihr Nusseis, ohne es wirklich zu genießen. Auch Knut sagt nichts. Er wirkt ein wenig zerknirscht. Als täte es ihm leid, eine Grenze überschritten zu haben. Dabei meint er es natürlich nur gut, so viel ist Matilda klar. Er will sie nicht verbiegen. Und doch hat sie sich verändert, seit sie mit ihm befreundet ist. Sie hat Erstaunliches erlebt und noch Erstaunlicheres getan. Vielleicht wäre es ja doch nicht so absurd, seinem Vorschlag zu folgen?

»Na gut«, sagt sie schließlich. »Ich denke darüber nach.«

Kapitel 31:

Du bringst mein Herz zum Überlaufen.

»Gott sei Dank, wenigstens bist du da. Lutz hat die Sommergrippe«, begrüßt Kirsten sie am Montagmorgen im Amt. »Und wenn stimmt, was in den Morgennachrichten kam, ist es die reinste Epidemie. Das ist doch hoffentlich kein Erkältungstee?«

Matilda war gerade dabei, den Teebeutel möglichst tropffrei in den Mülleimer zu jonglieren, als Kirsten – schwungvoll wie immer – die Küche betreten und sie sofort mit ihrem Redeschwall überfallen hat. Matilda dreht sich abrupt zu ihr um, sodass nun doch ein paar Teetropfen danebengehen.

»Hallo Kirsten. Keine Sorge, das ist stinknormaler Kräutertee, den ich jeden Tag trinke. Mir geht's gut.«

»Wunderbar, mir zum Glück auch. Wir Frauen sind eben doch das starke Geschlecht.« Was Kirsten als Nächstes sagt, wird vom Dröhnen der Kaffeemaschine übertönt.

»Ob ich mich wohin wende?«, wiederholt Matilda irritiert den Teil, den sie glaubt, verstanden zu haben.

Kirsten lacht. »Nein, ich wollte nur wissen, wie dein Wochenende war.«

»Gut, und deins?« Sie reißt ein Stück von der Küchenrolle ab, um den Boden trocken zu tupfen. Sonst rutscht am Ende noch jemand in der Teepfütze aus.

»Mensch, nun sei doch nicht immer so wortkarg. Warum verschließt du dich wie eine Muschel? Ich will doch bloß an deinem Leben teilnehmen. Schließlich sind wir Freundinnen.«

Sind wir das?

Matilda nippt an ihrem Kräutertee. Nun ja. Sie sollte vielleicht wirklich mehr auf Kirsten zugehen. Schließlich muss sie ihre Kollegin gleich um einen Gefallen bitten, da wäre es vielleicht nicht ungeschickt, sich etwas offener zu geben.

»Nun ja, am Samstag war ich im Kino und gestern Nachmittag im Park spazieren.«

»Na also. Geht doch. Und wie lief dein Sonntagabend?«

»Ach, den habe ich mehr oder weniger im Bett verbracht.« Mit dem neuesten Roman von Jonas Jonasson. Sie liebt seinen trockenen Humor. »Mörder Anders« gefällt ihr mindestens so gut wie »Der Hundertjährige« oder »Die Analphabetin«. Nach ihrem Spaziergang mit Knut und dem Telefonat mit Frau Inken hat sie das Buch in einem Rutsch durchgelesen.

»Im Bett, so, so«, echot Kirsten gedehnt. »Wie heißt noch gleich das Sprichwort? Stille Wasser gründen tief …«

Lesen kann durchaus tiefgründig sein, das stimmt. Aber was gibt es da so vielsagend zu grinsen?

»Ich wusste doch, dass da was läuft mit diesem gut aussehenden Typen aus der Bar. Gibst du's jetzt wenigstens zu?«

Du liebe Zeit! Kirsten glaubt doch nicht etwa …

Oh doch. Das tut sie. Und wie sie das tut! Ihre Wangen glühen regelrecht vor Aufregung, und ihre Augen blitzen. Es hat keinen Zweck, auch nur den Versuch zu unternehmen, sie von der Wahrheit zu überzeugen. Kirstens Fantasie kreiert gerade ihre eigene Wahrheit, und nichts anderes wird sie glauben.

»Ich weiß nicht, was ich sagen soll«, erwidert Matilda, und das ist ebenfalls die reine Wahrheit. Bei dem Gedanken daran, was sich Kirsten da offenbar vorstellt, wird sie dennoch ein bisschen rot. Was ihre Kollegin wiederum als endgültigen Beweis dafür interpretiert, dass Matilda eine heiße Affäre hat.

»Du bist mir ja eine. Wann lerne ich den Glücklichen denn mal kennen? Vielleicht sollten wir mal zusammen ausgehen«, schlägt sie vor.

»Vielleicht nach meinem Urlaub«, improvisiert Matilda. »Apropos Urlaub …«

Fünf Minuten später schließt Matilda mit einem sehr zufriedenen Lächeln ihre Bürotür hinter sich. Zum Glück hat Kirsten keine Reise gebucht, sondern will den Sommer ganz gemütlich am Baggersee verbringen. Auf Matildas Bitte, die erste Juliwoche gegen die erste Augustwoche zu tauschen, ist sie sofort eingegangen.

»Aber klar doch. Bestimmt kann *er* seinen Urlaub nicht verschieben, oder?«, hat sie geantwortet – wobei sie *er* so vielsagend betont hat, dass Matilda am liebsten die Augen verdreht hätte. Aber sie hat sich beherrscht und einfach nur »Danke, du bist die Allerbeste« gesagt.

Jetzt steht Elviras Ostseeurlaub nichts mehr im Wege. Knut wird sie chauffieren und, genau wie Matilda selbst, ebenfalls in Frau Inkens Strandnest logieren, um sich bei der Betreuung der alten Dame mit Matilda abzuwechseln. Nächsten Samstag soll es schon losgehen! Die Pension ist den restlichen Sommer über ausgebucht. Dass es überhaupt noch drei freie Zimmer gab, ist wie ein Sechser im Lotto – hat Inken Petersen gestern Abend am Telefon betont – und nur einer gerade eingegangenen Absage zu verdanken. Matilda erinnerte sich an das, was sie selbst zu Michel gesagt hatte: *Schicksal ist, was man selbst aus den Zufällen macht, die das Leben einem beschert.*

Also hat sie spontan zugesagt. Trotz der leichten Befürchtung, das alles könnte der alten Dame viel zu schnell gehen. Doch diese Sorge war völlig unbegründet.

»Kindchen, Sie sind 'ne Wucht«, hat Elvira Behrens' Kommentar gelautet, und sie hat dabei gestrahlt wie ein Kind an Weihnachten.

Auch ihre Bedenken, der Termin könne Knut nicht passen, wurden sofort entkräftet.

»Natürlich habe ich Zeit«, lautete dessen Kommentar. »Cornelius kümmert sich garantiert gut um Professor Hawking. Das ist also kein Problem. Aber vergiss dein Versprechen nicht! Wenn du wieder mal eine alte Dame zu einer Reise überredest, kutschierst du sie selbst.«

Nun ja. Matilda sieht sich noch nicht hinter einem Steuer sitzen. Und sie hat auch nicht vor, Kirsten jemals irgendeinen Liebhaber vorzustellen. Wie auch, wenn es gar keinen gibt? Aber eins nach dem anderen. Erst einmal bringt sie Elvira ans Meer. Danach sieht sie weiter. Und jetzt konzentriert sie sich wieder auf die Arbeit.

Wieder erkennt sie die Kritzelschrift sofort. Sie zwingt sich, den Umschlag nicht hastig aufzureißen, sondern so sorgfältig zu öffnen wie jeden anderen Brief.

Auf den ersten Blick sieht alles aus wie immer. Das gleiche beigefarbene Briefpapier, dieselbe schwungvolle Handschrift – doch auf den zweiten erkennt sie, dass etwas anders ist. Nämlich die Anrede:

Liebe M.!

Sofort schlägt ihr das Herz bis zum Hals.

Das ist ein Hinweis.

Mehr als das – es ist ein Meilenstein!

Nachdem Mister Kritzelschrift nicht im Kino aufgetaucht ist, hat Matilda nicht mehr zu hoffen gewagt, ihm doch noch auf die Spur zu kommen. Und nun das. Dieser Brief könnte alles verändern.

Liebe M.!

Ich kann mich nicht erinnern, jemals etwas halbwegs Romantisches für eine Frau getan zu haben. Das Höchste der Gefühle war vielleicht ein Strauß Blumen von der Tanke. Oder ein halbherziges Kompliment, um sie zu einem Date zu überreden.

Und dann traf ich dich. Eine Zauberfrau, die keinen Pfifferling auf Mode, Schminke und schicke Autos gibt. Deren Lächeln einfach überirdisch ist. Und die aus mir einen hoffnungslosen Romantiker macht, der seinen alten Schulfreund dazu überredet, mitten im Sommer den vielleicht schönsten Weihnachtsfilm aller Zeiten ins Kinoprogramm aufzunehmen … nur für dich.

Weil ich dir beweisen wollte, dass ich einfach alles für dich tun würde. Und wenn ich dir schon nicht die Sterne vom Himmel pflücken kann, dann sorge ich doch wenigstens für Weihnachten mitten im Sommer.

Und dann tauche ich nicht auf.

Ich kann mir nur vage vorstellen, wie enttäuscht du gewesen sein musst.
Bestimmt warst du verletzt. Wütend. Stinksauer. Im Stillen hast du mich verflucht und dir vorgenommen, dich nie wieder auf mich einzulassen. Weder auf ein Gespräch mit mir und schon gar nicht auf ein Date. Oder eine Beziehung.

Aber glaub mir: Noch wütender und enttäuschter als du war an diesem Nachmittag bloß ich selbst. Denn ich wusste, dass ich meine größte Chance, dich für mich zu gewinnen, vertan hatte. Eine Chance, die womöglich nie wiederkommt. Deshalb kann ich nur hoffen, dass du meine Entschuldigung annimmst. Noch nie hat mir etwas so leidgetan wie die Tatsache, dass ich dich an diesem Tag versetzt habe. Hätte ich gekonnt, wäre ich gekommen. Das schwöre ich.

Ich bin nicht mehr derselbe Mensch, seit du mir begegnet bist. Und obwohl wir noch kein echtes Date miteinander hatten, obwohl du mich vermutlich für oberflächlich und absolut indiskutabel hältst und obwohl ich wahnsinnig Angst habe, dich für immer verloren zu haben, noch bevor wir jemals zusammen waren, bin ich glücklicher als jemals zuvor, wenn ich nur an dich denke.

Du bist eben eine Zauberin.
Du gibst allem eine völlig neue Bedeutung.
Du bringst mein Herz zum Überlaufen.

Bekomme ich noch eine Chance?
In Liebe, dein …

Die Gefühle der *lieben Schönen* würden Achterbahn fahren, dürfte sie das hier lesen. Erneut hat die unleserliche Adresse der Unbekannten allerhand Verwirrung erspart.

Matilda wüsste an ihrer Stelle nicht, was sie denken sollte. Würde sie einfach so seine nichtssagende Entschuldigung annehmen? Vielleicht nicht. Schließlich hat er nicht einmal einen plausiblen Grund für sein Fernbleiben geliefert. Hätte er nicht wenigstens eine Autopanne vorschieben können? Oder die Sommergrippe, unter der laut Kirsten zurzeit so viele Menschen leiden?

Aber letztendlich würde sie vermutlich nachgeben. Weil jemand, der so wunderbare Worte findet, einfach kein schlechter Kerl sein kann.

Was er geschrieben hat, gefällt ihr. Sehr sogar. Obwohl sie selbst nicht an die Liebe glaubt. Aber ihr Herz schlägt einfach für Geschichten mit Happy End. Und die *liebe Schöne* sehnt sich bestimmt wie die meisten Frauen nach einem Seelenpartner. Vielleicht ist Mister Kritzelschrift ja genau das für sie?

Du bringst mein Herz zum Überlaufen – wer so etwas schreibt, meint es bestimmt ernst. Er hat eine Chance verdient.

Alles, was Matilda tun muss, ist, ihn zu finden.

Ihr Optimismus von vorhin ist jedoch verflogen. Was ihr wie ein entscheidender Anhaltspunkt vorgekommen ist, hat sich als äußerst armseliger Hinweis entpuppt. Unzählige Namen beginnen schließlich mit M – ihr eigener eingeschlossen. Daran lässt sich rein gar nichts ablesen. Und auch nach mehrmaligem Lesen ist dem Brief nicht der geringste weitere Fingerzeig zu entnehmen.

Kapitel 32:

Wer die halbe Fahrt verschläft, erwacht mitten im Elbtunnel.

Knuts Auto ist genauso wie er selbst: groß, grau, beeindruckend, gemütlich und technisch auf dem allerneuesten Stand.

»Wenn wir nicht in einen Stau kommen, sind wir in viereinhalb Stunden am Ziel«, verkündet er, als alle angeschnallt sind. Elvira Behrens sitzt rechts neben ihm und Matilda auf der Rückbank.

»Woher wissen Sie das so genau, junger Mann?«, will die alte Dame wissen und bringt Knut damit zum Schmunzeln.

»So hat mich schon seit vielen Jahren niemand mehr genannt«, erwidert er mit seiner ganz und gar nicht jungenhaften Märchenonkelstimme. Dann erklärt er ihr, was ein Navigationsgerät ist.

Matilda staunt. Nicht nur darüber, dass die Fahrt nicht mal halb so lang dauern soll wie mit dem Zug. Sondern auch über die einfühlsame Art, wie Knut komplexe technische Funktionen so erklärt, dass Elvira es sofort begreift. Und mehr als das: Sie ist fasziniert.

»Was für ein aufregender Zauberkasten! Mein Harry wäre begeistert gewesen, wenn er das noch erlebt hätte.«

Erstaunt registriert Matilda, wie fröhlich Elviras Stimme klingt. Sonst hört sie sich viel phlegmatischer an, und wenn sie auf Harry zu sprechen kommt, ist sie immer regelrecht niedergeschlagen. Heute jedoch wirkt sie wie verwandelt. Das muss das Reisefieber sein.

»Wenn ich an den alten Käfer denke, den wir damals in den Sechzigern hatten … Darin gab es noch nicht mal eine vernünftige Heizung. Du liebe Zeit, was haben wir gefroren! Der Passat war schon um Klassen moderner – aber er hatte noch keine elektrischen Fensterheber und weder ein Radio noch Zentralverriegelung.«

Offenbar interessiert sich die alte Dame nicht nur für Sportergebnisse, Börsenkurse und Todesfälle, sondern auch für Technik. Alles Themen, für die Matilda wenig übrig hat. Im Gegensatz zu Knut.

»Genau wie mein alter Volvo. Aber ich habe ihn geliebt. Ich hatte ihn fast fünfzehn Jahre lang. Irgendwie gehörte er fast zur Familie …«

Während sich die beiden über Automodelle austauschen, an die sich außer ihnen wohl kaum noch jemand erinnert, packt Matilda ihr Buch mit den Kurzgeschichten von Alice Munro aus und vertieft sich sofort in eine der brillant geschriebenen Storys.

Schon wenige Minuten später klappt sie das Buch jedoch wieder zu. Sie muss aufhören, bevor sich das flaue Gefühl im Magen in eine ausgewachsene Reiseübelkeit verwandelt.

»Sie sind ein mindestens ebenso guter Chauffeur wie mein Harry«, lobt Elvira gerade Knuts Fahrkünste. »Ich mag zwar nicht mehr viel sehen, aber so etwas habe ich im Gefühl. Ich vertraue Ihnen vollkommen.«

Matilda hätte nicht erwartet, dass sich die beiden so gut

verstehen würden. In all den Jahren haben sie kaum mehr als ein paar Worte miteinander gewechselt, und während der letzten Zeit, als Elvira nur selten ihre Wohnung verlassen hat, nicht einmal mehr das. Doch nun plaudern sie so munter miteinander, als wären sie schon ewig befreundet.

Matilda lächelt. Sie liebt es eben, Menschen miteinander zu verbinden. Ob mit Briefen oder ohne. Ob Liebe, Freundschaft oder bloß eine nette Unterhaltung. Das tut einfach gut. Und sie selbst bleibt schön im Hintergrund. Beziehungsweise auf der Rückbank.

In diesem Moment hegt sie nicht den Hauch eines Zweifels, dass es ihr gelingen wird, den geheimnisvollen Briefeschreiber und die unbekannte M. zusammenzuführen. Sie weiß zwar noch nicht, wie sie das anstellen soll, aber irgendetwas wird ihr da schon einfallen. Vielleicht nicht heute oder morgen. Aber eines Tages ganz bestimmt.

Matilda steckt das Buch zurück in ihre Tasche und schließt die Augen. Denkt an Leni, die sie bald wiedersehen wird, an den wunderschönen Ostseestrand, den Elvira vielleicht noch heute zum ersten Mal im Leben betreten wird, und an … gar nicht mehr viel. Knut steuert den Wagen so ruhig und gleichmäßig, dass Matilda gar nicht anders kann, als alles um sich herum auszublenden und einfach zu träumen. Von Wellenrauschen, glockenhellem Lachen und dem Geschmack von Salz auf den Lippen.

Als sie aufwacht, ist es bereits dunkel. Sie braucht einen Moment, um zu realisieren, dass sie noch immer in Knuts Auto sitzt. Aber warum steht es? Und warum ist schon Nacht? Hat das Navi nicht vorhin ausgerechnet, dass sie spätestens am frühen Nachmittag in Glücksburg sein würden?

Bei genauerem Hinsehen entdeckt sie, dass das, was sie für Straßenlaternen gehalten hat, in Wahrheit eine Wandbeleuchtung ist.

»Wo sind wir?«

»Im Elbtunnel«, klärt Knut sie auf. »Du hast nicht viel verpasst. Wir stecken hier schon seit einer halben Stunde fest.«

»Ist etwas passiert?«

»Ach was«, mischt sich Elvira ein und wirkt dabei so aufgeräumt, als wäre ein Stau in Hamburgs Nadelöhr ein großes Vergnügen. »Hören Sie keinen Verkehrsfunk? Darin wird der Elbtunnel fast jeden Tag erwähnt. Hier stockt es ständig. Übrigens – hat jemand Hunger? Ich habe Proviant dabei.«

Sie kramt in ihrer überdimensionalen Handtasche herum und zaubert eine Tüte voller belegter Brote hervor. Während Knut beherzt zugreift, lehnt Matilda dankend ab. Beim Stichwort Elbtunnel ist ihr der Appetit vergangen. Denn sie mag keine Tunnel. Und schon gar keine, die nach einem Fluss benannt sind. Was soll das überhaupt bedeuten? Doch wohl hoffentlich nicht, dass sich über ihren Köpfen Wasser befindet? Denn das wäre … mehr als gruselig!

Matilda traut sich nicht zu fragen, denn die anderen sollen nicht hören, dass sie einer Panik nahe ist.

Da fällt ihr das Smartphone ein. Erstaunlicherweise kommt sie von hier unten aus sogar ins Internet. Ein paar Klicks weiter findet sie die Antwort. Auf Wikipedia steht es ganz ausführlich – doch die vielen Worte verschwimmen vor ihren Augen. Nur eines steht da überdeutlich: *Elbunterquerung.* Grundgütiger! Sie befinden sich also wahrhaftig unter dem Fluss.

»Alles in Ordnung, Matilda?«

Hat sie etwa so heftig geatmet, dass Knut Verdacht geschöpft hat? Oder ist ihm bloß im Rückspiegel ihre erschrockene Miene aufgefallen?

Sie holt tief Luft. »Ja, klar. Alles bestens.«

Das klingt fast glaubwürdig. Dabei schlägt ihr Herz so laut, dass es in ihren Ohren rauscht, aber das kann Knut ja unmöglich hören.

Matilda wirft einen weiteren vorsichtigen Blick auf das Display und überfliegt den Wikipedia-Eintrag. Da steht so einiges über Planung, Bauzeit, Streckenführung und Erweiterungsröhre, aber keine einzige Silbe über die Gefahr der Überflutung oder irgendwelche Vorkommnisse in dieser Richtung. Nachdem in den vergangenen zweiundvierzig Jahren nichts passiert ist, wäre es doch geradezu absurd, wenn sich daran ausgerechnet jetzt etwas ändern würde. Matilda blickt auf. Im Rückspiegel begegnet ihr Knuts freundlicher Blick. Das entspannt sie etwas. Wenn sie ihren Puls weiter beruhigen will, muss sie sich auf etwas anderes konzentrieren. Am besten auf ein Gespräch. Worüber könnte sie reden? Die Themen, die ihr spontan einfallen, haben sie alle schon durch.

»Die Verzögerung beträgt zurzeit fünfundvierzig Minuten«, säuselt in diesem Moment die sachlich-freundliche Ansage des Navis. Die Stimme erinnert Matilda ein bisschen an ihre Grundschullehrerin – eine strenge, aber faire und sehr fähige Pädagogin, vor der die ganze Klasse ein kleines bisschen Angst hatte, die aber auch von allen geliebt wurde. Damals hat noch keiner von sprechenden Autos geträumt, die einem den Weg weisen. Das wäre ihr ebenso unwahrscheinlich vorgekommen wie schwebende oder selbststeuernde Autos.

»Seit wann hast du eigentlich diesen Wagen?«, überrascht sie sich selbst mit einer Frage, die ihr urplötzlich durch den Kopf schießt. »Und wo hast du ihn sonst untergestellt? In einer Tiefgarage? Vor dem Haus habe ich ihn jedenfalls noch nie stehen sehen.«

»Nun ja, das liegt vermutlich daran, dass er mir gar nicht gehört.«

»Nicht?« Matilda ist verblüfft.

»Haben Sie das Schätzchen etwa geklaut? Sitzen wir zusammen mit einem Meisterdieb in seinem Fluchtfahrzeug?« Elvira scheint von dieser Vorstellung regelrecht verzückt zu sein.

»Nicht ganz«, klärt Knut sie grinsend auf. »Das Schätzchen gehört meinem Enkel. Er hat mir sein Auto freundlicherweise geliehen.«

Enkel? Doch nicht etwa …

»Cornelius ist ein guter Junge. Ich musste nur erwähnen, was wir vorhaben, da hat er von sich aus vorgeschlagen, mir den Wagen zu überlassen.«

Fährt Cornelius nicht so ein überkandideltes Angeberauto?

»Aber – fährt Cornelius nicht so ein … einen Sportwagen?«

»Du meinst seinen Porsche? Die uralte Klapperkiste nutzt er nur noch ab und zu, und das auch nur auf Kurzstrecken.«

Der Verkehr kommt wieder in Bewegung. Matilda achtet überhaupt nicht darauf. Sie hat noch genug damit zu tun, die Informationshäppchen zu verdauen, die Knut ihr eben vorgesetzt hat.

»Klapperkiste?« Das muss eine Verwechselung sein.

»Ich weiß, der Wagen sieht noch richtig gut aus, aber das ist rein äußerlich. Wenn man mit ihm verreisen wollte, müsste man ihn vorher erst einmal kräftig aufmöbeln. Na ja, wenn es nach mir ginge, wäre das schon längst geschehen. Aber Cornelius investiert sein Geld lieber in einen vernünftigen Wagen als in den alten Porsche – und natürlich in sein Studio.«

»Es gibt kein schickeres Auto als einen Porsche«, gerät Elvira ins Schwärmen. »Mein Harry hat uns mal einen gemietet, und wir sind ein ganzes Wochenende lang damit durch die Gegend gefahren. Das war wunderschön.«

Normalerweise hätte Matilda jetzt sofort das Bild einer jungen, ausgelassenen Elvira im Kopf, die – ein elegantes Kopftuch schützend um die modäne Sechzigerjahre-Frisur geschlungen – neben Harry in einem Porsche mit offenem Verdeck sitzt und eine romantische Küstenstraße entlangbraust. Doch für solche Tagträume ist sie gerade zu verwirrt. So viele Fragen spuken in ihrem Kopf herum. »Warum behält Cornelius ein altes Auto, wenn er doch ein neues hat, und was hat er für ein Studio?«

»Ein Fotostudio.« Der Verkehr fließt jetzt wieder in normalem Reisetempo. Sie verlassen den Tunnel, und Knut klappt die Sonnenblende herunter. Es ist ein herrlicher Sommertag. Das hat Matilda im künstlichen Licht unter dem Fluss fast vergessen.

»Er macht Werbe- und Modefotografie. Und ein bisschen Kunst. Das ist seine eigentliche Leidenschaft. Nicht zu vergessen Hochzeiten. Der Porsche kommt meistens zum Einsatz, wenn er Brautpaare fotografiert. Die tun dann so, als würden sie damit in die Flitterwochen fahren. Mit Blechdosen dahinter und so weiter. Du weißt schon.«

Matilda weiß nicht. Sie muss erst ihre Gedanken ordnen. Nun gut. Cornelius ist also weder Versicherungsmakler noch Anlageberater, sondern Fotograf. Und nett genug, seinem Großvater seinen geräumigen SUV zu leihen. Und dessen Kater zu hüten. Aber wer wäre auch zu einem Großvater wie Knut nicht nett? Deshalb muss sie ja nicht gleich ihre Meinung über ihn ändern.

Na ja, okay, ein bisschen ändert sie ihre Meinung schon. Aber eigentlich ist das auch völlig egal. Wie sie neulich schon zu Kirsten sagte: Cornelius ist niemand. Niemand, der in ihrem Leben eine Rolle spielt.

Kapitel 33:

Schön ist das Meer. Groß ist das Meer.

Elvira besteht darauf, als Erstes zum Strand zu gehen. »Wer weiß, was sonst passiert? Womöglich lege ich mich kurz hin, um mich von der Fahrt zu erholen, und werde nie wieder wach. Wäre doch extrem ärgerlich, so nah am Ziel gewesen zu sein und es doch nicht geschafft zu haben.«

»Unterstehen Sie sich, uns heute noch wegzusterben, Elvira«, sagt Matilda mit gespielter Strenge und erhobenem Zeigefinger, »immerhin haben wir die Pension für eine ganze Woche gebucht. Das wäre reinste Verschwendung!«

Trotzdem lenkt sie ein. Zumal Elvira mehrfach wiederholt, man wisse ja nie und der Tod komme immer zum unpassenden Moment.

Während Knut das Gepäck auslädt und in Frau Inkens Strandnest schleppt, machen sich die beiden Frauen auf den kurzen Spazierweg zum Strand. Matilda hat Elvira untergehakt und führt sie.

»Sieht man es schon?«, fragt Elvira immer wieder, und Matilda versteht, warum das Alter ebenso wenig Geduld hat wie die Kindheit: Ein junger Mensch versteht noch nicht, was Zeit bedeutet. Eine Viertelstunde erscheint da wie eine Ewigkeit. Ein alter Mensch dagegen weiß nur zu gut, dass die Uhr tickt. Und dass eine Viertelstunde womöglich die Grenze zur Ewigkeit überschreiten mag.

»Jetzt sieht man es«, kann sie endlich verkünden.

Elvira Behrens bleibt stehen, kneift die Augen zusammen und hält ihr Gesicht in den Wind. Sie wirkt hellwach und zugleich ganz und gar in sich gekehrt. Als ob sie diesen Moment mit sämtlichen Sinnen aufzunehmen versucht.

»Beschreiben Sie, was Sie sehen«, bittet sie schließlich.

Matilda schluckt. Wie schon beim letzten Mal ist sie regelrecht überwältigt von dem Panorama, das sich vor ihr ausbreitet.

»Ich sehe Sand. Viel Sand. Er ist weiß wie Kreide, so rein und unschuldig. Es sind Familien am Strand. Kinder bauen Sandburgen, Väter lassen sich bis zum Hals eingraben, Mütter machen Fotos oder sind in ihre Bücher vertieft.«

»Gibt es Strandkörbe? Und Möwen?«

»Oh ja, die gibt es. Und auf dem tiefblauen Meer sind Segelboote zu sehen. Ebenfalls weiß. Wie die Strandkörbe, die Möwen und der Sand. Und das Sonnenlicht glitzert auf den Wellen. Es ist … unbeschreiblich schön.«

Elvira nickt. »Wie schade, dass ich das alles nicht sehen kann. Aber wollen Sie wissen, was ich fühle? Ich spüre den Wind auf der Haut. Eher nur eine Brise. Sie ist erfrischend. Und schmeckt salzig. Das Rauschen der Wellen beruhigt. Und die Kinderstimmen im Hintergrund erinnern mich an längst vergangene Tage, als das Leben noch leicht und unbeschwert war.«

Die Rufe und das Lachen der spielenden Kinder sind Matilda gar nicht aufgefallen. Sie hat sich ganz auf das konzentriert, was sie sieht.

Es ist gar nicht so leicht, ihre Eindrücke in Worte zu fassen. »Ich staune über die Weite. Sie ist beeindruckend.

Ich komme mir winzig vor, aber gleichzeitig als Teil eines großen Ganzen. Wie ein Sandkorn unter vielen. Das ist beruhigend. Und zugleich gibt es mir das Gefühl unendlicher Freiheit.«

Schweigend gehen die beiden Frauen weiter. Matilda hilft Elvira, die Schuhe auszuziehen.

»Das fühlt sich lustig an!«, sagt Elvira, als ihre nackten Fußsohlen den Sand ertasten.

»Finde ich auch.«

»Ich will meinen großen Zeh ins Wasser tunken!«

Das letzte Stück bis zum Ufersaum kostet mehr Kraft als erwartet. Im Sand zu laufen, strengt die alte Frau an. Nachdem sie ihr Ziel erreicht hat und mit beiden Füßen in der Ostsee war, schlägt sie eine Ruhepause vor. Sie setzen sich in den Sand und lassen sich die Sonne ins Gesicht scheinen.

Nach einer Weile räuspert sich Elvira. Dann spricht sie:

Das Meer

Grüß mir das Meer,
Silberne Wellen
Rauschen und schwellen,
Schön ist das Meer.

Grüß mir das Meer,
Golden es schäumt,
Ob es auch träumt?
Tief ist das Meer.

Grüß mir das Meer,
Glücklich es scheinet,
Ströme es weinet,
Groß ist das Meer.

»Das ist wunderschön«, sagt Matilda leise. »Von wem ist das?«

»Von Friederike Kempner. Einer Dichterin, die vor über hundert Jahren gestorben ist. Meine Großmutter hat sie sehr verehrt und mir einen kleinen Lyrikband von ihr vererbt. Ich kenne jede Zeile auswendig.« Elvira lacht auf. »Erst als Erwachsene verstand ich, dass viele ihrer Gedichte unfreiwillig komisch sind. Man hat sie wegen ihrer missratenen Metaphern und Reime als schlesische Nachtigall verspottet, und vermutlich wurde kaum eine Dichterin so oft parodiert wie die Kempner. Aber was sie über das Meer geschrieben hat, gefällt mir.«

Die schlesische Nachtigall – diesem Spottnamen ist Matilda schon einmal begegnet. Sie erinnert sich an ihre Empörung, als sie davon las. Die so verhöhnte Lyrikerin tat ihr leid. Umso erleichterter ist sie nun darüber, dass zumindest eines ihrer Gedichte nicht misslungen ist.

»Nun ja, jedenfalls hat sie mit ihren Stilblüten die Menschen zum Lachen gebracht«, sagt Elvira, »und das kann man von den Herren Schiller und Goethe nicht unbedingt behaupten.«

Als sie in der Pension eintreffen, begrüßt Inken Petersen sie so herzlich, als wären sie gute, alte Bekannte. Knut sitzt bereits an einem Tisch auf der weiß gestrichenen

Veranda. Matilda und Elvira gesellen sich dazu. Die Gastgeberin serviert Sanddorntee und Kekse, die Ostsee-Kiesel heißen und nach Kandiszucker schmecken. Matilda hat noch nie so eine herrliche Süßigkeit probiert – von Mohnkuchen einmal abgesehen.

Als Inken erfährt, dass die drei Neuankömmlinge kein richtiges Mittagessen hatten, springt sie sofort auf und eilt in Richtung Küche. Wenig später stellt sie eine dampfende Terrine und drei Suppenteller samt Löffel auf den Tisch.

»Das ist Schnüsch«, verkündet sie.

Was in Matildas Ohren klingt, als wäre es ein anderes Wort für Kautabak, entpuppt sich als köstlicher Gemüseeintopf mit allem, was der Sommergarten hergibt. Geröstete Zwiebeln und Speck sorgen für ein deftiges Aroma, die Sahnesoße für feine Cremigkeit.

»Ein Gedicht!«, kommentiert Knut und schaut verdutzt aus der Wäsche, als Matilda und Elvira bei diesem Stichwort losprusten.

Nach der Mahlzeit beziehen sie ihre Zimmer. Sie sind liebevoll und gemütlich eingerichtet mit Flickenteppichen, antiken Weichholzmöbeln und hübschen weiß-blauen Vorhängen, passend zur Bettwäsche. Matilda hilft Elvira beim Auspacken und Einräumen. Zu ihrer Überraschung hat die alte Dame einen Blindenstock dabei. Den benutzt sie sonst nie.

»Meine Wohnung kenne ich im Schlaf, Kindchen«, erklärt sie. »Da muss ich nur Schritte zählen und brauche kein Hilfsmittel. Hier dagegen bin ich fremd und muss besser aufpassen.«

Matilda fragt sich, wie weit sie in ihren eigenen vier

Wänden mit verbundenen Augen käme, ohne gegen die Wand zu laufen, zu stolpern oder etwas umzutreten. Vermutlich würde sie es keine fünf Minuten schaffen ohne so einen Zwischenfall.

»Ich komme jetzt allein zurecht«, sagt Elvira dann. »Zeit für ein Mittagsschläfchen. Wir sehen uns zum Abendessen.«

Auch Knut hat schon Pläne für den Nachmittag. Er zieht mit seiner Fotokamera los ans Meer.

»Vermutlich hat Cornelius seine Leidenschaft von mir geerbt«, meint er.

»Bestimmt«, sagt Matilda nur.

»Und was hast du vor?«

»Ich werde wohl Leni besuchen. Am besten, ich rufe ein Taxi.« Eigentlich hat sie ja gehofft, Knut würde sie chauffieren, aber nun hat er ja eigene Pläne. Und das ist auch völlig in Ordnung, schließlich hat er eine lange, anstrengende Fahrt hinter sich. Matilda kann sich nicht ansatzweise vorstellen, so lange konzentriert hinterm Steuer zu sitzen. Das erscheint ihr fast so unwahrscheinlich wie eine Karriere als Astronautin. Aus der Sache mit dem Führerschein wird wohl nichts werden. Aber das wird sie Knut erst nach diesem Urlaub gestehen. Sie will ihn jetzt ungern enttäuschen. Andererseits hat sie ihm lediglich versprochen, darüber nachzudenken. Und das hat sie getan! Wenn auch mit einem anderen Ergebnis, als Knut wohl erhofft hat …

»Sie können meinen Drahtesel nehmen«, mischt sich Inken Petersen unerwartet in das Gespräch ein, als sie gerade die Pension verlassen wollen. »Ich brauche ihn heute nicht mehr, und bei diesem schönen Wetter geht doch nichts über eine kleine Radtour. Er steht direkt vor der Tür.«

Dass sie schon seit über fünfzehn Jahren nicht mehr auf einem Fahrrad gesessen ist, sagt Matilda lieber nicht. Stattdessen bedankt sie sich höflich, schnallt ihre Tasche auf dem Gepäckträger fest und macht sich vorsichtig wie auf Eiern auf den Weg zur Seniorenresidenz.

Nach ein paar Hundert Metern lässt das Herzklopfen langsam nach. Der Volksmund hat wohl doch recht: Radfahren verlernt man nicht. Es fehlt höchstens ein bisschen Routine.

Bald fühlt sich Matilda sicherer im Sattel und fängt sogar an, die Fahrt zu genießen. Als sie das Gelände der Seniorenresidenz mit seinen schmucken Wegen, den Schatten spendenden Bäumen und dem Seerosenteich erreicht, fühlt es sich fast an, als käme sie nach Hause. Heim zu Leni. Sie stellt Inken Petersens Rad neben dem Eingang ab und betritt beschwingt das Gebäude. Voller Hoffnung, dass Leni wieder einen wachen Moment hat – oder zumindest lächelt, wenn Matilda ihr von Michel erzählt.

Die Pflegerin in der blitzsauberen Schwesterntracht, die Matilda bei ihrem ersten Besuch den Weg gewiesen hat, hat wieder Dienst am Empfang. Das freundlich-professionelle Lächeln, mit dem sie Besucher zu begrüßen pflegt, weicht einer ernsten Miene, sobald sie Matilda erkennt.

Besorgt fragt die, ob mit Leni alles in Ordnung ist.

Bitte, sag Ja!

»Offen gestanden hätten wir Sie längst informiert, wenn Sie uns Ihre Nummer hinterlassen hätten.«

Mehr muss Matilda gar nicht hören, um zu wissen, dass es schlecht um Leni steht. Sehr schlecht sogar.

»Vor zwei Wochen hatte Frau Arnold einen Schlaganfall. Seitdem liegt sie im Krankenhaus. Sie hat das Bewusstsein bisher nicht wiedererlangt.«

»Aber – es besteht doch noch Hoffnung?«

»Offen gestanden würde ich an Ihrer Stelle keine Zeit vergeuden. Hier ist die Adresse der Klinik. Wenn Sie Ihre … Tante noch einmal sehen wollen, sollten Sie sich beeilen. Ich fürchte, es geht bald zu Ende.«

Nein. Oh nein! Das muss ein böser Traum sein …

Kapitel 34:

Eine Frau muss tun, was eine Nichte tun müsste.

Matilda erschrickt zutiefst, als sie die bleiche Gestalt im Bett sieht. Lenis müdes Gesicht ist eingefallen. Der Atem geht rasselnd. Ihr Körper ist an unzählige Kabel, Schläuche, Monitore angeschlossen, als wäre sie selbst ein Teil der Maschinerie, und zwar der schwächste von allen. Ihre Hände sind gefaltet. Matilda streichelt ihr über die welke Haut, die sich trocken und kalt anfühlt.

»Hallo Leni«, flüstert sie. Nicht aus Rücksichtnahme auf andere Patienten, denn Leni liegt in einem Einzelzimmer. Auch nicht aus Pietät. Sondern weil sie nicht anders kann. Ein Wunder, dass ihre Stimme nicht völlig versagt.

»Ich habe Michel getroffen. Wir haben geredet. Er hat Sie nie vergessen, Leni. Genauso wenig wie Sie ihn.«

Keine Reaktion. Nur dieser furchtbare Rasselatem. Er klingt wie eine kaputte Kaffeemaschine. Ein grauenvolles, fast unerträgliches Geräusch, vor dem Matilda am liebsten fliehen würde. Aber sie tut es nicht. Schließlich hat Leni niemanden außer ihr. Und kein Mensch sollte allein sein, wenn er diese Welt verlässt.

Dann fliegt die Zimmertür auf, und ein Geschwader Ärzte und Krankenschwestern marschiert herein. Matilda stellt sich als Nichte vor, und keiner stellt das infrage. Der Oberarzt bittet sie, während der Untersuchung hinauszugehen. Immerhin stellt er ihr ein Gespräch in Aussicht, später, wenn er seine Runde beendet und mehr Zeit hat. Matilda bezweifelt, dass es dazu kommen wird, aber sie weiß das Angebot zu schätzen. Es gibt ihr das Gefühl, keine Hochstaplerin zu sein, die sich widerrechtlich Zugang zum Krankenzimmer einer Sterbenden verschafft hat. Was irgendwie ziemlich verrückt wäre. Auch wenn es die reine Wahrheit ist.

Draußen scheint die Sonne weiter, als wäre nichts geschehen. Als wollte sie Leni verhöhnen, die in diesem Leben wohl nie mehr ihre wärmenden Strahlen auf der Haut spüren wird. Eigentlich müsste es stürmen, donnern, blitzen und hageln. Matilda kauert sich auf eine Parkbank, und obwohl es ein heißer Sommertag ist, fröstelt sie. Am liebsten würde sie weinen, doch die Tränen bleiben aus. Sie stehen ihr auch nicht zu.

Dann auf einmal weiß sie, was zu tun ist.

Zum Glück hat sie die Nummer eingespeichert. Vor lauter Aufregung vertippt sie sich gleich zweimal. Endlich schafft sie es, und das Rufzeichen ertönt.

Hoffentlich ist er zu Hause. Hoffentlich hört er zu. Hoffentlich versteht er den Ernst der Lage …

»Hallo?«

Das ist nicht Michel. Damit hat Matilda nicht gerechnet. Erst recht nicht mit einer Frauenstimme. Ist Michel nicht Witwer? Hat er inzwischen eine neue Lebensgefährtin? Oder bloß eine Haushälterin?

»Hallo?«, wiederholt die Unbekannte, jetzt leicht verärgert. »Wer ist dran?«

Wenn Matilda nicht schnell etwas sagt, wird die Frau auflegen und womöglich bei einem neuen Anruf gar nicht erst abnehmen.

»Ist Michel zu sprechen?«, stößt sie endlich hervor.

»Nein, ist er nicht«, kommt prompt die barsche Antwort. »Wer sind Sie?«

»Ich bin Matilda. Matilda Keller. Und ich habe eine wichtige Nachricht für Michel. Eine sehr, sehr wichtige Nachricht! Können Sie mir versprechen, sie ihm auszurichten?«

»Ich verspreche gar nichts. Verraten Sie mir erst, worum es geht.«

Die Ungeduld ist jetzt nicht mehr zu überhören. Obwohl sie nicht gegen Matilda persönlich gerichtet ist, steigen ihr jetzt die Tränen in die Augen, die vorhin ausgeblieben sind.

»Leni stirbt. Wenn er sie noch einmal sehen will, dann jetzt. In der Parkklinik Glücksburg. Es eilt.« Mehr kann sie nicht sagen, bevor sie endgültig die Fassung verliert. Sie legt auf, ohne eine Antwort abzuwarten.

Bevor Matilda wieder hineingeht zu Leni, erledigt sie noch einen weiteren Anruf. Natürlich wartet sie damit, bis sie sich wieder gefangen hat. Als Knut rangeht, schildert sie ihm in knappen Worten die Lage.

»Du bleibst selbstverständlich bei ihr, solange du willst«, erwidert er betroffen. »Ich kümmere mich um Elvira. Das ist gar kein Problem.«

Daran, dass sie versprochen hat, sich um die alte Dame zu kümmern, hat Matilda gar nicht mehr gedacht. Für einen Augenblick übermannt sie das schlechte Gewissen. Doch dann denkt sie daran, was Elvira noch vor wenigen Stunden selbst gesagt hat: Der Tod kommt immer im unpassenden Moment. Das hat sich nun bewahrheitet. Und Matilda begreift: Wenn er anklopft, kann man ihm nicht entkommen. Dann gibt es nichts Wichtigeres.

Sie verbringt den ganzen Nachmittag und Abend an Lenis Bett und hält ihre Hand.

Irgendwann will man sie zum Schlafen nach Hause schicken, aber sie lässt sich nicht abwimmeln. Sie will nicht, dass Leni allein ist.

»Frau Arnold ist ohnehin nicht bei Bewusstsein«, versucht ein Pfleger sie zu überreden, »sie wird gar nicht merken, ob Sie da sind oder nicht.«

Doch das glaubt Matilda ganz und gar nicht.

»Sie sollten nicht über sie reden, als wäre sie nicht im Zimmer. Oder schlimmer: ein Gegenstand«, pflaumt sie den Pfleger an. »Ich bleibe.«

Sie verbringt die Nacht im Besuchersessel neben Leni. Viel Schlaf bekommt sie nicht, nur hin und wieder nickt sie für Sekunden oder Minuten ein – das Zeitgefühl lässt sie schmählich im Stich. Maßeinheit sind nicht mehr die Zeiger der Uhr, sondern die Nachtschwester, die regelmäßig hereinschaut, um nach Leni zu sehen, eine Infusion auszutauschen oder ihre Temperatur zu messen.

Der Rasselatem wird lauter. Schrecklicher. Endgültiger. So nennt es auch die Schwester. *Präfinale Rasselatmung*. Ein beängstigendes Wort. So anders als die anderen Wörter mit R, die Matilda so mag.

Rosenblüten. Rendezvous. Rutschpartie.

Das sind schöne R-Wörter. Die ruft sie sich ins Gedächtnis, um das grauenvolle Brodeln aus Lenis Bronchien besser ertragen zu können.

Regenbogen. Reiselust. Rambazamba.

Die Nachtschwester versichert ihr, dass Leni keineswegs unter Atemnot leidet, auch wenn es sich so anhört. Sonst wäre ihr Gesicht nicht so entspannt, so friedlich und ruhig.

Rapunzel. Römertopf. Rummelplatz.

Matilda hofft, dass das die Wahrheit ist, nicht nur ein Trick, um aufgewühlte Angehörige zu beruhigen.

Regenschirm. Riesenrad. Rehkitz.

Auch die junge Ärztin bei der Morgenvisite schwört, Leni habe garantiert keine Schmerzen. Dafür sorgen die Medikamente. Allerdings werde ihr Kreislauf immer schwächer.

Rasthaus. Rosenkohl. Rollschuhbahn.

Das Frühstück kommt. Natürlich nicht für Leni. Man hat eine Portion für Matilda organisiert. Wie nett. Sie bekommt keinen Bissen runter.

Raumschiff. Redeschwall. Rebensaft.

Aber der Kaffee, so bitter er auch schmeckt, tut gut nach dieser fast durchwachten Nacht.

Radiergummi. Rüsseltier. Rauchquarz.

Draußen beginnt ein ganz normaler Sommertag. Hier drinnen ist gar nichts normal. Matilda erinnert sich an Lenis glockenhelles Lachen und an Michels Brief, in dem er es beschreibt. Sie flüstert Leni ein paar Zitate aus dem Brief zu. Die schönsten Passagen kann sie inzwischen auswendig. Leni lächelt nicht. Aber haben ihre Augenlider nicht minimal geflattert?

Rüttelfalke. Rechenschieber. Rundfunkanstalt.

Sie denkt an das Radio, das immer mit von der Partie war, wenn Michel und Leni am Waldsee waren. Und daran, wie sie selbst noch vor wenigen Wochen mit Leni durchs Zimmer getanzt ist. Zum Glück ist der Akku ihres Smartphones noch nicht ganz leer. »Surfin' U.S.A.«, »Da Doo Ron Ron« und »If You Wanna Be Happy« verwandeln das Sterbezimmer in eine Zeitmaschine, die geradewegs in die Sechzigerjahre führt. Matilda achtet darauf, dass die Musik nicht zu laut wird – auf keinen Fall will sie die Patienten in den Nebenzimmern stören. Oder das Personal auf ihre ungewöhnliche Aktion aufmerksam machen. Niemand kommt herein, niemand beschwert sich. Und für ein paar wunderbare Minuten besiegt die Musik das präfinale Rasseln.

Am Nachmittag kommt Knut kurz vorbei und bringt ihr das Ladekabel. Außerdem frische Kleidung, ihre Zahnbürste und einen Thermobecher mit Tee.

»Elvira macht gerade ein Nickerchen«, sagt er.

»Es tut mir so leid, dass ich dich jetzt im Stich lasse.«

»Matilda, ich bitte dich! Das ist nicht der Rede wert. Hauptsache, du lässt Leni nicht im Stich.«

Dann muss Knut wieder zurück zu Frau Inkens Strandnest, wo Elvira ihn zu Tee und einer Partie Domino erwartet. Dafür braucht sie keine jungen Augen – das schafft sie mit ihrem Tastsinn.

Als Matilda wieder allein mit Leni ist, fällt ihr auf, dass

sie sich an das schreckliche Geräusch, das ihre Bronchien produzieren, mittlerweile gewöhnt hat. Sie empfindet es kaum noch als bedrohlich, sondern fast als beruhigend. Ein Signal, dass Leni noch am Leben ist.

Wer weiß, wie lange noch?

Wer weiß, wie viel Zeit ihr bleibt, das zu tun, weshalb sie eigentlich gekommen ist?

Sie setzt sich an den Bettrand, streichelt Lenis Hand und fängt an, ihr von ihrem Treffen mit Michel zu berichten. Ganz ausführlich. Als sie damit fertig ist, gesteht sie Leni auch die Sache mit den anderen Briefen. Sie erzählt von Klara und Jonathan, für die sie eigens nach Berlin gereist ist. Und von der Mutter, die im hohen Alter ihrem Sohn gestanden hat, wer sein wirklicher Vater ist. Von der Frau, die ihre Freundin davon abhalten wollte, den falschen Mann zu heiraten. Und von M. und Mister Kritzelschrift.

»Einmal haben wir uns knapp verpasst. Aber ich werde die beiden finden und zusammenbringen. Euch habe ich schließlich auch gefunden.« Matilda atmet tief ein und aus. »Wenn auch zu spät …«

»Nein. Nicht zu spät«, kommt es leise von der Tür. Wenn Ärzte oder Schwestern hereinfegen, wird sie schnell und unüberhörbar aufgestoßen. Jetzt schwingt sie langsam und fast geräuschlos auf. Zögernd tritt er ein.

»Sie hatten recht: Schicksal ist, was man selbst aus den Zufällen macht, die das Leben einem beschert«, sagt Michel. »Der größte Zufall meines Lebens war wohl, dass ausgerechnet Sie diesen Brief aufgespürt haben. Und dass Sie einfach nicht lockerlassen.« Er schluckt. »Ich muss Leni noch einmal sehen, bevor es endgültig zu spät ist.«

Matilda nickt. Sie lächelt. Und dann übermannt sie eine bleierne Müdigkeit, die stärker ist als ihr Wunsch zu antworten.

Kapitel 35:

»Bin gleich bei dir, Leni.«

Sie war auf die Frage vorbereitet. Stundenlang hat sie darüber nachgedacht, was sie darauf erwidern könnte, und im Kopf unzählige Antworten durchgespielt. Und doch wirft es sie jetzt, da sie sie gestellt bekommt, fast aus der Bahn.

»Sag schon, wie war dein Urlaub?«, wiederholt Kirsten gut gelaunt und pflanzt sich mit einer Pobacke auf Matildas Schreibtisch. Als ob ein Tisch eine Sitzgelegenheit wäre.

Aber was Matilda sonst maßlos aufregt, ist heute nur eine Randnotiz. Soll sich Kirsten doch hinsetzen, wo sie will. Wenn ihr doch bloß eine angemessene Antwort einfallen würde – eine, die der Wahrheit entspricht, aber dennoch nicht neugierig macht. Denn es wäre ihr unmöglich, über das, was geschehen ist, zu reden. Jedenfalls nicht mit einer neugierigen Außenstehenden.

Tränenreich wäre also keine geeignete Zusammenfassung ihres Urlaubs.

Dramatisch würde Kirsten auch nur dazu veranlassen, sitzen zu bleiben und nachzubohren.

Sonnig und warm wäre zwar korrekt, doch es käme Matilda so vor, als würde sie Leni verraten, wenn sie nach allem, was passiert ist, nur übers Wetter reden würde.

»Unvergesslich«, sagt sie schließlich, und das trifft es genau. Was sie in der vergangenen Woche erlebt hat, wird sie garantiert nie vergessen. Es hat sich für immer in ihrem Gedächtnis eingebrannt.

»Ja, ja, die Liebe«, grinst Kirsten vielsagend.

Matilda erspart sich den Widerspruch. Soll Kirsten doch glauben, was sie will. Außerdem ist es ja nicht ganz verkehrt: Die Liebe war allgegenwärtig in den vergangenen Tagen. Vor allem, als Michel plötzlich auftauchte. Sie hatte schon gar nicht mehr mit ihm gerechnet.

Doch davon will sie erst recht nichts erzählen. Ihr kämen doch bloß wieder die Tränen. Lieber lenkt sie das Gespräch in andere Bahnen.

»Und hier so? Irgendwelche Neuigkeiten?«

»Aber hallo!«, flötet Kirsten. »Sogar sensationelle Neuigkeiten: Lutz hat eine Freundin. Ella heißt sie und ist locker zwölf Jahre älter als er. Wenn nicht noch mehr! Das heißt, sie könnte fast seine Mutter sein. Seine frühreife Mutter. Auf jeden Fall ist es irgendwie schräg. Auch wenn sie nett ist. Stell dir vor, er hat sie im Single-Kochclub kennengelernt. Klingt das nicht wahnsinnig verzweifelt?«

Matilda interessiert sich nicht die Bohne für Lutz' Eroberung. Sie ist nur froh, dass sie wohl künftig vor seinen Flirtversuchen sicher sein wird. Ihretwegen könnte diese Ella auch zwei Meter groß sein, drei Köpfe haben und viermal so alt sein wie Lutz, es wäre ihr völlig egal. Deshalb blendet sie Kirstens Geplapper aus und versinkt wieder in ihren Erinnerungen …

Gleich nach Michels Eintreffen muss sie eingeschlafen sein. Das war ihr, als sie Stunden später wieder erwachte, regelrecht peinlich.

»Sie müssen mich ja für extrem unhöflich halten«, sagte sie, als sie Michel auf Lenis Bettrand sitzen und ihre Hand streicheln sah.

»Überhaupt nicht. Sie waren ja völlig erledigt. Kein Wunder nach der langen durchwachten Nacht. Die Schwestern haben mir alles erzählt«, meinte er mit einem zaghaften Lächeln.

Lenis Atem war lauter geworden. Ob es Michel wohl ebenso ging wie ihr zu Anfang? Da hätte sie am liebsten die Flucht ergriffen.

»Man gewöhnt sich daran«, erklärte sie, um ihn zu beruhigen. »An das Gerassel«, fügte sie hinzu, als Michel irritiert die Augenbrauen hochzog.

»Ach so«, meinte er, »das macht mir nichts aus. Das war bei meinen Eltern genauso. Und bei meiner Frau. Ich kenne die Begleitgeräusche des Todes.«

Dann schwiegen sie eine Weile. Schließlich räusperte sich Michel. »Offen gestanden war ich ganz froh, dass Sie geschlafen haben. Das hat mir ein bisschen Zeit zu zweit mit Leni verschafft. Wir haben uns ausgesprochen.«

»Sie war bei Bewusstsein?« Das wäre allerdings eine aufregende Neuigkeit.

»Nein, leider nicht. Aber ich bin sicher, sie hat mich gehört. Ich könnte schwören, ihre Mundwinkel haben ein paarmal gezuckt. Und einmal hat sie auch ihre Hand bewegt.«

»... jedenfalls versorgt sie ihn regelmäßig mit Backwaren vom Vortag aus ihrem Supermarkt. Vor allem mit Nussplundern und Käse-Schinken-Croissants. Was auch erklärt, warum er in den letzten Wochen ein bisschen angesetzt hat«, zwitschert Kirsten munter weiter, und etwas daran lässt Matilda aufmerken.

»Welcher Supermarkt?«

»Na, dieser Discounter bei dir um die Ecke. Dort arbeitet sie. Falls du Lutz also mal dort herumlungern siehst, keine Sorge: Er lauert nicht dir auf, sondern seiner Ella.«

Die Erkenntnis trifft Matilda so unerwartet wie die hohe Welle beim Strandspaziergang, die sie bis zur Taille durchnässt hatte.

Ella ist keine Geringere als E. Klein!

»Ich wusste, dass du das witzig findest«, kommentiert Kirsten ihr Schmunzeln zufrieden.

»Die Liebe geht manchmal sehr seltsame Wege«, erwidert Matilda. Zuweilen muss man sie auf die Spur bringen, so wie bei Klara und Jonathan. Aber meist funktioniert es auch ganz ohne verirrte Briefe und Matildas Zutun, so wie bei Ella und Lutz. Zum Glück! Man stelle sich nur vor, sie müsste allen Paaren der Welt auf die Sprünge helfen – das wäre ein schier aussichtsloses Unterfangen …

Unvermittelt denkt sie an M. und Mister Kritzelschrift. Was, wenn während ihres Urlaubs ein weiterer Brief von ihm eingegangen ist? Womöglich einer, der einen entscheidenden Hinweis enthält? Was, wenn der nun im Archiv gelandet ist?

»Sag mal, Kirsten«, beginnt sie zögernd, »gab es denn irgendwelche besonderen Fälle letzte Woche?«

Vielleicht hätte sie die Überleitung geschickter gestalten sollen. Sie merkt selbst, wie schräg ihre Frage klingt, und für Kirsten muss sie sich noch verschrobener anhören.

»Besondere Fälle? Hier im Amt?« Kirstens sonniges Apfelbäckchengesicht verzieht sich zu einer verblüfften Grimasse. »Vielleicht ist es dir während deines Liebesurlaubs entfallen, aber wir arbeiten hier weder bei der Kripo noch beim Geheimdienst.«

»Natürlich nicht«, entgegnet Matilda schnell. Dass sie in letzter Zeit mit Knuts Hilfe so einige Ermittlungen durchgeführt hat, die einer Spionin würdig gewesen wären, kann Kirsten ja nicht wissen.

Doch ihre chronische Neugier scheint für den Moment gestillt, sie schüttelt amüsiert den Kopf und verschwindet in Richtung Küche, um sich den Kaffee zu holen, den sie schon vor einer halben Stunde hätte trinken können, wenn sie nicht bei Matilda haltgemacht hätte.

Deren Gedanken wandern zurück in jenes Krankenzimmer in der Glücksburger Klinik. Zu der Szene, die ihr Gedächtnis ihr seit letzter Woche in Dauerschleife präsentiert, immer und immer wieder.

Sie war gerade vom Getränkeautomaten zurückgekehrt mit einem Kaffee für Michel und einem Tee für sich selbst.

In diesem Moment stockte das gleichmäßige Rasselgeräusch, und Leni schlug die Augen auf.

Sah zuerst Matilda an und lächelte zaghaft.

Entdeckte dann Michel.

Zögerte.

Strahlte, als sie ihn erkannte.

Er küsste sie auf die Stirn.

Leni atmete tief ein und schloss die Augen.

Dann atmete sie aus.

Ihre Lider flatterten leicht.

Dann nicht mehr.

Dann gar nichts mehr …

Es dauerte ein paar Sekunden, bis Matilda begriff, was geschehen war.

Zum Glück hatte sie ihre Teetasse bereits abgestellt, sonst hätte sie sie in diesem Moment fallen lassen. Sie sank auf den Besucherstuhl und war erst einmal unfähig, irgendetwas zu sagen. Oder zu tun. Wie die Schwester zu rufen. Oder sonst irgendetwas Sinnvolles. Sie saß bloß da und spürte, wie stumme Tränen über ihre Wangen liefen.

Michel weinte nicht. Er stand bloß da und hielt weiterhin Lenis Hand, so wie er es schon seit Stunden getan hatte. Wie in stummem Übereinkommen mit Matilda betätigte auch er nicht die Klingel. Matilda war froh darüber. Wozu auch? Das hatte keine Eile. Nachdem Leni gerade so friedlich eingeschlafen war, hätte sie es jetzt als unerträglich empfunden, wenn übermotivierte junge Notärzte sie mit Wiederbelebungsversuchen gequält hätten, die sie am Ende ja doch nicht vor dem Unausweichlichen bewahren könnten. Alles, was Leni jetzt noch blieb, war ihre Würde.

Als Michel merkte, dass Matilda aus ihrer Schockstarre erwacht war und vergeblich in ihrer Handtasche herumwühlte, reichte er ihr wortlos ein Papiertaschentuch.

»Danke«, schniefte sie.

Danke fürs Herkommen, setzte sie gedanklich hinzu.

Danke dafür, dass Leni diesen Moment noch erleben durfte.

»Danke für Ihren Anruf«, sagte Michel leise. »Ich habe gelogen, als ich neulich behauptet habe, das Kapitel sei für mich abgeschlossen. Eine Verbindung wie die zwischen Leni und mir ist niemals ganz und gar vorbei. Auch wenn ich fast sicher bin, dass das mit uns niemals gut gegangen wäre. Wir waren einfach zu unterschiedlich. Und viel zu jung. Dennoch hat mich unsere Liebe mein ganzes Leben lang begleitet und getragen. Immer mal wieder habe ich daran gedacht, Leni zu suchen. Einfach nur, um zu sehen, was aus ihr geworden ist. Ihren beruflichen Erfolg hatte ich natürlich mitverfolgt. Jedoch fragte ich mich, wie sie sich wohl als Person entwickelt hatte. War ihr der Ruhm zu Kopf gestiegen? Hatte er sie beflügelt? War sie noch immer so spontan? Oder hatte sie sich in eine knallharte Businessfrau verwandelt? Ich hätte es zu gern gewusst und hatte schon Pläne geschmiedet, um Antworten zu finden. Aber dann ließ ich es doch bleiben – aus Angst vor einer Enttäuschung. Die Leni in meiner Erinnerung bleibt immer unbeschwert, jung, quirlig. Sie sitzt auf einer Fahrradstange und riecht gut. Und sie singt ›If You Wanna Be Happy‹.«

»Diese Leni ist sie immer geblieben«, da war sich Matilda ganz sicher. »Jedenfalls ein Teil von ihr.«

Es folgte wieder ein Augenblick des gemeinsamen Schweigens. Er war friedvoll und irgendwie unwirklich.

Dann öffnete sich die Zimmertür, und der Moment war vorbei. Matilda wusste, wie es nun weitergehen würde. Schwestern würden hereinstürmen und emsig herumhantieren, dann einen Arzt rufen, der den Tod feststellte; Michel und sie würden gebeten, das Zimmer zu verlassen, sie würden verlegen im Korridor herumstehen und nicht recht wissen, was sie sagen sollten.

Aber es war gar nicht die Stationsschwester, die eintrat, sondern eine dunkelhaarige Frau in einem hellgrauen Leinenanzug und silbernen Riemchensandalen. Matilda schätzte sie auf etwa Ende vierzig. Ihr breiter Mund war ziegelrot geschminkt, der Blick ihrer großen braunen Augen ernst.

»Das ist meine Tochter«, erklärte Michel. »Sie haben mit ihr telefoniert. Ich war zu nervös, selbst zu fahren. Deshalb hat sie mich chauffiert.« Dann wandte er sich an seine Tochter. »Und das ist Matilda Keller.« Mehr Erklärung war nicht notwendig.

Die Frau sah Michel nicht besonders ähnlich. Musste wohl nach ihrer Mutter kommen. Wenn das so war, hatte Michel nicht nur einen exzellenten Geschmack, sondern auch großes Glück gehabt.

»Ist sie …?« Sie nickte leicht in Richtung Leni.

»Ja«, erwiderte er und strich über Lenis Arm. »Vor ein paar Minuten.«

»Dann warte ich wohl besser draußen.«

Michel nickte.

»Nimm dir Zeit. Wenn es länger dauert, findest du mich nachher im Park.«

»Nicht nötig«, sagte er und wandte sich noch einmal zu seiner Tochter um. »Ich bin gleich bei dir, Leni.«

Kapitel 36:

Wenn der Postmann später klingelt.

Normalerweise würde sich Matilda auf ihre Arbeit stürzen wie eine Verhungernde auf ein Stück Brot. Den ersten Werktag nach dem Urlaub sehnt sie sonst immer stärker herbei als ihre Kollegen den Feierabend.

Heute jedoch ist alles anders. Es fällt ihr unendlich schwer, sich auf die Briefe zu konzentrieren. Jetzt ist es schon Mittag, und sie hat gerade mal einen kläglichen Stapel bearbeitet. Eben hat sie sage und schreibe siebzehn Minuten gebraucht, um festzustellen, dass die förmliche Danksagung für ein Salatbesteck zur Verlobung (wie fantasielos!) leider keinen Hinweis auf Adressat oder Absender enthält und daher wohl oder übel im Archiv landen muss.

Siebzehn Minuten!

Das liegt nur daran, dass ihr die aufwühlenden Ereignisse der vergangenen Woche immer wieder durch den Kopf schwirren.

Lenis kühle Hände.

Michels Auftauchen im letzten Moment.

Der letzte Atemzug.

Und dann dieser Satz: *Ich bin gleich bei dir, Leni …*

Wenn sie noch einen Beweis dafür gebraucht hätte, dass Michel seine erste große Liebe nie vergessen hat, dann hatte er ihn damit geliefert. Warum sonst hätte er seine Tochter nach ihr benannt?

Matilda fragt sich, wie es dazu wohl gekommen ist.

»Wollen wir das Baby eigentlich nach deiner oder lieber nach meiner Mutter nennen?«

»Ach, Liebling, wenn es dir nichts ausmacht, taufen wir sie doch auf den Namen der Frau, die ich beinahe geheiratet hätte.«

»Aber natürlich, Schatz, was für eine entzückende Idee …«

So wird sich das Gespräch ja kaum abgespielt haben. Und dennoch heißt sie so. Leni.

Womöglich wusste Michels Tochter bislang selbst nicht darüber Bescheid, wie sie zu ihrem Namen gekommen ist. Matilda versucht, sich an das Telefonat mit ihr zu erinnern. »Leni stirbt. Wenn er sie noch einmal sehen will, dann jetzt«, hat sie gesagt. Was für ein Schock das für die junge Leni gewesen sein muss! Ob sie wohl die gemeinsame Autofahrt nach Glücksburg dazu genutzt hat, ihren Vater zu löchern?

Natürlich hat Matilda nicht gewagt, danach zu fragen.

Tatsache ist, dass Michel und seine Tochter ebenfalls noch bis zur Beisetzung in Glücksburg geblieben sind. Falls es also eine Aussprache gegeben hat, ist sie positiv verlaufen. Warum auch nicht? Schließlich hat Michel seine Frau – Lenis Mutter – nicht betrogen. Und ein Kind nach einem Menschen zu benennen, den man einmal sehr geliebt hat, ist an sich nichts Verwerfliches.

Es war eine schlichte, aber auch tröstliche Trauerfeier. Leni Arnold hatte bereits vorab alles bis ins kleinste Detail geregelt und bezahlt, sodass sich die vermeintliche Nichte um nichts kümmern musste. Zur Trauergemeinde gehörten neben Matilda, Knut und Elvira sowie Michel und seiner Tochter auch ein paar Pflegekräfte aus dem Seniorenstift und zwei aufgetakelte High-Heels-Trägerinnen aus der Firma, die noch immer Lenis Namen trägt, aber schon lange nichts mehr mit ihr zu tun hat. Mit ihren Designer-Sonnenbrillen und Laufsteg-Outfits wirkten sie irgendwie fehl am Platz, und als auf dem Weg von der Kapelle zum Grab »If You Wanna Be Happy« gespielt wurde, so wie Leni es festgelegt hatte, tauschten sie irritierte Blicke. Nach der Zeremonie beeilten sie sich, in ihre klimatisierte Limousine zu kommen und zu verschwinden …

Matilda ertappt sich dabei, wie sie die Melodie dieses 60er-Jahre-Hits vor sich hin summt, während sie mit geübten Handgriffen den nächsten Brief öffnet. Aber der wirbelnde Strudel aus Musik, Momentaufnahmen und Gesprächsfetzen in ihrem Kopf macht es unmöglich, ihn in professionellem Amtstempo zu lesen. Genauso wenig wie den nächsten. Und den übernächsten.

Zumal wenig Spannendes dabei ist. Ein paar nichtssagende Zeilen an die Großtante, ein förmlicher Geburtstagsgruß an eine gewisse Mimi, ein etwas voreiliger Wunschzettel an den Weihnachtsmann und dergleichen mehr.

Keine weltbewegenden Geständnisse.

Keine dramatischen Gefühlsausbrüche.

Nicht mal die Andeutung eines Liebesbriefes.

Matilda überlegt schon, ob sie wohl ihre Dosis an Emotionen für dieses Jahr aufgebraucht hat – oder ob gar ihre Aufgabe als Glücksbotin erfüllt ist. Schließlich hat alles damit angefangen, dass sie Michels Brief hinter dem Aktenschrank hervorfischte. Vielleicht ist es mit Lenis Tod für immer vorbei? Der Gedanke entbehrt nicht einer gewissen Logik, das muss sie zugeben – auch wenn er sie traurig stimmt.

Doch dann fällt ihr – kurz vor Dienstschluss – ein Umschlag in die Hand, der ihr Herz sofort schneller schlagen lässt. Er kommt ganz eindeutig von Mister Kritzelschrift.

Doch Schritte nähern sich – dem Absatzgeklapper nach ist es Kirsten, die ihr einen schönen Feierabend wünschen will. Schnell lässt Matilda den Umschlag in ihre Handtasche gleiten, um ihn vor den neugierigen Blicken ihrer Kollegin zu schützen. Und natürlich, um ihn später ganz in Ruhe analysieren zu können. Ihr schlechtes Gewissen regt sich dabei kaum noch. Was sie tut, ist schließlich völlig uneigennützig.

Matilda fühlt sich etwas unbehaglich, als sie den Supermarkt betritt – obwohl es hier herrlich kühl ist im Vergleich zur Gluthitze auf der Straße. Jetzt, am späten Nachmittag, ist es am allerschlimmsten. Und drinnen umso angenehmer. Unangenehm dagegen wäre es ihr, auf E. Klein zu treffen. Jedenfalls bevor sie sich an den Gedanken gewöhnt hat, dass sie weder Elvira noch Ellen noch Evelyn heißt und vermutlich auch keine ehemalige Dachdeckerin ist.

Ella und Lutz, nicht zu fassen …

Aber Kneifen gilt nicht – es sei denn, sie verkneift sich auch ihren Appetit.

Zu Matildas Erleichterung arbeitet E. Klein heute nicht. Vielleicht hatte sie auch Frühschicht? Dann kann sie jetzt den Feierabend mit Lutz am Baggersee verbringen. Hauptsache, Matilda muss nicht selbst dicht an dicht mit all den anderen schwitzenden Badegästen auf einem unbequemen Handtuch liegen und sich mit Lutz unterhalten. Dass sie dabei leicht bekleidet wäre und vermutlich einen Sonnenbrand bekäme, wäre dabei nur das geringste Übel. Aber Ella scheint wohl auf Lutz zu stehen. Ist es nicht wunderbar, dass jedes noch so seltsame Töpfchen sein Deckelchen zu finden scheint? Wenn man von denen absieht, die – wie Matilda – deckellos ganz hervorragend durchs Leben kommen.

Als sie Salat, Tomaten, Gurke, Joghurt, Schwarzbrot, Eier, Käse und Oliven aufs Laufband legt, kann Matilda selbst nicht mehr verstehen, warum sie vorhin so zögerlich war. Jetzt jedenfalls ist sie bester Laune – im Gegensatz zu S. Braun, die mit mürrischer Miene an der Kasse sitzt.

»Ganz schön heiß draußen«, sagt Matilda freundlich. »Hier drin kann man sich wunderbar abkühlen.«

S. Braun schnaubt nur. Garantiert läge auch sie jetzt lieber auf einem Handtuch am See.

Wofür S. wohl steht? Susanne? Sabine? Sybille? Eher nicht. Dazu wirkt sie zu jung. Auch Sonja, Silke, Stefanie oder Sigrid kommen nicht infrage. Falsche Generation. Vermutlich ist sie eher eine Sophie, eine Selina oder eine Sarah. Ja, Sarah könnte passen.

»Ich wünsche Ihnen einen schönen Feierabend«, verabschiedet sich Matilda, nachdem sie alles in einen Stoffbeutel geräumt und bezahlt hat. S. Braun schenkt ihr ein kleines Lächeln. Immerhin. Ein Anfang.

Der Briefträger ist spät dran heute. Er begegnet Matilda kurz vor der Haustür. Sonst kommt er meist schon am frühen Nachmittag. Die Hitze scheint alle zu lähmen, nicht nur im Amt. Bestimmt hat sich Knut schon umsonst runterbemüht. Zum Glück hat sie noch den Zweitschlüssel zu seinem Briefkasten am Schlüsselbund, sodass sie ihm seine Post gleich mitbringen kann. Es ist ein ganzer Stapel. Auch Matildas eigenes Fach ist ziemlich voll. Sie stopft ihre Umschläge in die Tasche, um sie nicht mit seinen zu vermischen.

Das Treppensteigen ist anstrengend heute. Matilda ist froh, auf halbem Weg eine Pause einlegen zu können.

»Oh, meine Post. Danke dir, Matilda! Kommst du noch auf einen Sprung rein?«

Knuts Frage irritiert sie. »Aber klar doch. Wie jeden Abend. Oder hast du noch etwas vor?«

»Ehrlich gesagt, ja. Ich schau gleich bei Elvira rein, auf eine Partie Domino. Irgendwann muss ich es doch schaffen, sie zu besiegen! Anschließend kommt Cornelius vorbei und bringt Professor Hawking zurück. Ich will ihn dann in das neue Fischrestaurant an der Ecke einladen. Als kleines Dankeschön dafür, dass er uns sein Schlachtschiff überlassen und sich so gut um den Professor gekümmert hat.«

»Ach so.« An die Sache mit dem Auto hat Matilda schon gar nicht mehr gedacht. Überhaupt hat sie Cornelius und alles, was mit ihm zu tun hat, erfolgreich aus ihrem Kopf verbannt.

»Hast du vielleicht Lust mitzukommen?«, schlägt Knut unvermittelt vor. »Selbstverständlich bist du ebenfalls eingeladen.«

Das wäre so ungefähr das Letzte, worauf Matilda jetzt Lust hätte. Cornelius würde es garantiert genießen, sie aufzuziehen. Zum Beispiel damit, dass sie ihre Freizeit und sogar ihren Urlaub lieber mit Menschen verbringt, die ihre Großeltern sein könnten, als mit Leuten ihres Alters. Natürlich würde er seine Spitzen mit Charme garnieren, sodass sie Knut harmlos vorkommen würden. Während sie gute Miene zum bösen Spiel machte. Aber am Ende würde sie innerlich brodeln und sich dabei so ohnmächtig fühlen wie schon lange nicht mehr.

»Lieb von dir«, sagt sie schnell, »aber ich bin müde. Vielleicht ein andermal.« *In einem anderen Leben.*

In ihrer Wohnung herrschen klimatische Bedingungen wie in einer Sauna. Später, wenn es dunkel wird, kann sie die Dachfenster aufreißen und ordentlich durchlüften. Mit etwas Glück kühlt es dann zumindest so weit ab, dass sie halbwegs schlafen kann.

Matilda streift die Schuhe von den Füßen und kickt sie in die Ecke. Dann räumt sie die Lebensmittel in den Kühlschrank. Aus ein paar Tomaten, Oliven und einem Stück Käse zaubert sie sich einen Salat. Ihr liebstes Sommer-Rezept. Schön leicht, erfrischend und trotzdem sättigend.

Danach spült sie ab. Damit ist das Pflichtprogramm für heute erledigt, und sie kann es sich bequem machen.

Da fallen ihr die Briefe in ihrer Tasche ein. Also doch noch mal aufstehen …

Im Stehen sieht sie die Umschläge durch. Werbebriefe, Wurfsendungen, ein paar Rechnungen, nichts Aufregendes. Das meiste wandert sofort in den Papiermüll, die

Rechnungen kommen in die Ablage. Und dann ist da noch ein beigefarbener Umschlag mit unleserlicher Aufschrift.

Mister Kritzelschrifts neuestes Werk! Sie hat schon gar nicht mehr daran gedacht, dass sie den Brief eingesteckt hat. Umso aufgeregter ist sie jetzt, als sie ihn öffnet.

Kapitel 37:

Lauter kleine Wahrheiten.

Liebe M.,

heute Nacht, als ich nicht schlafen konnte, weil ich immerzu an dich denken musste, wurde mir mit einem Mal klar, dass ich einen Riesenfehler begangen habe: In meinen bisherigen Briefen habe ich fast ausschließlich von mir selbst geschrieben. Grundgütiger, wofür musst du mich wohl halten? Für einen Egomanen? Einen Narzissten? Einen selbstverliebten Gockel?
Nicht genug, dass ich dir in aller Ausführlichkeit meine Gefühlslage und meine Befindlichkeiten geschildert habe, nein, ich habe dich auch noch mit hundert kleinen Wahrheiten über mich selbst belästigt. Du musst ja glauben, dass ich mich viel zu wichtig nehme.

Dabei habe ich diesen Seelenstriptease ausschließlich für dich gemacht – nicht, weil ich mich selbst so toll finde. Im Gegenteil. Ich fürchte, ich habe eine Frau wie dich überhaupt nicht verdient. Aber das hält mich nicht davon ab, mich danach zu sehnen.
Tatsache ist, dass ich am liebsten nie wieder ein Wort über meine Wenigkeit verlieren würde. Stattdessen möchte ich alles über dich erfahren!
Aber keine Angst, ich erwarte von dir keine 100-kleine-Wahrheiten-Liste. Es ist nämlich irrsinnig anstrengend, sein

Innerstes derart nach außen zu kehren. Nein, ich bekäme die 100 (oder noch lieber 1.000) Wahrheiten lieber fein dosiert. Über die nächsten fünfzig Jahre verteilt. Wäre das machbar?

Du kannst diesen Brief jetzt natürlich zerreißen. Oder verbrennen. Oder einen Origami-Kranich draus basteln.
Du kannst ihn aber auch aufbewahren und darüber nachdenken, ob deine erste kleine Wahrheit auf der Liste vielleicht »Ich gebe einem Kerl, der es ernst mit mir meint, wenigstens eine Chance« lauten könnte.
Wie diese Chance aussehen soll, überlasse ich ganz dir. Ich könnte dir einen Schokoladenkuchen backen (das würde ich schon lernen, so schwer kann das ja nicht sein!). Oder mit dir bei Mondschein Tretboot fahren (ist das nicht der Inbegriff von Romantik?). Oder mit dir ins Museum gehen (übernächsten Samstag wird in der Kunstgalerie am Markt eine interessante Ausstellung eröffnet – hast du Lust?).
Dir zuliebe würde ich mir sogar eine fünfstündige Wagner-Oper anschauen, Einrad fahren lernen, meine Haare grün färben lassen oder für alle Zeiten auf Pizza verzichten! Ehrlich! Auch wenn ich hoffe, dass du andere Prioritäten hast …

Du wunderst dich vielleicht, dass ich mir meiner Gefühle so sicher bin, wo wir uns doch kaum kennen.
Aber man sucht sich nun mal nicht aus, in wen man sich verliebt. Weder auf den ersten Blick (so wie ich in dich) noch auf den zehnten (wie hoffentlich du!) oder den tausendsten (notfalls beweise ich unendliche Geduld).

Oscar Wilde hat einmal gesagt, die Liebe sei eine Illusion. Aber er hat auch gesagt: »Liebe ist das Größte auf der Welt. Es gibt nichts als die Liebe.«
Ich bin überzeugt davon, dass beides stimmt. Seit ich dich kenne (und ich kenne dich ja kaum!), gibt es auch für mich nichts als die Liebe. Aber die Vorstellung, dass das auch umgekehrt so sein könnte, fühlt sich an wie eine Illusion. Man könnte auch sagen: ein Herzenswunsch. Eine Utopie. Oder zumindest ein wunderbarer Traum.
Und du magst doch Männer mit Fantasie, oder?

In Liebe, dein …

Mister Kritzelschrift hat eindeutig Humor, das muss Matilda zugeben. Bestimmt würde sich M. früher oder später in ihn verlieben, wenn sie nur endlich wüsste, wie er fühlt und denkt.

Sie muss dringend versuchen, M. zu identifizieren! Aber leider enthält auch dieser Brief wieder keinen konkreten Hinweis. Nicht mal eine vage Andeutung. Nichts bis auf diesen einen Buchstaben. M. könnte jede Frau zwischen Flensburg und Sonthofen sein, die Mirjam heißt oder Maite, Marie, Michelle, Melissa, Manon, Merle, Marlene, Milla …

Moment. Nein, das kann so nicht stimmen. Nicht zwischen Flensburg und Sonthofen. Sondern irgendwo hier in Karlskirchen. Sonst hätte Mister Kritzelschrift sie ja bestimmt nicht ins hiesige Kino eingeladen oder auf die Ausstellung hingewiesen.

Aber das bringt sie auch nicht viel weiter. Es bleiben

immer noch Hunderte, wenn nicht sogar Tausende Frauen übrig, selbst wenn man die Altersgruppe irgendwie eingrenzt. In Matildas Vorstellung ist M. mindestens zweiundzwanzig und allerhöchstens fünfunddreißig. Aber man weiß natürlich nie.

Die Hitze in der Dachwohnung ist wirklich unerträglich. Matilda zieht sich aus und stellt sich unter die Dusche. Lauwarmes Wasser kühlt am besten ab. Danach wirft sie ein dünnes Baumwollkleid über und legt sich aufs Bett, um zu dösen. Selbst lesen ist ihr zu anstrengend. Aber denken funktioniert einwandfrei. Solange sie sich dabei nicht bewegen muss …

Was M. wohl für kleine Geheimnisse auflisten würde? Mister Kritzelschrift hat bestimmt nicht unrecht, wenn er sagt, dass es harte Arbeit ist, so viele Aussagen über sich selbst zu treffen. Sie selbst wüsste gar nicht, wo sie anfangen sollte.

Wobei – natürlich wüsste sie das. Mit dem, was ihr am allerwichtigsten ist:

1. *Ein Leben ohne Bücher ist möglich, aber sinnlos.*
2. *Filme können fast so wunderbar sein wie Bücher.*
3. *Das schaffen aber nur ganz besondere Klassiker!*
4. *Buchhandlungen sind toll, aber im Antiquariat riecht es besser!*
5. *Was außerdem wunderbar duftet: Leder, Zeitungen, Pfeifentabak, Käse, Sommerwind am Meer.*
6. *Nicht zu vergessen: Kaffee!*
7. *Auch wenn ich ihn niemals trinke …*
8. *Ein Leben ohne Kräutertee ist möglich, aber trocken.*

9. *Worauf ich außerdem ungern verzichten würde: Mohnkuchen.*
10. *Eigentlich gehört Mohnkuchen mindestens auf Platz 3!*

Das ging ja schneller, als sie gedacht hätte! Und macht irgendwie sogar Spaß … Matilda bekommt Lust, ihre Gedanken aufzuschreiben. Trotz Hitze und Müdigkeit steht sie auf, um Bleistift und Notizblock zu holen. Rasch notiert sie die ersten zehn Punkte, die ihr spontan eingefallen sind und die sie zum Glück mühelos wieder zusammenbekommt.

Und weiter?

Sie muss nicht lange grübeln. Die nächsten Sätze fließen nur so aus ihr heraus.

11. *Ich habe keinen Führerschein, und das ist auch gut so.*
12. *Aber ich bin eine prima Beifahrerin. Auch wenn ich unterwegs hin und wieder einschlafe.*
13. *Ich halte nichts von After-Work-Treffen.*
14. *Was ich überhaupt nicht beherrsche: die Kunst des Flirtens.*
15. *Was ich überhaupt nicht vermisse: die Kunst des Flirtens.*
16. *Ich war dieses Jahr das erste Mal in Berlin, Hannover und Glücksburg.*
17. *Meinen Urlaub habe ich mit zwei Senioren verbracht.*
18. *Eigentlich mit drei Senioren. Es gab einen Todesfall.*
19. *Genauer gesagt mit vier Senioren. Es gab ein allerletztes Wiedersehen.*
20. *Ich hasse Tunnel, vor allem unter dem Wasser!*

Matilda überlegt kurz, die Stichworte irgendwie logischer zu sortieren. Aber das hat Mister Kritzelschrift ja auch nicht getan. Wenn sie jetzt anfangen würde, alles zu hinterfragen, wäre es bestimmt schnell vorbei mit der Ideenflut. Sie kommt mit dem Schreiben kaum hinterher …

21. *Es macht mir Spaß, mürrische Supermarkt-Kassiererinnen zum Lächeln zu bringen.*
22. *Und mir Geschichten über sie auszudenken.*
23. *Generell stelle ich mir gern vor, wie fremde Menschen wohl heißen, wohin sie unterwegs sind oder was ihr Beruf ist.*
24. *Dabei liege ich übrigens oft ganz schön daneben.*
25. *Ich liebe Trödelmärkte!*
26. *Mein Orientierungssinn ist unterirdisch.*
    Der Beweis: Ich verlaufe mich manchmal auf dem Heimweg von der Arbeit. Obwohl ich weder den Job noch die Wohnung in den letzten Jahren gewechselt habe.
27. *Woran ich ungern denke: an meine Kindheit.*
28. *Woran ich ohne Schrecken denke: ans Altwerden.*
29. *Manchmal träume ich vom Leben auf dem Bauernhof.*

Matilda hätte nicht gedacht, dass es über sie so viel zu sagen gibt. Eine interessante Erfahrung. Auch wenn es jetzt langsam anstrengend wird. Sie muss ein wenig grübeln, um weitere Punkte notieren zu können.

30. *Gedichte liebe ich sehr! Vor allem von Fontane.*
31. *Eine meiner unangenehmsten Erfahrungen in letzter Zeit: ein Speeddating.*
32. *Mein vielleicht größtes Talent: Glücksbotin sein.*
33. *Was ich an meiner Arbeit mag: dass ich gestrandete Gefühle auf den Weg zu ihrem Heimathafen bringen kann.*

34. *Ganz ehrlich: Ich bin total langweilig.*
35. *Und uncool!*
36. *Aber immerhin habe ich neuerdings ein Smartphone. Und kann damit umgehen!*
37. *In letzter Zeit stehe ich auf 60er-Jahre-Hits. Und tanze sogar drauf!*
38. *Wenn mein Leben verfilmt würde, müssten mich Audrey Hepburn oder Ingrid Bergman spielen, wenn sie nicht schon tot wären.*
39. *Oder Shirley MacLaine, wenn sie fünfzig Jahre jünger wäre.*
40. *Und wenn mein Leben nicht viel zu ereignislos wäre, um es zu verfilmen …*
41. *Ich besaß noch nie ein zitronengelbes Sommerkleid.*

Ob ihr das wohl stehen würde?

Matilda denkt an die Fotos, die Michel bei ihrem Treffen in Hannover dabeihatte. Wie wunderschön Leni darauf aussah! So lebenslustig und jung.

Zum Glück hat sie diese Bilder abfotografiert! Wo ist eigentlich das Handy? Bestimmt noch in der Handtasche. Lautlos gestellt wie immer, damit Kirsten und die anderen nicht mitbekommen, wenn es – was selten genug vorkommt – klingelt. Am Ende wollen ihre Kollegen sie in so etwas Albernes wie eine WhatsApp-Gruppe aufnehmen, und darauf hat sie nun wirklich keine Lust! Sie wühlt in ihrer Tasche und bekommt es schließlich in die Finger. Zwischen Geldbeutel und … Was ist denn das für ein Briefumschlag? Beigefarben wie der von Mister Kritzelschrift, und auch genauso beschrieben.

Matilda erstarrt.

Das kann doch nicht sein! Sie hat doch nur einen Brief an M. eingesteckt. Und den hat sie eben gelesen.

Da überläuft sie trotz Gluthitze eine Gänsehaut.

Das kann doch nur bedeuten, dass …

Kapitel 38:

Wenn Schuppen von den Augen fallen …

Langsam.

Zurück auf Anfang.

Nichts überstürzen. Schon gar nicht die Gedanken. Es bringt nichts, voreilige Schlüsse zu ziehen. Das ist alles eine Frage der Vernunft!

Matilda atmet tief durch und lässt sich auf einen Küchenstuhl sinken.

Reiß dich zusammen, Matilda. Es muss eine logische Erklärung geben!

Heute hat sie im Amt einen Brief von Mister Kritzelschrift eingesteckt. Den hat sie eben geöffnet und gelesen.

Es gab nur diesen einen.

Keinen zweiten.

So weit, so gut.

Tatsache ist aber, dass sich ein weiterer beigefarbener Umschlag mit den unverwechselbaren Schnörkeln darauf in ihrer Handtasche befindet.

Ein vorsichtiger Kontrollblick bestätigt diesen Fakt. Es war also keine optische Täuschung.

Die alles entscheidende Frage lautet nun: Wie ist er dort hineingekommen?

Sind es vielleicht von Anfang an zwei Briefe gewesen? Hat sie das im Eifer des Gefechts bloß nicht bemerkt, weil sie sich so beeilen musste, sie einzustecken, bevor Kirsten sie dabei ertappte?

Möglich.

Aber unwahrscheinlich.

Höchst unwahrscheinlich sogar.

Schließlich ist der Umgang mit Briefen ihr täglich Brot. Matilda hantiert ständig mit Kuverts herum, und ihre Hände haben mit den Jahren ein untrügliches Gespür dafür bekommen. Ohne genau hinzusehen, weiß sie instinktiv, wie sie einen Umschlag halten und wo den Öffner ansetzen muss, um ihn mit einer flinken, geschmeidigen Bewegung aufzuschlitzen. Ja, sie kann sogar schätzen, wie viele Briefbögen sich darin befinden. In neun von zehn Fällen liegt sie damit richtig.

Und in dieser Sache täuscht sie sich erst recht nicht: Wenn es zwei Briefe gewesen wären, hätte sie das sofort bemerkt.

Woher also kommt er dann?

Wie sie es dreht und wendet, es gibt tatsächlich nur eine sinnvolle Antwort darauf: Das Kuvert muss in ihrem Briefkasten gewesen sein. Bei ihrer restlichen Post.

Aber. Wie kann das sein?

Zögernd zieht sie das Corpus Delicti aus der Tasche hervor und beäugt es genau. Das bekannte Papier. Die übliche unleserliche Beschriftung. Eine Briefmarke.

Aber etwas fehlt.

Der Poststempel.

Kann dieser Brief also ordnungsgemäß und in ihren Briefkasten zugestellt worden sein?

Nein, das ist unmöglich.

Und das aus gleich zwei Gründen: erstens, weil Briefe ohne Poststempel in 99,9 Prozent aller Fälle nicht befördert werden. Und zweitens, weil nicht einmal ein Kryptograf die wirren Schnörkel auf der Vorderseite des Umschlags als ihre Adresse hätte entschlüsseln können.

Und doch hält sie ihn nun in Händen.

Aber was bedeutet das?

Etwa, dass Mister Kritzelschrift ihn höchstpersönlich in ihren Briefkasten geworfen hat?

Völlig absurd.

Woher sollte er wissen, dass sie die Sachbearbeiterin im Amt für nicht zustellbare Post ist, die daran arbeitet, ihn aufzuspüren?

Nein, das ist unmöglich. Der Absender ahnt vermutlich noch nicht einmal etwas von der Existenz dieses Amtes, und noch viel weniger davon, dass Matilda dort arbeitet. Und schon gar nicht, wo sie wohnt!

Oder?

Etwa doch?

Nun ja. Eigentlich kann es nicht sein. Aber das muss es ja wohl. Es sei denn, sie halluziniert. Doch das tut sie nicht. Der Umschlag ist echt.

Und ja, das kann nur eins bedeuten. Nämlich, dass die absolut unwahrscheinliche Annahme entgegen jeder Plausibilität wahr ist.

Der Briefeschreiber ist kein Fremder.

Und M. ist keine Fremde. M. müsste dann sogar sie selbst sein.

Matilda.

Himmel!

Wenn man diesen Gedanken weiterspinnt …

Nein. Oder?

Soll das etwa bedeuten, dass Mister Kritzelschrift sie kennt? Dass dieser Brief tatsächlich für sie bestimmt ist? Und – was noch viel verstörender wäre – dass all seine Liebesbriefe von Anfang an für niemand anders als sie selbst geschrieben waren?

Das muss ein Denkfehler sein.

Diese Schlussfolgerung kann einfach nicht stimmen. Wer sollte ihr solche Briefe schreiben?

Nein, es muss eine andere Erklärung geben.

Womöglich kennt Mister Kritzelschrift das Amt für nicht zustellbare Post ja doch? Und weiß, dass Matilda hin und wieder weit über die dienstliche Recherche hinausgeht und sogar ihre Komfortzone verlässt, um die wahren Empfänger der Briefe aufzuspüren, die auf ihrem Schreibtisch landen?

Ja, so muss es sein. Das klingt zwar unglaublich, ist aber nicht so unvorstellbar wie die verrückte Idee, sie selbst könnte mit M. gemeint sein.

Vielleicht könnte das die Erklärung sein: Mister Kritzelschrift wendet sich an sie, weil er M.s Adresse nicht kennt. Vielleicht nicht einmal ihren vollständigen Namen. Und er hofft darauf, dass Matilda sie für ihn aufspürt.

Wie raffiniert!

Sie muss zugeben, dass sie von Mister Kritzelschrifts Cleverness mindestens so beeindruckt ist wie von dem originellen Stil, mit dem er seine tiefen Gefühle zum Ausdruck bringt. Voller Selbstironie und Ehrlichkeit. Dass er zugibt, es wäre ihm lieber, nicht verliebt zu sein, er aber eben nicht anders kann, weil die Emotionen ihn unerwartet überwältigt haben.

Wenn ihr etwas in der Art jemals passieren sollte, würde sie vermutlich ähnlich empfinden. Denn sie sehnt sich ja keineswegs nach Liebe. Nicht einmal nach Verliebtheit. Aber was tun, wenn sie einen unerwartet überkommt?

Matilda weiß selbst nicht, was sie auf diesen Gedanken gebracht hat. Schließlich besteht keine akute Gefahr, dass etwas in der Art passieren könnte. Selbst Lutz, der ihr monatelang nachgestellt hat, hat sich inzwischen anderweitig orientiert. Zu ihrer großen Erleichterung, natürlich.

Aber was, wenn diese Liebesbriefe an die mysteriöse M. tatsächlich für sie bestimmt gewesen wären? Vorhin, als sie das einen Moment lang für möglich gehalten hätte, hat ihr Herz durchaus schneller geschlagen. Das muss sie zugeben.

Was, wenn es tatsächlich jemanden gäbe, den sie dermaßen durcheinanderbringen würde, dass er seine bisherigen Ideale über den Haufen wirft?

Matilda schnaubt.

Eigentlich sollte das ein amüsiertes Lachen werden, aber das hat nicht so richtig geklappt.

Sie denkt an den ersten Brief, dessen Anfang sie getroffen hat wie ein Paukenschlag:

Liebe Schöne,

vermutlich weißt du nicht einmal, dass du zaubern kannst. Das sähe dir ähnlich. Tatsache aber ist: Du hast mich schier verhext.

Wie sie sich wohl erst fühlen würde, wenn Worte wie diese ihr gelten würden, kann Matilda nur raten. Es übersteigt ihren Vorstellungshorizont.

Das Folgende würde schon eher zu ihr passen:

Dabei bist du überhaupt nicht mein Typ. Ehrlich! Du verstehst meinen Humor nicht. Du kleidest dich wie deine eigene Großmutter. Du benutzt nicht einmal Lippenstift. Und doch siehst du aus wie ein Engel. Überirdisch. Unwirklich. Makellos.

Im Flur hängt ein Garderobenspiegel. Matilda schaut hinein und schneidet eine Grimasse. Natürlich ist sie nicht geschminkt. Lippenstift findet sie widerlich. So klebrig. Als hätte man Kleister auf dem Mund. Aber ihre Haut ist tatsächlich nicht schlecht. Kleinporig und glatt. Keine Pickel mehr und noch keine Falten. Aber ganz gewiss nicht engelsgleich …

Sie fragt sich, wie die Frau wohl aussieht, die Mister Kritzelschrift anbetet. Ob sie seinen Humor vielleicht doch zu schätzen weiß. Matilda mag es sehr, wie er Selbstironie mit Liebesgeständnissen verbindet.

Du kannst diesen Brief jetzt natürlich zerreißen. Oder verbrennen. Oder einen Origami-Kranich draus basteln. Du kannst ihn aber auch aufbewahren und darüber nachdenken, ob deine erste kleine Wahrheit auf der Liste vielleicht »Ich gebe einem Kerl, der es ernst mit mir meint, wenigstens eine Chance« lauten könnte.

Ob M., wenn sie diese Zeilen jemals zu Gesicht bekommt, wohl schmunzelt? Matilda hofft es. Auch dass sie dem originellen Kerl, der sie geschrieben hat, eine Chance gibt. Denn schließlich hat er auch diese wunderbaren Sätze formuliert – die vielleicht schönsten überhaupt, die sie je in einem Liebesbrief gelesen hat:

Ich bin nicht mehr derselbe Mensch, seit du mir begegnet bist. Und obwohl wir noch kein echtes Date miteinander hatten, obwohl du mich vermutlich für oberflächlich und absolut indiskutabel hältst und obwohl ich wahnsinnig Angst habe, dich für immer verloren zu haben, noch bevor wir jemals zusammen waren, bin ich glücklicher als jemals zuvor, wenn ich nur an dich denke.
Du bist eben eine Zauberin.
Du gibst allem eine völlig neue Bedeutung.
Du bringst mein Herz zum Überlaufen.

Dass sie das alles noch Wort für Wort im Kopf hat … Matilda staunt über sich selbst. Die Briefe haben sie tiefer berührt, als ihr bewusst war.

Vielleicht enthält der neue Brief einen Hinweis, mit dem sie M. endlich finden kann?

Erst jetzt fällt ihr auf, dass sie ihn die ganze Zeit über in Händen gehalten hat. Er ist schon ganz zerdrückt.

Sie streicht ihn glatt und öffnet ihn mit einem scharfen Messer. Zieht den Bogen heraus (es ist nur ein Blatt, darauf hätte sie auch gewettet, aber beidseitig eng beschrieben) und fängt an zu lesen.

Stockt.

Blinzelt verstört.
Schaut noch einmal hin.
Keucht.
Lässt sich auf den nächstbesten Stuhl fallen.
Starrt wieder auf das Blatt.
Und versteht überhaupt nichts mehr.
Obwohl sie über die Anrede nicht hinausgekommen ist.
Denn da steht:

Liebe Matilda!

Kapitel 39:

Wozu das ganze Theater?

Liebe Matilda!

Wenn ich nur wüsste, ob du meinen letzten Brief bekommen hast. Vielleicht kam er zu früh an, und eine andere Sachbearbeiterin hat ihn längst archiviert.
Aber natürlich weiß ich ebenso wenig, ob du es überhaupt warst, die meine anderen Briefe auf den Schreibtisch bekommen hat. Und, falls ja, ob du ihre Bedeutung erkannt hast.
Vielleicht hast du sie durchaus mit besonderer Aufmerksamkeit gelesen – jedenfalls hoffe ich das. Schließlich habe ich mir beim Schreiben so viel Mühe gegeben wie noch nie zuvor.
Aber hast du auch gespürt, dass du gemeint warst?
Ich war mir sicher, dass du mich sofort durchschaust. Dass du nicht nur genau weißt, wem diese Liebeserklärung gilt, sondern ebenso, von wem sie kommt.
Aber du bliebst ebenso abweisend wie eh und je. Bist mir aus dem Weg gegangen. Hast so getan, als gäbe es mich überhaupt nicht.

Grundgütiger. Die Briefe waren also doch für sie bestimmt! Alle! Auch der mit den hundert kleinen Wahrheiten und der, in dem ihr Gesicht als engelsgleich bezeichnet wird. Nicht zu vergessen den mit dem überlaufenden Herzen.

Matilda schüttelt ungläubig den Kopf. Soll das wirklich ernst gemeint sein? Oder erlaubt sich da jemand einen ganz üblen Scherz?

Irgendwann wurde mir dann klar, dass du dich tatsächlich nicht angesprochen fühlst. Warum nur? Weil du immun gegen Liebesbriefe bist? Oder gar gegen die Liebe an sich? Glaub mir – niemand ist immun gegen die Liebe. Wenn einer geglaubt hat, es zu sein, dann bin das ich. Doch ich wurde eines Besseren belehrt. Von dir.
Jedenfalls beschloss ich, dir auf die Sprünge zu helfen. Wenn ich an »Liebe M.« schreiben würde, müsste bei dir doch der Groschen fallen, dessen war ich mir sicher.
Inzwischen bin ich mir bei überhaupt nichts mehr sicher. Außer meiner Gefühle …

Also doch nicht Melanie, Melissa, Milla oder Merle. Sondern Matilda. Wie in aller Welt hätte sie darauf kommen sollen? Dazu müsste sie mindestens so selbstsicher sein wie Kirsten. Und davon ist sie weiter entfernt als diese tropische Nacht von Bodenfrost.

Wenn doch nur diese Kino-Sache geklappt hätte! Du glaubst nicht, wie schwer es war, meinen Kumpel davon zu überzeugen, mitten im Sommer einen Weihnachtsklassiker ins Programm zu nehmen. Aber ich wusste, dass dieser Film dir gefallen würde. Und welcher Titel könnte besser zu uns beiden passen als »Tatsächlich … Liebe«?
Doch dann hat mich diese blöde Sommergrippe erwischt. Und ich weiß bis heute nicht, ob du dort warst.

Hat er wirklich den Kinobesitzer dazu überredet, diesen Film ins Programm zu nehmen – nur für sie? Das hat ja durchaus etwas Romantisches.

Ganz und gar nicht romantisch dagegen findet Matilda die Art und Weise, wie er versucht hat, sie zu manipulieren.

Pah! Diese Sommergrippe war eine gerechte Strafe. Fast zu milde, wenn man bedenkt, wie verlogen Mister Kritzelschrift war!

Die Frage ist nur: Wozu das ganze Theater?

Es ist einfach blöd gelaufen. Weil ich vierzig Grad Fieber hatte, haben wir uns im Kino verpasst. Weil du dir nicht vorstellen kannst, dass sich jemand bis über beide Ohren in dich verliebt haben könnte, hast du meine Hinweise nicht richtig gedeutet.
Aber vielleicht bin ich ohnehin von völlig verkehrten Voraussetzungen ausgegangen und habe das alles falsch eingefädelt?
Manchmal glaube ich, es war eine totale Schnapsidee, dir anonyme Briefe zu schicken. Und nicht einmal dir, sondern im Grunde niemandem – in der Hoffnung, sie landen in deinem Amt und dort auf deinem Schreibtisch.
Wenn ich es jetzt recht überlege, wird mir klar, wie naiv ich gehandelt habe. Und wie gedankenlos!
Denn spätestens, wenn du meine Taktik durchschaut hättest, müsstest du dich ja hintergangen fühlen. Nicht gerade die beste Voraussetzung für die große Liebe …
Mit anderen Worten: Spätestens jetzt, in diesem Moment, habe ich sämtliche Pluspunkte, die ich (wenn überhaupt) je bei dir gesammelt habe, wieder verspielt. Mist!

Sehr scharfsinnig erkannt. Genau so ist es. Matilda ist wütend. Stinkwütend!

Auf ihn, natürlich.

Aber auch ein klein wenig auf sich selbst.

Weil sie zugelassen hat, dass seine Worte sie berührt haben. Gefühle sind gefährlich. Sie tun ihr nicht gut. Weil sie verletzlich machen. Und sie wurde schon oft genug verletzt in ihrem Leben …

Inzwischen ist mir klar, dass meine Strategie nicht halb so brillant war, wie sie mir zunächst vorkam.
Eigentlich ist das Gegenteil der Fall: Sie war feige und dumm. Ich hätte mit offenen Karten spielen sollen. Auf die Gefahr hin, dass du mir den Vogel gezeigt hättest.
Aber ich hätte gekämpft.
Hätte, hätte, Fahrradkette.
Ich hab alles falsch gemacht. Bisher.
Deshalb bitte ich dich von Herzen: Gib mir zumindest die Chance auf einen Neuanfang. Einen zweiten Versuch.
Diesmal ohne Spielchen und Tricks. Ganz ehrlich.
Lässt du mich das versuchen?

Na großartig! Jetzt soll sie ihm auch noch die Absolution erteilen. Und sich auf ihn einlassen. Damit er sie einlullt und sie vollends in Verwirrung stürzt.

Kommt überhaupt nicht infrage!

Ich weiß, dass du nicht begeistert von mir bist. Um nicht zu sagen: Du bist sauer auf mich. Was bedeutet, dass ich bei dir nicht die geringste Chance habe.

Aber die will ich nutzen!
Klingt vielleicht absurd. Aber ist Liebe nicht sowieso völlig absurd?
Über solche Gedanken hätte ich früher nur gelacht. Damals, bevor ich dich kannte.
Heute weiß ich es besser. Und ich würde alles tun, um dich ebenfalls davon zu überzeugen.
Was auch immer du von mir verlangst, ich mach's!
Soll ich im Clownskostüm in die Kirche gehen?
Mich auf den Marktplatz stellen und – völlig talentfrei – laut jodeln?
Meine Brust mit Wachsstreifen schmerzhaft enthaaren?
Ist mir egal, wie unangenehm es auch sein mag. Ich hab das verdient.
Und dann fangen wir von vorn an.

Was für eine groteske Idee. Warum in aller Welt sollte sie etwas derart Verrücktes von Mister Kritzelschrift verlangen? Ihr würde überhaupt keine derart hirnrissige Aufgabe einfallen, die sie ihm stellen könnte. Aber es imponiert ihr, dass er sich für nichts zu schade wäre. Es scheint ihm ernst zu sein. Und wie könnte sie das ignorieren?

Liebste Matilda, nun habe ich mein Herz vor dir ausgeschüttet. Dir alles gestanden, was ich getan und gedacht habe. Was ich für einen Unsinn geplant habe und wie mir klar geworden ist, wie dumm das war.
Jetzt bin ich dir völlig ausgeliefert. Du weißt jetzt alles. Dass meine unbeholfenen Liebesgeständnisse keiner ominösen Fremden, sondern nur dir gelten.

Wollen wir uns treffen, liebe Matilda? Am liebsten auf der Vernissage, die nächsten Samstag in der Kunstgalerie am Markt stattfindet. Offen gestanden ist es meine eigene Vernissage. Ich hoffe, du magst Fotokunst. Und noch mehr hoffe ich, meine nächste Ausstellung wird aus unzähligen Varianten nur eines Motivs bestehen – nämlich dir. Du wärst mein perfektes Fotomodell. Meine Schöne!
Ich höre nie auf zu hoffen.
So verrückt das auch sein mag.
Du liebe Zeit, was hast du aus mir gemacht? Ich klinge wie ein altes Waschweib.
Aber weißt du was? Es ist mir egal, wie uncool ich mich anhöre. Das spielt nicht die geringste Rolle. Alles, was zählt, bist du.

Dein Cornelius

Kapitel 40:

Return to sender.

»Ob ich *was* wusste?« Knut sieht sich einer wutschnaubenden Matilda gegenüber, die vor seiner Wohnungstür steht und ihn mit seltsamen Fragen bombardiert. Er hat nicht die geringste Ahnung, wovon sie redet.

»Wusstest du, dass er Mister Kritzelschrift ist?«, wiederholt Matilda, und das macht es nicht weniger verwirrend für Knut.

»Willst du vielleicht hereinkommen? Dann kannst du mir in Ruhe von Mister Irgendwas erzählen.«

Matilda schaut ihm prüfend in die Augen. Kann man Unwissenheit derart überzeugend spielen? Immerhin ist Knut der Vorfahr eines ausgebufften Halunken.

Professor Hawking streicht um seine Beine, legt sein Köpfchen schief und wirft Matilda einen unschuldigen Blick zu. Dann gähnt er demonstrativ.

Matilda seufzt. Knut hat mit der Sache vermutlich ebenso wenig zu tun wie der Professor.

»Schon gut. Lass uns ein andermal reden. Und verzeih bitte die späte Störung.«

Knut schaut ihr nachdenklich hinterher, wie sie mit energischen Schritten die Treppen zu ihrer Dachwohnung hinaufstapft.

In dieser Nacht findet Matilda keine Ruhe. Das Gedankenkarussell hält sie wach. Noch vor Sonnenaufgang gibt sie auf und schlägt die Decke zurück. Wenn sie sowieso keinen Schlaf findet, kann sie ebenso gut etwas tun. Auf dem Tisch liegt noch immer der Block, auf dem sie gestern begonnen hat, ihre hundert kleinen Wahrheiten zu notieren. Sie ist nicht einmal bis zur Hälfte gekommen. Der letzte Punkt lautet:

41. *Ich besaß noch nie ein zitronengelbes Sommerkleid.*

Entschlossen greift sie nach dem Stift. Oh, sie hat noch allerhand Wahrheiten in petto, die sie loswerden muss!

42. *Ich bin zornig.*
43. *Sehr zornig!*
44. *Wie konnte ich mich nur so hinters Licht führen lassen?*
45. *Und ich bin verwirrt. Sehr verwirrt!*
46. *Wie kann jemand, der so unehrlich taktiert, so ehrlich über seine Gefühle schreiben?*
47. *Und wie schafft er es, trotz allem auch mich emotional zu berühren?*
48. *Ich glaube, die Hitze bekommt mir nicht.*
49. *Was ich sonst noch glaube, weiß ich selbst nicht.*
50. *Okay. Dann fang ich einfach noch mal von vorne an.*
51. *Gut möglich, dass ich Vorurteile habe.*
52. *Vor allem gegen Lackaffen mit Angeberautos.*
53. *Cornelius hatte, wenn ich ehrlich bin, bei unserer ersten Begegnung keine Chance.*
54. *Hätte er eine Jeans und ein T-Shirt getragen, so wie bei unserer Begegnung in diesem Club, hätte ich ihn vielleicht sogar ganz nett gefunden.*

55. *Grundgütiger! Ich muss das »vielleicht« streichen. Gerade wird mir klar, dass es tatsächlich so gewesen wäre.*
56. *Stattdessen habe ich ihn in eine Schublade gesteckt.*
57. *Und ihn vorverurteilt.*
58. *Jetzt bin ich sauer darüber, dass er nicht mit offenen Karten gespielt hat.*
59. *Aber habe ich ihm eine Wahl gelassen?*
60. *Aus seiner Perspektive betrachtet: eher nicht.*
61. *Apropos seine Perspektive: Er ist verliebt. In mich.*
62. *Ich kann das nicht glauben.*
63. *Aber warum sollte er lügen?*
64. *Schließlich hat er die ganze Kritzelschrift-Aktion nur deshalb gestartet.*
65. *Ganz schön absurd: Er hat mich also angelogen, weil sein Liebesgeständnis eben keine Lüge ist.*
66. *Hätte er mir seine Gefühle auf den Kopf zugesagt, hätte ich sie keine Sekunde lang ernst genommen.*
67. *Demnach muss ich wohl davon ausgehen, dass seine Gefühle echt sind.*
68. *Aber was ist mit mir?*
69. *Habe ich etwa auch Gefühle?*
70. *Natürlich habe ich die. Ich bin schließlich nicht aus Stein.*
71. *Und wie genau fühle ich mich?*
72. *Ich muss ganz tief in mich hineinhorchen, um das beantworten zu können.*
73. *Zuerst stoße ich, wie erwähnt, auf Wut.*
74. *Und Verwirrung.*
75. *Wenn ich etwas genauer hinspüre, ist da aber mehr.*
76. *Ich fühle mich … irgendwie geschmeichelt.*
77. *Und jung.*

78. *Jedenfalls jünger als sonst.*
79. *Sogar jünger als je in meiner völlig verkorksten Kindheit.*
80. *Oder besser gesagt: lebendig!*
81. *Jemand findet mich interessant.*
82. *Und schön.*
83. *Engelsgleich, sagt er.*
84. *Wie könnte mich das kaltlassen?*
85. *Es hat mich auch beim ersten Lesen nicht kaltgelassen.*
86. *Wenn ich ehrlich bin, habe ich M. immer ein bisschen beneidet.*
87. *Also mich selbst …*
88. *Was mir an den Briefen gefallen hat: dass er nicht versucht hat, sich besser darzustellen, als er ist.*
89. *Tatsächlich war er sich selbst gegenüber ganz schön schonungslos.*
90. *Und selbstironisch.*
91. *Was mir besonders imponiert hat.*
92. *Ich mag es, wenn jemand über sich selbst lachen kann.*
93. *Um nicht zu sagen: Ich liebe es.*
94. *Heißt aber noch lange nicht, dass ich ihn liebe.*
95. *Sondern höchstens, dass ich es könnte.*
96. *Vielleicht.*
97. *Ich habe Angst.*
98. *Wovor eigentlich?*
99. *Unglaublich: Ich bringe jemandes Herz zum Überlaufen.*
100. *Wie sich das wohl anfühlen mag?*

Puh. Das war anstrengend. Aber immerhin hat sich ihre Empörung verflüchtigt. Jetzt braucht sie erst mal einen Tee. Und ihr Smartphone. Zum ersten Mal, seit sie es von

Knut bekommen hat, benutzt sie es, um eine Adresse zu googeln.

Knuts Nachname lautet Valentin. Ob sein Enkelsohn wohl denselben trägt?

Tatsächlich: Unter Cornelius Valentin ploppen sofort zahlreiche Treffer auf, allen voran seine eigene Website. Mit Poträtfoto, Adresse und allen möglichen Hinweisen über seine Ausstellungen. Auch die Ankündigung der neuen, die nächstes Wochenende startet. Er ist tatsächlich Fotokünstler. Matilda klickt sich durch seine Galerie und ist beeindruckt von seinen Arbeiten. Sie sind fantastisch! Jedes einzelne Motiv ist ein Meisterwerk. Cornelius schafft es, flüchtige Stimmungen einzufangen. Seine Fotos wirken wie Schnappschüsse, die rein zufällig perfekt gelungen sind und nicht nur eine Momentaufnahme darstellen, sondern eine Geschichte erzählen.

Matildas Blick wandert zu ihrer Pinnwand, an der seit Jahren diese eine Aufnahme hängt, die sie selbst einmal gemacht hat. Sie zeigt den sonntagnachmittäglichen Blick aus ihrem Dachfenster. Vorbeihastende Menschen, die sich unter bunte Schirme ducken. Es hat Zeiten gegeben, da war die Frage, wo diese Menschen wohl herkamen und hinwollten, das Aufregendste in Matildas Leben.

Da kommt ihr eine Idee. Und auf ihrem Gesicht breitet sich ein Grinsen aus, das so gar nichts Engelsgleiches hat …

Eine Stunde später betritt sie ihr Büro. Fast wäre sie heute zu spät zur Arbeit gekommen, aber eben nur fast. So weit würde sie es nun doch nicht kommen lassen.

Die Körbe mit den nicht zustellbaren Briefen stehen

schon bereit. Aber bevor sie damit loslegt, hat sie noch etwas zu erledigen.

Im Archiv.

Die Briefe, die dort stranden, werden nach Eingangsdatum abgelegt. Den automatisch datierten Handyfotos sei Dank, die sie davon gemacht hat, findet sie schnell, was sie sucht.

»Es sind neue Hinweise zu diesen Schreiben aufgetaucht«, erklärt sie dem Kollegen, der hier unten das Sagen hat. »Nun können sie doch noch zugestellt werden.«

»Na so was«, knurrt der Archivar. »Kommt selten vor, dass ein Brief, der einmal bei mir gelandet ist, doch noch sein Ziel erreicht.«

Das klingt fast, als wäre ihm das ganz und gar nicht recht. Als habe ihm Matilda etwas streitig gemacht, was ihm gehört.

»Ja, nicht wahr? Was für ein Glück, dass es hin und wieder doch passiert«, strahlt sie ihn an, schnappt sich die Briefe und dreht sich auf dem Absatz um.

Als nächste Amtshandlung steckt sie sämtliche Liebesbriefe aus der Feder des nun nicht mehr Unbekannten in einen großen Umschlag, den sie mit der Adresse beschriftet, die sie heute Morgen ergoogelt hat.

Dann startet sie – was nur alle Schaltjahre vorkommt – ihren PC und legt Papier mit offiziellem Briefpapier des Amts für nicht zustellbare Post in den selten genutzten Drucker.

Mit dem ersten Versuch ist sie unzufrieden. Sie löscht, schreibt neu, korrigiert, verschiebt ganze Absätze, kürzt alles auf ein Viertel zusammen und nickt schließlich zufrieden. Dann druckt sie ihn aus.

Sehr geehrter Herr Valentin,

Sie haben vorsätzlich die Kapazitäten des Amts für nicht zustellbare Post zu privaten Zwecken missbraucht, um anonyme Liebesbriefe zu versenden.
Auch wenn Ihre Beweggründe mit ein bisschen gutem Willen eventuell nachvollziehbar erscheinen, weil die Empfängerin die Briefe ansonsten höchstwahrscheinlich ungelesen vernichtet hätte, ist diese Tat nicht akzeptabel und absolut unentschuldbar.
Sie werden hiermit dazu verurteilt, auf Ihrer nächsten Ausstellung das beiliegende ganz und gar unprofessionelle Foto als Ihr eigenes auszugeben und in angemessenem Format zu präsentieren.
Titel des Werkes ist: »Spuren von Glück«.
Eine Umwandlung dieser Strafe in eine Einladung zu einem Stück Mohnkuchen ist leider nicht möglich. Sie könnte sich jedoch positiv auf Ihre Bewährung auswirken.

Hochachtungsvoll
Matilda Keller
(Sachbearbeiterin K bis M)

Lächelnd schiebt sie das Anschreiben in den Umschlag und legt auch den 9 x 13-Abzug bei, der bis vorhin noch an ihrer Pinnwand hing.

Den Brief gibt sie nicht weiter an die Abteilung »Erneute Zustellung«, sondern bringt ihn nach Feierabend selbst zur Post.

Sicher ist sie nicht, ob das eine gute Idee war.

Vielleicht war es sogar die dämlichste Entscheidung, die sie je getroffen hat.

Andererseits: Vielleicht ist es ja doch etwas für sie, dieses Glück.

Vielleicht muss sie ihm nur eine Chance geben.

Epilog

In einer Kleinstadt wie Karlskirchen bedeutete jedes kulturelle Event zugleich ein gesellschaftliches Ereignis. Es galt, zu sehen und gesehen zu werden.

Offiziell ging es bei der Vernissage natürlich um Fotokunst. Und daher bemühten sich diejenigen, die gesehen werden wollten, um kluge Kommentare, die sie als wahre Kenner qualifizieren sollten.

»Diese Dynamik – einfach spektakulär«, flötete die Frau des Oberbürgermeisters und blieb vor einem großformatigen Schwarz-Weiß-Motiv stehen, das eine Tanzszene zeigte.

»Ergreifend«, bestätigte ihr Gemahl, der in Wahrheit schon nach den Schnittchen schielte. Ein kühles Bier dazu wäre herrlich.

»So gesellschaftskritisch«, fuhr seine Gattin fort und zog ihn hinter sich her zum nächsten Exponat – einer Alltagsszene in einem Supermarkt. Gehetzte Menschen, ein Taschendieb, ein weinendes Kind, eine gähnende Kassiererin.

»Unvergleichlich«, murmelte der Oberbürgermeister mechanisch. Er machte sich nichts aus Kunst. Schon gar nicht aus Fotos, die derartige Banalitäten zeigten. Er fragte sich, was daran so besonders sein sollte.

»Ganz große Kunst«, urteilte seine bessere Hälfte, als sie bei einer Porträtserie ankamen. Sie zeigte eine Greisin mit von tiefen Furchen durchzogenem Gesicht. Ihre Augen strahlten wie Diamanten, sie lächelte zahnlos.

»Beeindruckend«, log der Oberbürgermeister, der das Bild in Wahrheit ziemlich verstörend fand.

Er war froh, als seine Gattin endlich weitertrippelte. Das nächste Exponat, vor dem sie stehen blieb, zeigte einen eher unspektakulären Ausblick von oben auf eine relativ unbelebte Straße. Die wenigen Menschen, die darauf zu sehen waren, wurden fast vollständig durch ihre aufgespannten Schirme verdeckt.

»Kein typischer Valentin«, fand die Frau des Oberbürgermeisters. Das fand auch er selbst, aber was wusste er schon. Bevor er sich als Ignorant zu erkennen gab, hielt er sich lieber zurück.

»Wenn ich mich kurz einmischen darf«, unterbrach ausgerechnet der Oppositionsführer, der sich selbst für einen ausgemachten Kunstkenner und generell wenig von Zurückhaltung hielt. »Meiner Meinung nach ist das sehr wohl ein typischer Valentin, jedenfalls auf den zweiten Blick«, dozierte er. »Allein schon der Titel ist so vielsagend.«

Der Oberbürgermeister trat näher und las laut vor: »Spuren von Glück. Oder: Mohnkuchen plus X.«

Er schwieg. Was war das für ein Unsinn?

»Hm«, machte er nichtssagend.

Seine Gemahlin nickte eifrig. »Ganz recht. Unverkennbar ein Meisterwerk.«

Im Hintergrund ertönten das glucksende Kichern einer jungen Frau und das tiefere Lachen ihres Begleiters.

Banausen, dachte die Frau des Oberbürgermeisters geringschätzig und zog eine verächtliche Miene, die ihren Gatten immer ein wenig an einen Bullterrier erinnerte.

»Bleib genau so«, sagte der Begleiter der lachenden jungen Frau. »Diesen Ausdruck muss ich unbedingt für die Ewigkeit festhalten.« Denn in diesem Moment war alles an ihr einfach perfekt.

Ein PS von Anna Paulsen:

Manchmal habe ich das Gefühl, mir Matildas Geschichte gar nicht ausgedacht zu haben – sie hat sich vielmehr in meinen Kopf geschlichen und mich gezwungen, sie niederzuschreiben.

Warum sie dafür ausgerechnet mich ausgewählt hat? Keine Ahnung. Aber es gibt ein paar Mittäter, die sie dazu gebracht haben. Matilda lässt ausrichten: Vielen Dank für die Geburtshilfe! Und ich schließe mich ihr an:

Ich danke …

Edgar Gerhards, der mich mit seinem Beitrag »Der Archivar« zum Videowettbewerb »Warum heute noch Brief?« (ausgeschrieben von der Deutschen Post und dem Museum für Kommunikation Berlin) auf das Thema »nicht zustellbare Post« gebracht hat.

Meiner Freundin und Agentin Anja Koeseling, die schon vor mir wusste: Hier schlummert die Idee für einen Roman. (Ja, du hattest recht!) Von meiner Matilda-Geschichte war sie offenbar umgehend überzeugt – anders lässt es sich nicht erklären, dass sie das Exposé schon in die Welt hinausschickte, bevor ich mit der Leseprobe fertig war. (War das nicht anders abgesprochen? Egal. Du hattest recht.)

Eva Schubert, der damaligen Programmleiterin und heutigen Leiterin des Penguin Taschenbuchverlags, die das Potenzial dieser Geschichte sehr schnell erkannte und noch am gleichen Abend die Leseprobe anforderte (die natürlich noch nicht fertig war. Siehe oben. Aber Nachtschlaf wird eh total überschätzt.).

Monika Kempf, meiner Lektorin bei Penguin, die nicht nur ebenfalls sofort an Matilda glaubte, sondern mir auch ein paar großartige Impulse gab – ohne sie hätte es Leni und Michel wohl nie gegeben. Unvorstellbar.

Stephanie Emrich, meiner Freundin und Testleserin, für ihr Adlerauge (eigentlich weiß ich, es heißt weder »entschudigen« noch »nicht war« oder »immmer«, aber im Eifer des Gefechts … und überhaupt, die schmale Laptop-Tastatur – da muss man sich ja vertippen!) und für ihre Motivation. Dein regelmäßiges »Hach! Weiter so« ist das beste Rezept gegen Selbstzweifel.

Abadía Hernández, meiner zweiten Testleserin, die sich in Hannover definitiv besser auskennt als ich und daher Matilda und Michel einen schönen Schauplatz für ihr Treffen verschafft hat.

Antje Winkler, meiner lieben Netzwerkkollegin, für ihre supergründliche und zugleich zurückhaltende Schlussredaktion. Liebe Antje, es ist immer wieder eine Freude, mit dir zu arbeiten!

Überhaupt – meinen wunderbaren Kolleginnen aus dem Netzwerk Texttreff, ohne die aus mir nie eine Autorin geworden wäre. Ihr seid die Besten! (Oder heißt es: die besten? Ihr wisst schon …)

Den DELIAs, genauer gesagt: der Vereinigung deutschsprachiger Liebesromanautorinnen und -autoren, die mir im Nullkommanix ans Herz gewachsen sind. Ihr seid ein großartiger Haufen!

Ursi Breidenbach, einer meiner Lieblings-DELIAs, die in der Fahne so allerhand gefunden hat, was ich übersehen hätte. Und deren begeistertes Feedback mir besonders viel bedeutet.

All denjenigen, die sonst noch dazu beitragen, dass aus meinem Manuskript dieses Buch geworden ist und dass es seinen Weg zu den Lesern gefunden hat! Von Schriftsatz und Korrektorat über Druck und Vertrieb bis hin zu Buchhandel oder Paketbote – jeder Arbeitsschritt ist wichtig.

Den Mitarbeiterinnen und Mitarbeitern in der echten Briefermittlungszentrale der Post, die ihren Sitz in Marburg hat. Danke, dass ihr täglich rund 12 000 unzustellbare Sendungen prüft! Falls ihr euch wundert, dass ich euer Amt, die Abläufe, Abteilungen und Menschen, die dort arbeiten, so anders beschrieben habe, als sie in Wirklichkeit sind: Ich habe mir erlaubt, das alles frei zu erfinden, wie überhaupt die ganze Geschichte.

Meiner Familie, die es einfach spitze findet, was ich tue (selbst die Nicht-Leser!) und die meine Autorinnen-Launen klaglos erträgt. Wenn ich euch nicht hätte …

Und schließlich: dir. Du hast dieses Buch gelesen, sogar bis zum allerletzten Satz, und dich dabei hoffentlich gut unterhalten gefühlt. Für dich habe ich diese Geschichte geschrieben.

Herzlichst, Anna Paulsen